光尘
LUXOPUS

最后一页

THE LAST LIBRARY

[英] 弗雷娅·桑普森 著

FREYA SAMPSON

黄瑶 译

北京联合出版公司

图书在版编目（CIP）数据

最后一页 /（英）弗雷娅·桑普森著；黄瑶译. --
北京：北京联合出版公司，2023.9
ISBN 978-7-5596-6914-8

Ⅰ.①最… Ⅱ.①弗… ②黄… Ⅲ.①长篇小说—英
国—现代 Ⅳ.① I561.45

中国国家版本馆 CIP 数据核字（2023）第 098132 号

北京市版权局著作权合同登记　图字：01-2023-2554
THE LAST LIBRARY
Copyright © 2021 FREYA KOCEN
Published by arrangement with Madeleine Milburn Literary, TV & Film
Agency, through The Grayhawk Agency Ltd.

最后一页

作　　者：〔英〕弗雷娅·桑普森
译　　者：黄　瑶
出 品 人：赵红仕
责任编辑：孙志文
产品经理：辜香蓓
特约监制：上官小倍
封面设计：安　宁
出版统筹：马海宽　慕云五

北京联合出版公司出版
（北京市西城区德外大街 83 号楼 9 层　100088）
北京联合天畅文化传播公司发行
北京盛通印刷股份有限公司　新华书店经销
字数 217 千字　880 毫米 ×1230 毫米　1/32　11 印张
2023 年 9 月第 1 版　2023 年 9 月第 1 次印刷
ISBN 978-7-5596-6914-8
定价：59.00 元

献给安迪、奥利弗与希德

目 录
Contents

第一部

凭书识人

1

你可以从一个人在图书馆借的书上看出许多事情。

工作不太忙的时候，茱恩喜欢玩一个游戏：她会选一名读者，基于他们所读的书编出他们的人生故事。她今天选的这名中年女子带走了两本丹妮尔·斯蒂尔[1]的小说和一本《冰岛旅游简明指南》。茱恩思考片刻，断定这名女子困在一段没有爱情的婚姻中，丈夫可能是个粗鄙好斗之徒。她正计划逃往雷克雅未克，在那里她会爱上一个胡子拉碴的、粗犷的当地男子。可就在她以为自己已经找到了真正的幸福时，丈夫却找上门来，声称——

"啧，简直就是胡说八道。"

站在书桌前的布兰斯沃斯太太让茱恩从臆想中回过神来，朝她挥舞着一本书——石黑一雄的《长日留痕》。

---

[1] 丹妮尔·斯蒂尔，当今美国最具代表性的畅销书作家之一，著有《爱之翼》《巴黎五日》等作品。

"毫无意义的一本垃圾书。主仆？资本家的鼓吹还差不多。我写得都比这强。"

布太太一周要来图书馆好几趟，身披阿富汗大衣，戴着露指的手套——即便时逢盛夏也是如此。她对书籍的选择似乎是随机的。今天是《管道维修指南》，第二天则选了诺贝尔获奖作者的作品。可无论她借什么书，评价总是如出一辙。

"我想退掉借书卡，以示抗议。"

"不好意思，布兰斯沃斯太太。如果你愿意，可以先从新书里挑上一本，如何？"

"说不定也全是垃圾。"布太太说罢，气呼呼地走向运动分类的书架，留下一丝淡淡的潮湿羊皮味在书桌前附近经久不散。

茱恩把归还的书籍装在陈旧的手推车上，开始推着车子在屋里转来转去。查尔科特图书馆所在的这栋漏风红砖楼建于 19 世纪 70 年代，曾是一座乡村学校，20 世纪 50 年代被改建为图书馆，却还保留着许多原有的特征，包括一下大雨就漏水的石板屋顶、脚下吱嘎作响的地板和一群在阁楼里坚持不懈地啃食档案箱的老鼠。议会上一次重新装修这座图书馆还是 20 世纪 90 年代的事：添置了管状白炽灯照明和绿色地毯。不过茱恩还是喜欢想象图书馆最初的样子：一个个满脸污垢的孩子坐在如今放书架的一排排的书桌前，在布满尘土的石板上学习写信，仿佛《简爱》中的画面。

茱恩把手推车推到房间前时，看到自己的上司正大步流星地朝她走来，手提包里露出了《达洛维夫人》的一个书角。

"来我的办公室一趟。现在就来。"

玛乔丽·斯宾塞是图书馆的经理，她把这个头衔像战争勋章一样别在衬衫上。她声称自己只读格调高雅的文学小说，可荣恩知道，她至少把那本《五十度灰》续借了三次。

荣恩跟在上司身后走进了办公室。这里其实是一间库房兼员工休息室，但许多年前被玛乔丽放了一张桌子，门上还挂了块名牌。屋里已经放不下别的椅子了，于是荣恩坐在了一沓打印纸上。

"准确地说，这是你我之间的秘密。我刚接到议会打来的电话。"玛乔丽摆弄着脖子上的珍珠项链，"他们想让我去参加周一的一场紧急会议。地点在议会的会议室。"她停顿片刻，确认这一消息如她所料地给荣恩留下印象。"我不在的时候，你得自己应付一下了。"

"好的，没问题。"

"时间太仓促，没法取消'儿歌时间'的活动了，所以你得来顶替我。"

荣恩觉得胸口一紧。"对不起，我其实忘了，艾伦还有个——"

"没有什么但是。再说，这对你也是很好的锻炼——反正等我圣诞节时退休了，继任者也会让你接管这些活动的。"

一想到这，荣恩的胃里就翻江倒海。"玛乔丽，你知道我没法——"

"看在上帝的分上，荣恩，不过是小孩子的儿歌，又不是赞美诗。"

茉恩正要开口争辩，玛乔丽却把脸扭向电脑，摆出了一副"请勿打扰"的表情。

　　茉恩走出办公室，尽量不去理会胸口紧绷的感觉。快五点钟了，于是她开始了关门前的例行工作。整理被人随手丢在一旁的书籍报纸时，她的脑海中浮现出了"儿歌时间"活动时所有充满期盼的脸庞，家长们会不耐烦地盯着她，等她开口。想到这里，茉恩不由自主地打了个冷颤，手中的一沓报纸掉在了地上。

　　"亲爱的，需要帮忙吗？"斯坦利·菲尔普斯正坐在椅子上看着她。

　　"谢谢，我没事。"她边说边拾起散落的报纸，"不好意思，已经五点了，是该回家的时候了。"

　　"我能先请你帮个忙吗？*多与人联系以避免这种情况*。猜一个9个字母的词语，首字母为I。"

　　茉恩想了想，按照斯坦利教她的方法在脑海中分解线索。"有没有可能是'孤立①'？"

　　"好极了，就是这个！"

　　斯坦利·菲尔普斯喜欢二战背景的历史小说。自从茉恩十年前开始在这里工作，他几乎每天都会来图书馆。他常穿一件花呢夹克衫，说起话来就像P.G.伍德豪斯小说中的某个角色。她想象他住的是座衰败的大宅子，睡觉时穿丝绸睡衣，早饭吃腌鱼，填

---

①　字谜的答案为 Isolation。

6

《每日电讯报》上的纵横字谜游戏是他每天都会做的事情。

"对了，趁我还没走，我有样小东西要给你。"斯坦利把手伸进他那只背了一辈子的皱巴巴的旧背包，掏出一小把捆着绳子、已经蔫掉的花。"生日快乐，茱恩。"

"哦，斯坦利，你不用这样。"茱恩感觉自己脸红了。她从不会在图书馆里和任何人谈论私生活，但多年前，斯坦利不知怎么发现了她的生日，自此之后一次也不曾忘记。

"你今晚有什么特别的安排吗？"他问。

"就是打算去见几个老朋友。"

"哦，那祝你玩得开心。你值得好好庆祝一下。"

"谢谢。"茱恩低头凝视着花，这样就不必看向他的眼睛了。

五点三十分，茱恩走出门，迈进了温暖的初夏之夜。锁上图书馆沉重的馆门，她朝着商业街走去，一路上经过了镇上的商铺、门前飘扬着英国国旗的酒吧、她和妈妈曾经每个周六都会来买果酱甜甜圈的老面包店。图书馆的几个读者正站在邮局门口。茱恩一言不发地向他们点头致意，转身向山下走去，路过镇上的绿地和金龙外卖餐厅，迈入了维罗米德住宅区。这片建于20世纪60年代的兔窝式住宅区由完全相同的半独立式房屋构成，房前铺展着四四方方的花园，车道上摆着带轮的大垃圾桶。茱恩从四岁起便住在这里。她家的前门是绿色的，屋里挂着已经褪色的红色窗帘。

"我回来了！"

茱恩脱掉开襟羊毛衫，将鞋子摆在鞋架上，准备下个星期一早上再穿，然后走进起居室。有个相框歪了。茱恩动手将它扶正，朝着照片中那个满头卷毛、口戴牙箍、回望着她的少女皱起了眉头。幸亏她早就摘掉了牙箍，却还是无法摆脱满头乱七八糟的浓密棕色鬈发，只好日日将它们紧紧地绑成发髻。茱恩把照片摆回原来的位置，穿过客厅，迈步走向占据了左手边一整面墙壁的巨型书柜。书柜上整整齐齐地挤着成排的书籍。阿迪奇，C.；阿尔克特，L.M.；安杰罗，M。她找到想要的那本，拿着它钻进厨房，取了一份半成品的意式千层面放进微波炉，随手给自己倒了一杯葡萄酒。

除了隔壁隐约传来的电视机噪音，屋里仍旧没有一丝生气。茱恩拾起今天早上的邮件：一张有关垃圾收集的传单和一份《唐宁郡公报》。她翻翻报纸，以免有生日贺卡被夹在中间，却什么也没找到。茱恩轻轻叹了口气，喝下一大口葡萄酒。

微波炉"嘭"的一声响起，吓了她一跳。她取出意式千层面，用勺子将千层面舀到盘子里，加了几片黄瓜做装饰，然后坐下拿起了书。多年的翻阅已经让这本书破旧不堪，封面上"傲慢与偏见"的字样几乎难以辨认。她小心翼翼地翻开书页，注视着里面的题词："2005 年 6 月 18 日。送给我最亲爱的茱恩宝贝。二十岁生日快乐。好书在手，你永远不会孤单。爱你的妈妈，亲亲。"

茱恩往嘴里塞了满满一口食物，翻开第一页，读了起来。

2

"艾伦·班尼特，你到底跑去哪里了？"

星期六的早上，茱恩遍寻不到它的影子。她在房子里找了个遍，还搜了棚屋，甚至查看了阁楼，以防它跑上去找什么东西，可全都是白费功夫。

"出来吧，艾伦，别开玩笑了。"她喊道，屋里却仍旧是一片寂静。

茱恩往面包机里放了一片吐司，烧上水壶，听着水烧开时缓缓发出的嘶嘶声，尽量不去理睬那种五脏六腑七上八下的感觉。漫长而空虚的周末在她的眼前铺展开来。尽管能够独自看上几个小时的书会让她满心欢喜，但今天早上的她却惴惴不安。在图书馆工作的十年间，她总是会想方设法地避开主持"儿歌时间"，或者准确地说，是避开任何迫使她必须当众发言的活动。然而就在下个星期一，她将不得不站在几十个孩子及其家长面前，有说有唱地取悦他们，就像……

茉恩咬了一大口吐司，感觉就像吞了一张纸板，于是将盘子推到了一旁。

五分钟之后，她抱着一本已经折了角的《战争与和平》，在沙发上坐了下来。这本小说茉恩之前试着读过好几次，均以失败告终。不过就这个周末而言，读完这一千多页堪称一项完美的计划，能够分散她的注意力。再说她的妈妈也很喜欢这本书。为此，茉恩还一直为自己从未设法读完过它满怀愧疚。她把这本平装书举到鼻子旁，嗅了嗅陈年的纸张与灰尘散发出的令人安心的香气。她还闻出了另一种味道——那是肥皂的基调和一丝极其微弱的烟味。茉恩闭上眼睛，想象妈妈就坐在自己身旁，就像她一直喜欢的那样，双腿塞在身子下面蜷缩着，腿上摊着一本书，沙发的扶手椅上还搭着一只烟灰缸。母女俩就这样度过了上百个周末，一言不发，安心地肩并着肩。妈妈偶尔读到什么内容时还会嘶哑地发笑，打破这样的沉默。回想起这一幕，茉恩因为怀念而心痛不已，只好翻开书读了起来。

就在她读了三十页左右时，门铃响了。有那么一瞬间，茉恩在想是否是邮递员送来了昨天遗忘的一沓生日贺卡。她骂了自己一句，你怎么能产生如此荒谬的想法。

茉恩打开了前门。隔壁的邻居琳达出现在她的眼前。琳达身穿一条紫红色的连衣裙，耳朵上挂着一对巨大的金色耳环。琳达痴迷于吉丽·库珀的小说，打扮得就像是鲁伯特·坎贝尔－布莱克马上就会出现在查尔科特，将她飞快地带去猎人舞会似的——即便现在才早上九点。她怀里的正是一脸愠怒的艾伦·班尼特。

"看看我在烘干柜里发现了谁，一个鬼鬼祟祟的小家伙。"

艾伦的嘴里发出愤怒的嘶嘶声，从琳达的怀中蹦了出去。

"抱歉，琳达。我正四处找它呢。"

"没事。你不忙吧，是不是？"趁茱恩还没来得及作答，琳达就匆匆钻进房门，径自走进客厅，还回头说了一句，"不用给我加牛奶，我正在上'瘦身世界'的课呢。"

茱恩拿出两只缺了口的马克杯，倒上两杯茶，端了过来。她发现琳达正伸展四肢坐在沙发上，翻阅那本《战争与和平》。

"天啊，亲爱的，你为什么要这么对待自己啊？"琳达说罢一脸嫌恶地将书丢到了地板上。

"这是我妈妈最喜欢的书之一。"

"她的读书品味总是那么糟糕。你知道我给她买了全套的吉丽·库珀的小说，她却从没有读过一本吗？"琳达一脸厌恶地挑了挑两条用眉笔重重描过的眉毛。茱恩大笑起来。

"我必须承认，这本有点儿难读，即便是对我而言。"

"幸亏你妈妈还喜欢琴酒和八卦，否则我们永远也成不了朋友。"琳达端起马克杯，喝了一大口，"我昨天还在想，你记不记得你七岁生日时，我们给你做过一个《查理和巧克力工厂》的蛋糕？我们试过制作一个巨大的玻璃升降机，最后的成品像比萨斜塔一样歪歪斜斜的。"她一阵狂笑，把热茶泼洒到了沙发上。

"你们总是能给我做出最好的蛋糕。"茱恩笑着回答。她六岁生日那年，妈妈和琳达曾照着《夏洛的网》为她烤过巨型的蜘蛛和发光粉红猪蛋糕，在她十岁生日时又用糖膏做了《哈利·波特》中的赫敏与海格——虽然成品看上去有点儿像某部恐怖电影中的角色。

"你为什么就不能像同龄的女孩那样，要个公主蛋糕呢？"琳达装出一副生气的样子，翻了个白眼，"对了，你的生日过得怎么样？和朋友们见面了吗？"

"很好，谢谢。"茱恩回答。

"哦……"琳达的语调表明她已经心知肚明，陪伴茱恩度过生日的只有伊丽莎白·班尼特和达西先生①，"嗯，我给你带了一样小东西。"

琳达从手提包里掏出一只长方形的包裹。茱恩诚惶诚恐地动手将它打开。琳达的生日礼物总是离不开某个主题：去年是一本《如何让你爱的人爱上你》②，前年则是《人性的优点》③。此时此刻，茱恩从包装纸里拽出来的书上赫然写着《现在怎么办？90天开启新的人生方向》④。

---

① 英国小说家简·奥斯汀（Jane Austen）所著的长篇小说《傲慢与偏见》的两位主人公。
② 美国情感问题专家莉尔·朗兹（Leil Lowndes）所著的恋爱心理指南。
③ 美国成功学大师、演说家戴尔·卡耐基（Dale Carnegie）所著的心理励志作品。
④ 劳拉·伯曼·福特冈（Laura Berman Fortgang）所著的目标管理手册。

"这是我在慈善义卖店里看到的，一下子就让我想起了你。"琳达显然一脸骄傲。

"真是太棒了。谢谢。"茱恩看了看封底的内容简介，强装出一副热忱的样子。

"你喜欢吗？我只是觉得……"琳达停顿了一下。茱恩等着她说下去，也知道她会说什么。"亲爱的，快八年了。我知道你很想你妈妈——我们都想她——但是时候稍微改变一下了，对吗？"

茱恩抿了一口茶。每年她生日前后，琳达都会说这样一段话。从以往汲取的经验来看，茱恩最好保持沉默，直到琳达把心里的想法都发泄出来。

"我的意思是，你现在的生活不是你年轻时梦想的那样，对吗？"琳达接着说，"在你妈妈病倒之前，你也有过远大的人生计划，想去上大学、成为一名作家。你不觉得是时候放手一搏了吗？"

"琳达，哪个小孩子没有过愚蠢的梦想。再说了，我喜欢在图书馆里工作。"

"哦，好吧。但你也不必在查尔科特这么一座小镇子里窝着呀。你一直想去剑桥，我相信那里也有图书馆呀。"

"可我为什么会想离开呢？这里是我的家啊。"茱恩的眼神在客厅里扫视起来：摆满了她和妈妈藏书的书架、放着母女俩多年来的瓷制装饰藏品的壁炉架、挂满各色相框图片与照片的墙壁。"艾伦·班尼特怎么办？我不确定它能否适应搬去一个新的地方。"

听到自己的名字，艾伦冷淡地龇起牙，低吼了一声。

"听我说，我不是要给你施加压力。如果你在这里过得快活，那很好。我只是觉得，你也许会想从自己的生活中再多获得些什么。仅此而已。"

茱恩放下书，朝着琳达露出了最宽慰的微笑。"我真的很感激你的关心，但我喜欢自己的生活，也不想改变什么。"

"好吧。既然如此，那我猜你会来参加今天下午的夏日游园会咯？"

茱恩脸上的笑容消失了。"啊，我今天有点儿忙。"

"别这样。你自己都说了，这本《战争与和平》糟透了。你以前很喜欢游园会的。"琳达从沙发上站起身，把手中的空马克杯递给了茱恩。

"说真的，琳达，我还有很多事情——"

"那我稍后再来敲门叫你。"琳达回答，"小姑娘，我知道你是什么样的人，所以千万别假装自己不在家。"

3

　　三点钟，茱恩跟在琳达的身后，朝着坡上的村镇公共绿地走去。万里无云的天空中，似火的骄阳炙烤着大地，晒得她感觉自己浑身上下都红了。茱恩一直不喜欢夏天，这不仅仅是因为晒伤会令她满是雀斑的脆弱皮肤苦不堪言。即便是上小学的时候，在大部分同学都会趁着悠长的暑假在河边嬉戏玩耍时，茱恩也更喜欢和自己最好的朋友盖尔一起待在图书馆的阴凉里，与一摞好书为伴。

　　查尔科特的夏日游园会是个例外。爬上山坡的途中，第一个对她发起冲击的就是扑鼻的香气：那是新鲜出炉的爆米花与棉花糖混在一起的醉人芬芳，能令所有的孩子欣喜若狂。循着这个味道，茱恩会抓紧盖尔的手，从妈妈的身边跑开，奔向镇上的那片公共绿地。顶部缀满彩旗的钓鸭子、打老鼠游戏摊，摆着成排熊猫汽水瓶的甜品铺，当地妇女协会为了西葫芦和蛋糕你争我抢的比赛帐篷———看到这些，两个女孩就会高兴地尖叫起来。

"好了，我半小时后在酒吧帐篷里等你。"两人一到，琳达就说，"如果你看到我家杰克逊，告诉他，我有零花钱要给他。"

琳达蹦跳着跑走了。茱恩在游园会如织的人群中穿梭，努力让自己保持冷静。一切都和她记忆中的一模一样：孩子们横冲直撞，在摊位间玩着捉迷藏的游戏；空气中弥漫着焦糊的香肠味；陈旧的天朗扩音系统嗡嗡作响。彩票抽奖活动一如既往是由当地的布朗尼女童子军组织的，每周三都会在图书馆里碰面的"针织聊天会"也支上了一张桌子，出售自制的廉价动物饰品。经过他们身旁时，茱恩别过了脸。没有了"图书馆助理"胸牌和日期戳的职场铠甲，她在图书馆以外的地方与读者交谈时总会感觉浑身不自在。来到走道尽头，她右转朝着比赛帐篷走去，半路上却停下了脚步。在她的前方，就在充气城堡旁，支着一个二手货摊。

茱恩的第一反应就是转身朝着反方向逃跑，却发现身后密集的人潮正将她推向那里。推挤中，她看到桌子上摆满了各种各样奇怪的东西：一座守护精灵像、一只沙拉脱水器、一堆被脱掉了几件衣服的芭比娃娃。这里所有的东西都已被自己的主人抛弃，拿出去卖掉做慈善。

"你知道我为什么最喜欢二手货摊吗？"茱恩的妈妈过去常说，"那里的东西都是没人爱、没人要还遭人嫌弃的东西。而我一直很喜欢无用的东西。"

这种货摊茱恩的妈妈办了十五年，使之成为了游园会中最成功的摊位之一。曾经，茉恩每年都会陪在她的身旁，一边吃糖一边听着妈妈与读者们闲聊。贝弗丽·琼斯——镇上无人不知、无人不晓的图书馆员。赶来货摊前打招呼或聊八卦的人总是络绎不绝。

有一次，茉恩充满敬畏地注视着她和一位年长的女士聊了五分钟，还记得对方五个孙辈的名字。"你就像个名人。"她这样对妈妈说。

"别傻了。"贝弗丽回答，"不过，我的工作有时与其说是图书馆员，倒不如说更像是社工。"

即便贝弗丽罹患癌症，身体被新一轮化疗导致的恶心与呕吐折磨着，她还是坚持经营这个摊位。

"要是我不做，谁来给这些可怜的物品找到新生活呢？"茉恩用轮椅推着她穿过颠簸的场地时，她这样说道。那一年，贝弗丽已经虚弱得无法坐在桌子旁了，但前来参加游园会的人几乎无一例外都会过来和她打声招呼、送上拥抱，祝她安好。

三个月后，她妈妈去世了。

从此，茉恩再也没有回来参加过游园会。

泪水渐渐模糊了她的视线。她转过身，推开人群朝着出口挤去，心头涌起了阵阵恐慌。她就不该到这里来。茉恩想着熟悉又温馨的家——她妈妈留下的东西、艾伦·班尼特和她的书——加快了脚步。

路过面部彩绘的摊子时，她听到身后传来了一个声音。

"茱恩！"

一瞬间，她不知自己能否假装没听到，拔腿就跑，却感觉一只手已经搭在了她的肩膀上。转过身，她看到了一身花呢套装、系着领带的斯坦利·菲尔普斯。

"亲爱的，见到你真好。"他望着她，脸上的笑容在看到她被泪水打湿的双颊时化作了担忧，"你还好吗？"

"我没事，谢谢。"茱恩抹了抹脸颊。她最不想要的就是图书馆的读者对她的怜悯。

"哦，很高兴能碰上你。你看到那些跳莫里斯舞的人了吗？去过比赛帐篷了吗？"

"还没有，不好意思。"

"哦，那你真该去一趟，今年的标准格外高呢。那里还有一座完全用根茎类蔬菜做成的迷你版巴比伦空中花园。我现在就带你去看看怎么样？"

"其实，我要回家了。"

"可还有十五分钟就要举行维多利亚海绵蛋糕的评审了，你不该错过的。去年拿第二名的那个女人气得把自己的蛋糕丢到了玛乔丽·斯宾塞头上。"

"谢谢，可是我——"

右边的一阵骚动打断了茱恩的话。她和斯坦利转头望去，看到布兰斯沃斯太太的身上挂着一块自制的三明治式广告牌，上面随意涂抹着"保护查尔科特商业街"和"支持本地企业，拒绝大型连锁"的字样。

"我们的镇子正在遭到摧毁。"布太太大声吼道，吓了旁边的小孩一跳，手里的冰激凌都掉到了地上，"我们已经失去了自己的肉店和菜店，现在连面包店也面临威胁。"

"她已经这样走来走去一个小时了，谁愿意听就冲谁大喊大叫。"斯坦利凑到茱恩的耳边低声说，"不愿意听的人也难逃一劫。"

"议会提高了租金，还将我们的城镇绿化带卖给了可恶的房地产开发商。我们得让他们知道，我们的镇子不要赌徒和房产中介——我们要的是服务社区的本地企业。"

"小点声儿，我们这些人是来找乐子的。"一个男人吼道。

布太太停下脚步，对他破口大骂。

斯坦利朝着两人走了过去。"快来，茱恩。我们最好在她动手之前制止她。"

茱恩愣住了，感觉自己被困在了原地。她帮不上什么忙，她太害羞了，无法让任何一方听自己说话。有一次，她曾试图在图书馆里劝架，最后反而害局面愈发糟糕。她匆匆瞥了一眼斯坦利——他正站在比手画脚的男人和面红耳赤的布太太之间——转身快步朝家走去。

4

星期一早上，茱恩在九点前打开了大门，迈进了图书馆宜人的宁静氛围中。这是她一天中最喜欢的时段之一：玛乔丽和读者们还没来，只有她与七千本书为伴。她喜欢在房间里四处闲逛，呼吸着沉重凝滞的空气，偶尔还会闭上双眼，想象那些书籍在她的耳边低声诉说自己的故事。

记忆中，她最早来查尔科特图书馆还是四岁时的事情，就在她妈妈在这里工作后不久。从钟塔的下方走进图书馆内，这座建筑给人一种宏伟壮观的感觉。她的目光所及之处尽是书本，还有她几乎看不到顶的借书台。妈妈给了她一张借书卡。茱恩仍旧记得，当她听说自己能带十二本书回家、想换新书就能随时来换时的兴奋感。上学后的大部分午后时光，茱恩和盖尔都一起在儿童阅览室里一边玩耍、一边读书度过。少女时期的茱恩会一个人到这里来做作业、和妈妈聊天。离开拥挤喧闹的高中教室，图书馆成了能让人平心静气的避风港。

如今，距离她第一次走进这里已经过去了二十多年。茱恩知道，就算是按照地方村镇图书馆的标准来衡量，查尔科特图书馆的规模也真的很小。访客时常抱怨这里灯光昏暗、暖气不足、广播音响差，但对茱恩而言，这座建筑始终留给她第一次到访时感受到的那种魔力。即便她已经在这里工作了十年，且一直处在资金不足、资源耗尽的环境之中，图书馆对她来说仍旧是一个神奇的领域，尤其是在四下无人的清晨。

茱恩开始了她的例行布置工作：打开电脑，将今天的报纸盖戳、放好，为打印机添加纸张。她平日里很享受这些不受打扰、默默沉思的工作，今天早晨却怎么也无法放松。又是酷热的一天，茱恩希望那些家庭会去公园或河边走走，而不是到这里来参加"儿歌时间"。可十点一到，当她打开前门时，已经有好几对父母带着年幼的孩子在等待进门了，斯坦利也在其中。

"早上好，亲爱的。今天的天气真不错，对吗？"斯坦利没戴帽子。茱恩想象，要是他戴了，肯定会向她脱帽致意。"对不起，我在星期六的骚乱中和你走散了。你听说了吗？布兰斯沃斯太太差点儿因为扰乱治安遭到逮捕。"

"她没事吧？"

"当然没事——你知道她有多喜欢吵架。劳驾帮我打个卡好吗？"

"没问题。"茱恩跟他走到电脑旁。斯坦利最近创建了一个电子邮箱帐号，与身在美国的儿子通信，但没有茱恩的帮助，他还是没法登录。她输入了他的密码。

"谢谢。"斯坦利说，"今天早上就你一个人吗？"

"是的。玛乔丽去开会了。所以由我来代班'儿歌时间'。"

他肯定听出了茱恩话中的颤音，因为他的脸上露出了鼓励的微笑。"我相信你一定能做得很好。我会把纵横字谜留到你完工的。"

到了十点半，图书馆里已经挤满了"小怪物"，噪音水平也提高了十个分贝。等到再也拖不下去时，茱恩才走向儿童阅览室，透过门缝朝着里面张望。地板上几乎坐满了孩子和成人。大家全都面向着前方一张孤零零的空椅子。茱恩的脑海中不禁闪过了母亲坐在那个位置上的画面。她穿着粗蓝布裤子，从容自在地弹着吉他，为兴高采烈的孩子们唱着歌。

茱恩攥紧门把，缓缓吐了一口气，走进门向房间的前面迈去，感觉口干舌燥。

"嘿，你不是玛乔丽。"一个小男孩说。她一眼认出，他就是那个经常破坏书本的家伙。

"大家好，我叫茱恩。"她的声音出口时既微弱又嘶哑。

"亲爱的，大点儿声。后面听不见。"一位曾经借阅过心理恐怖小说的妈妈喊了一句。

"玛乔丽去哪儿了？"她的朋友问道。她曾经偷偷借阅过米尔斯和布恩出版公司的爱情小说。

"很遗憾，她很忙。"她回答。

几个孩子发出了"嗷"的叫声。

"我想听《一辆红色的大卡车》。"那个"图书破坏王"喊了起来。

"这个环节过后,我们可以把玩具箱搬出来。"茉恩说。

"不要——我就要听这首歌。"

"啊,抱歉,我不知道怎么唱这首歌。"她听到了嘘声,感觉双颊越来越热,"《老麦有辆小卡车,咿呀咿呀哦》怎么样?一,二,三……"

所有人的眼神都紧盯着她。看到没人放声唱起来,茉恩这才恍然大悟,第一个唱的人应该是她。她能听到的只有血液在耳朵里横冲直撞的声音。

"老麦有个大农场……"茉恩已经很多年没有当众唱过歌了,她的声音微弱又不成调。她看到一个陌生的女人扬起了眉毛,孩子们发出了几声窃笑。

"咿—呀—咿—呀—哦。"

还是没有人跟着唱。茉恩抹了抹上嘴唇的汗珠,心怦怦直跳。闭上眼,她仿佛又回到了学校,站在全班同学面前,听着同龄的少男少女们窃窃私语、暗暗偷笑。

"农场上有辆……"

一阵极其痛苦的停顿过后,有个男孩喊出了声:"小卡车!"

茉恩看到,那个男孩正是杰克逊,于是感恩地应了一句:"咿—呀—咿—呀—哦。"

又有几个人加入了进来。唱到第二段时,屋里的大部分人都已经唱了起来，于是茱恩放低了自己的声音。

众人又合唱了好几首儿歌：《车轮转呀转》《蜘蛛爬啊爬》《一闪一闪亮晶晶》，可孩子们还在不断地要求她唱些她从未听过、有关太空人和爱睡觉的小兔的歌。茱恩在第六次道歉时看到，有些家长已经在彼此交换眼神了。

"你知道什么是真正的儿歌吗？"借过米尔斯与布恩出版公司小说的妈妈问。

"对不起，我很少做这件事情。"

"要是你不会唱，那'儿歌时间'还有什么意义？"

"真的很抱歉。"眼泪刺痛了茱恩的双眼。**千万不要当着这么多人的面掉眼泪。**

"看在上帝的分上。"借过心理惊悚小说的妈妈站起身，拽着自己满腹牢骚的女儿走出了房间。

别的孩子也开始坐立不安起来，家长们则自顾自地交头接耳。茱恩环顾四周，寻找着任何能让她重新掌控局面的东西。摆在低处的一只箱子里有本被人丢掉的《好饿的毛毛虫》，是茱恩小时候最喜欢的故事之一。她抓过那本书就开始朗读，即便没有人在听。

读到最后一页时，茱恩抬起头，意识到满屋的人都陷入了沉默，沉迷在故事中。停顿的那一刻美妙又平静。

"我还要再听一个故事！"一个小女孩的声音打破了平静，"我要听《咕噜牛》。"

"抱歉，但是今天的'儿歌时间'就到这里了。"茱恩站起身，趁现在还没人抱怨，动手收拾现场。

大部分家庭都回家了。茉恩走向办公室，接了一杯水，心脏仍在加速狂跳。她听到身后有几对家长正咯咯笑着向外走去。一想到他们是在嘲笑她，茉恩的心就沉了下去。她松了一口气，因为玛乔丽没在这里目睹这场灾难，不过毫无疑问，很快就会有人欣然向她告状。当然，他们是对的。什么样的图书馆助理会连简单的儿歌活动都应付不来，还差点儿哭鼻子呢？

十二点钟，午餐时段的宁静降临。图书馆里就只剩下坐在椅子上的斯坦利在一张报纸背后打盹，还有布兰斯沃斯太太绕着书架鬼鬼祟祟地自言自语。茉恩在桌旁坐下来，做了几次深呼吸，鼻孔中充斥着图书馆里那股令人舒适的香气。孩提时期，她曾相信每本书里的故事都有自己独有的味道，而图书馆的气味就是上千个各不相同的故事散发出的气味混合在一起。她曾把这个想法解释给妈妈听，告诉她儿童阅览室里的味道最好闻，因为谁都知道童书里的故事比成人书里的故事更令人兴奋。在那之后的几个月里，每当母女俩一起阅读一本书时，就会玩一个游戏：给这个故事设定一个特别的味道。比如《秘密花园》散发着泥土与玫瑰的味道，《查理和巧克力工厂》则是糖和卷心菜汤的味道。

"打扰一下，请问我能把这几本书借走吗？"

茉恩抬起头，看到桌前摆了一大摞书，还有一双对她忽闪着的眼睛。"当然可以了，杰克逊。"

琳达八岁的孙子是茉恩最喜欢的图书馆读者。他是在家里受教育的，从很小的时候起就会自己握着借书卡过来，仿佛那就是他最珍贵的财产。他是个求知欲很强的读者，已经能够轻松阅读比他年纪大一倍的孩子该读的书了。

"啊，《蝇王》①是个不错的选择。"茱恩接过他的书，"如果你喜欢这本，可能也会喜欢《沃特希普荒原》②。"

"我七岁时就读过那本了。"杰克逊用浅紫色的毛衣袖子擦了擦鼻子。这件毛衣肯定是琳达给他织的。"你有《雾都孤儿》吗？我正在完成一个有关维多利亚时代的课题，斯坦利说我可能会喜欢这本书。"

"我来给你查查。"茱恩把书名输入电脑，"你知不知道，这座图书馆在维多利亚时代曾是一座学校？我可以帮你做一些调查。我确定图书馆的档案里还保存着几张老照片。"

"太好了。"杰克逊回答，"那你知不知道，维多利亚时代的人会把孤儿送去济贫院生活，他们甚至都没学过读写？这是我在这里的百科全书中读到的。"

琳达总是抱怨杰克逊应该出门和同龄的孩子玩耍，而不是在图书馆里耗费这么多的时间。但对茱恩而言，这个男孩有着与她相似的灵魂。每次他走进门，她都能读懂他的眼神：对书承诺带给他的一切既期待又兴奋。她的心里暗暗明白，多与书而非与人

---

① 英国现代作家、诺贝尔文学奖获得者威廉·戈尔丁（William Golding）所著的长篇小说。
② 英国历史学家、当代小说家理查德·亚当斯（Richard Adams）所著的儿童文学。

相伴、更喜欢在书页而非真实的生活中探险、旅行是种什么感觉。

前门传来了一声巨响。一个穿着不合身的西装的青年冲进了图书馆,脸上满是愤怒的红丘疹。"你听到消息了吗?"

"不好意思,什么消息?"茱恩问道,"你是谁?"

"我叫莱恩·米切尔,是《唐宁郡公报》的。你听说议会的公告了吗?"

"议会怎么了?"布兰斯沃斯太太从"科学与技术"书架旁大步流星地朝着两人走来。

"他们发布了一篇新闻稿,说考虑关停郡里的六座图书馆。查尔科特图书馆就是其中之一。"

茱恩一下子感觉如鲠在喉。"什么?"

"他们许多年前就已经扬言要做这件事了,但刚刚才正式宣布。"莱恩说,"他们准备举办一场讨论会,然后再下决定。"

"那些混蛋!"布太太声如洪钟的怒吼吓得斯坦利从椅子上跳了起来。

"我想听听图书馆员对此有什么评论。"莱恩一边告诉茱恩,一边从包里掏出了手机。

"对不起……我只是个图书馆助理。"茱恩结结巴巴地回答。她感觉头晕眼花,紧紧攥住桌子,好让自己站稳。

"他们真能这样说关就关吗?"斯坦利问,"我们还有许多人要依靠这里的设施呢。"

"议会里都是些保守党的败类。"布太太怒吼了一声,"这都是他们该死的紧缩计划中的一部分。全国各地的图书馆都将关停。"

"可没有了图书馆，我该去哪里呢？"斯坦利问。

"议会说温顿和新考利还有更大的图书馆。"记者回答。

"可它们都在好几英里以外的地方呀。"

"你知道这件事情吗？"布太太怒目圆睁地瞪着茱恩。

"不知道，我很抱歉……我也是第一次听说。"

"我们不能让这种事情发生。"斯坦利说。

"我们要成立一个运动组织。"布太太挥起拳头，重重地砸向桌子，吓了茱恩一跳，"我这辈子都在抗议，才不会束手就擒呢。"

"我能把这句话用在报道中吗？"莱恩飞快地在记事簿上写了起来。

"这到底是怎么回事？"

众人纷纷转过头，看到玛乔丽正站在门口，像抱着护盾一样将手提包抱在胸前，"这里是图书馆，不是牲口市场。我在外面就能听到你们说话。"

"玛乔丽·斯宾塞？我不知道能不能为《唐宁郡公报》采访你一下？"莱恩问。

"除非你是来这里参加图书馆正当活动的，否则就得离开。"

"我能不能——"

"我说了，出去！"

莱恩看上去欲言又止，却还是低着头走了出去。屋里沉默了片刻。茱恩都能听到自己急促的呼吸声。

"好了，大家都冷静一下，好吗？"玛乔丽说，"我刚去议会开完会，得知了这个消息。我知道这很惊人，但我们绝对不能惊慌。"

"站着说话不腰疼，你很快就要退休了。"布兰斯沃斯太太哼了一声。多年前，玛乔丽曾指责布太太损坏了玛格丽特·撒切尔的一本自传封面，两人大吵了一架。

"你们知道的，我丈夫是行政教区委员会的主席，也是图书馆的有力支持者。"玛乔丽说，"他会在星期四与郡议会安排一场公开会议，这样我们所有的问题就迎刃而解了。"

"我们已经没有太多时间准备了。"斯坦利说。

"可不是嘛。"布太太啐了一口，"议会肯定想尽快下手，省得引人耳目。"

"我相信议会会在会议上听取你们关心的所有问题。"玛乔丽说，"好了，现在请你们安静下来，回去做自己的事情，好吗？"

玛乔丽在桌边站定，直到斯坦利和布太太走开，才转身走向自己的办公室。在此过程中，茱恩发现她的脸色像纸一样苍白。

"打扰一下，茱恩？"

她四下环顾，寻找这个微弱的声音是从哪里传来的，这才吃惊地发现杰克逊还站在桌旁，她在一片骚动中已经忘了他还在这里。

"什么事？"

男孩的眉头皱了起来。"他们不会关停图书馆的，对吗？"

茱恩咬了咬嘴唇，努力克制着内心的情绪。"对不起，杰克逊。我真的不知道。"

5

"还是老样子吗?"那天晚上,乔治看到茱恩走进金龙餐厅,开口问道。

"是的,谢谢你,乔治。"

他进了厨房,茱恩瘫坐在外卖中餐厅的一张塑料椅上,脑袋怦怦地抽痛。有关议会公告的消息已经在村里传开了,大家纷纷赶来图书馆里找她询问。茱恩极力保持积极的态度,安慰大家一切尚无定论,但是她的内心却已崩溃。要是图书馆关停了,她该何去何从?她得去找一份新工作,这也许意味着她不得不卖掉妈妈的房子,离开查尔科特……

茱恩把手伸进包里,掏出一本书,绝望地想要转移自己的思绪。

"茱恩·琼斯?"

她抬起头,却没有认出站在柜台后的那个头发凌乱的男人,于是努力想他借过什么书，却还是没有认出他来。

"是我啊，艾力克斯。"

茱恩上一次见到艾力克斯·陈，他还是个矮胖的少年，会在校车上阅读《权力的游戏》。两人初中时读的是同一年级，偶尔会在一些项目中成为搭档。如今，他已经是个肩膀宽阔、笑容温暖的大高个了。

"哦……呃，嗨，艾力克斯。你好吗？"

"我很好，谢谢。我是几个月前才回来的。爸爸要做臀部手术，所以我回来帮忙。"

"手术？什么时候？"茱恩对乔治要进医院的事情毫不知情。不过话说回来，他们每周的对话一直只有"老样子"和"七英镑四十便士，谢谢"。

"下周四。再见到你真好。你还住在这里吗？"

"是啊，我是图书馆的助理。"茱恩瞥了瞥艾力克斯，以为他会露出不感兴趣的表情，可他却面露喜色。

"太棒了。我记得你在学校里总是埋头看书。你是不是每年都能拿阅读奖？"

"不是每年，只拿了三次而已。"茱恩感觉双颊泛起了红晕。

"我一直在努力赢过你，却从来没成功过。"艾力克斯大笑起来，"那你能给我推荐几本我可能会喜欢的书吗？"

人们发现茱恩的职业后，往往都会提出这个问题。她也为自己猜测某人读书喜好的能力暗暗感到骄傲。"我可以试试。你还喜欢乔治·R.R.马丁吗？"

"哦，天哪。我上学时真是个废物。"艾力克斯皱了皱眉，"恐怕我现在也没多酷，读的主要是科幻小说和恐怖故事。"

"我对那类书了解得不多，但我可以替你留意。"

"其实，我一直打算拓宽自己的阅读面，却总是不知从何下手。"艾力克斯指了指茉恩大腿上的书，那是她今天早上出门时从厨房的桌子上顺手拿的。"你在读什么？"

"哦，我觉得它可能不合你的胃口。"她边说边试图将书塞回包里。

"我肯定会喜欢的。来吧，说来听听。"

茉恩不情愿地举起书，好让艾力克斯看到它破旧的封面。她确定自己看到一丝失望的神色闪过了他的脸庞，不过被他很快掩饰了过去。

"《傲慢与偏见》？我还没读过呢，但我读过《傲慢与偏见与僵尸》。"

"什么？"茉恩惊讶得忍不住笑出了声，"我怎么从没听说过还有这本书？"

"很精彩。我觉得情节基本上和原著是一致的，只是班尼特姐妹成了学过中国武术的僵尸战士。威科姆起死回生，靠吃猪脑生存，正在组织僵尸大军占领英格兰。伊丽莎白和达西必须阻止他。"看到茉恩脸上的表情，艾力克斯停了下来。

"这是我听过最离奇的情节了。你不是在忽悠我吧？"

"不是，我发誓。这样好了，我来读《傲慢与偏见》，你来读《傲慢与偏见与僵尸》，然后咱们交换意见，如何？"

"谢谢，但我自从上学时读了《科学怪人》，就没有读过恐怖小说了。那时候我一个星期都开着灯睡觉。"

艾力克斯咯咯笑了起来。"天哪，我还记得我也读过那本书呢。那个无聊的英语老师叫什么名字来着？她的课糟糕透了。"

汤森小姐其实是茱恩最喜欢的老师。她总是会为她推荐读物，还会在下课后与她讨论那些书的内容，但茱恩不想承认这一点。

乔治从厨房出来，手里拿着一只袋子。"七英镑四十便士，谢谢。"

"谢谢，乔治。祝你好运……"茱恩刚张开嘴，但他已经回厨房去了。

"很高兴再见到你。"看到茱恩拿起袋子，朝着店门走去，艾力克斯说道，"如果你对《傲慢与偏见与僵尸》感兴趣了，就告诉我一声。说不定你会爱上它呢。"

回到家，茱恩坐下来吃起了外卖。豆豉鸡一直是她妈妈的最爱。如今茱恩每个星期一的晚上也会给自己点上一份。她用叉子舀起一大口食物，脑海中飞快地闪过今天发生的画面：儿歌时间、跟图书馆有关的议会新闻、玛乔丽苍白的面容。图书馆真的有可能关停吗？当然有可能。茱恩知道全国各地都有图书馆被关停，但不知怎么，她总是想象查尔科特这么小的地方是安全的。只要她愿意，想工作多久就能工作多久。尽管这是个温暖的夜晚，茱恩还是打了个寒颤，在听到有人敲响前门时吓了一跳。

"我听到消息了。"琳达刚进门就张开双臂抱住了她，"你这个可怜的孩子，肯定吓坏了。"

"琳达，他们想要关停图书馆。"茱恩把头埋进她的肩膀，嘟囔着说，"妈妈的图书馆。"

"好了，我们不会让他们得逞的，对吗？"琳达放开她，钻进了厨房，"你已经想好要怎么做了吗？"

茱恩跟在她的身后，重重地跌坐在桌旁。"我不知道。我不确定自己还能做些什么。"

"如果你妈妈还在，我能想象她肯定会冲进议会办公室，大声训斥他们，直到他们改变主意。"琳达回答。

"显然议会要在星期四召开一场会议。"

"你肯定有许多问题想问他们。一定要把心里所有的疑问尽快写下来，这样开会的时候就不会忘记了。"

茱恩扒拉着盘中的米饭，没有回答。她有许多的问题想问，却无法当着满满一屋子人的面开口。只要一想到会有那么多双眼睛注视自己，茱恩就感到恶心，于是放下了手中的叉子。"真希望妈妈能在这里。"她轻声地说。

"我知道，亲爱的，我也希望。"琳达朝她同情地微笑着，"可你妈妈已经不在了，所以你要为了她据理力争。"

6

茱恩注视着那个面前摊着一本《西班牙语入门》的女子。她是个温柔随和的读者，几个月前才开始到图书馆来。起初，她读的是《俄语初学者指南》，后来是《自学德语》。茱恩推断，这名女子已婚，育有两个年幼的孩子，却过着间谍的双面生活。每天把孩子送去学校之后，她就会去执行跟踪温顿黑手党的任务，或是去费福林假扮游客、刺杀俄罗斯间谍。当她告诉丈夫，自己打算周末去陪妹妹时，其实已经和另一个军情五处的探员陷入了热恋——

"胡说八道！"布太太隔着杂志架凝视着茱恩，"我从没有读到过这么彻头彻尾胡说八道的东西。"

"这次又是什么书啊？"茱恩问。一本《百年孤独》猛地推到了她的眼前。"布兰斯沃斯太太，很遗憾你不喜欢这本书。我还挺喜欢它的。"

"我一直在想——我们应该和其他受到威胁的图书馆联合起来，组织一次大规模的运动。我们可以称自己为'唐宁郡六馆'。"

"这个主意不错。"

"你们图书馆工作人员都应该罢工，这样我们就可以形成一条纠察线。"布太太还在滔滔不绝，隔着书架把脸靠向了茱恩，"你知道吗，1984年时，我曾在威尔士声援过矿工长达半年。尽管场面残暴，但我们是不可能让该死的撒切尔镇压那些民众的。我也不会让同样的事情发生在这里。"

"也许我们应该先听听议会在会上有什么话要说？"茱恩回答，"他们也许是讲道理的，能让图书馆继续运营下去。"

"你真的那么天真吗？"布太太一脸嫌弃地摇了摇头，"我在你这个年纪已经因为非暴力反抗被逮捕过三回了。我们和你们这群吃牛油果吐司、喝豆浆拿铁、令人讨厌的千禧一代不一样，我们是真的心怀信仰，愿意为它们而战。"

布兰斯沃斯太太停顿了一下，一种陌生的表情浮上了她的脸庞。茱恩想象各种各样的回忆正涌上这个女人的心头：她参加过的所有抗议活动，曾经与她相识、如今却已离世的许多人。

"我们必须奋起反抗。"布太太振作起来，"如果坐以待毙，那么早晚有一天，我们的孩子一觉醒来，发现这世上一座图书馆都不剩了。"

想到这里，茱恩不寒而栗。

"啊，我正要找你们俩呢。"斯坦利朝两人走了过来。茉恩看到他的头上贴着一块小小的膏药。

"斯坦利，你没事吧？"

他用手摸了摸膏药。"哦，不严重，只不过是昨晚摔了一小跤。医生说，她从没见过一个八十二岁的人身体这么硬朗。"他像健美运动员那样举起双臂，姿势对一个戴着领结的瘦老头来说显得很不协调。"话说回来，议会对这片圣地的卑鄙计划有什么消息吗？"

"我正跟茉恩说呢，为图书馆而战是我们的民主义务。"布太太说着，"我们都得在星期四那天毫无保留地表态，让大家听到我们的声音。"

"我十分赞同。我一直在想，我要说……"

茉恩转过身，偷偷离开了。一整天了，所有人都在谈论图书馆可能关停的事。和琳达一样，他们全都期待茉恩能在这次会议上带头发言。昨晚她彻夜未眠，忧心忡忡，此时脑袋阵阵抽痛，于是走到后面去喝水。就在这时，她看到办公室的门打开了。玛乔丽走了出来，身后跟着一个身着昂贵套装的年轻女子。对方的手里还拿着一个写字夹板。她的头发乌黑亮丽，嘴上涂着鲜艳的口红，看起来就像《黑暗物质》①中的库尔特夫人。茉恩以为会有一只金丝猴跳上她的肩膀。

---

① 英国奇幻小说作家菲利普·普尔曼（Philip Pullman）创作的儿童文学。

"还有一件事情。"女子开口问道，"室外有没有空间？"

"屋后有一片小的员工停车场，是我们放垃圾桶的地方。"玛乔丽回答。女子草草记了几笔。茉恩注意到，她精心修剪过的指甲涂着亮丽的红色，与夹板上的漩涡状红色标志十分相配。

玛乔丽发现茉恩正在注视着她们。"你整理完期刊了吗？"

"抱歉，还没有。"看到两人都回头盯着自己，茉恩赶紧缩了回去。

玛乔丽朝着女子转过身，夸张地叹了一口气。"老实说，这里什么事都得我亲自动手。"

"我觉得我需要的暂时就这么多了。如果还有其他问题，我会联系你的。"

两人握了握手。女子大步流星地向门口走去，甚至懒得和茉恩打声招呼。

女子刚一离开，玛乔丽就快步走到茉恩身边。"我有话要跟你说，十分紧急。"

茉恩跟着玛乔丽走进办公室，注视她摆弄着办公桌上那只"全球最佳图书馆员"的马克杯。她的神情看上去似乎比平日里更加紧绷。

"玛乔丽，你没事吧？"

"我有机密要事和你商议，但你必须发誓，不会向任何人透露。"

难道库尔特夫人向玛乔丽透露了有关图书馆未来的什么消

息？茱恩已经做好了听到坏消息的准备。

"是关于盖尔的告别单身派对。"

一提到她童年时最好的朋友，茱恩的心就沉了下去。盖尔是玛乔丽与布莱恩的女儿。几个月以来，玛乔丽一直把女儿即将到来的婚礼挂在嘴边。从马尔代夫的盛大求婚到婚礼伴手礼的选择，再到与酒席承办商的戏剧性事件——每个微小的细节都令茱恩心生厌恶。眼下，她努力将一声叹息咽了回去。

"玛乔丽，告别单身派对出了什么问题吗？"

"是这么回事，我跟你说过，他们打算在街道尽头的奥克福德公园举办这场派对。昨天晚上，我和朋友普鲁聊了聊。这个人的女儿在酒店工作，说她听说了盖尔的告别单身派对计划，问我对现场会有一个——"说到这里，玛乔丽停顿片刻，双颊泛红，压低了嗓门，"——一个脱衣舞男作何感想。一个裸男！"

"我相信这没什么恶意。"茱恩努力让自己的话听上去尽可能灵活变通一些。她不想看到一个歇斯底里的玛乔丽。

"你似乎没有意识到事情的重要性。你知道的，我丈夫是行政教区委员会的主席。严格来说，明年他的任期结束之后，就会成为郡治安长官职务的候选人。茱恩，你知道那意味着什么吗？那是女王在这个郡的代表啊。女王！"

茱恩想不通这一切是如何关联在一起的，但还是觉得最好什么话也别说为妙。"我觉得这就是个无伤大雅的玩笑。"

"你想象一下，要是有人把盖尔的告别单身派对请了脱衣舞男的事传出去，会毁了布莱恩的清誉的。我可不能冒让这种事情发生的风险。”

“也许你可以和伴娘们谈谈？”茱恩边问边看了看手表。图书馆已经太久没人盯着了。

“没用的。塔拉和贝琪一直不喜欢我，说不定她们这么做就是为了刁难我。”

茱恩什么话也没说，但这一次，她猜玛乔丽也许是对的。她和盖尔上小学时一直形影不离，六岁那年因为对梅尔·哈勃[1]的共同喜好结下了不解之缘。升入中学之后，盖尔就和塔拉、贝琪成了朋友，认为男孩比书本更有意思，穿着打扮就像是从《甜蜜高谷》的书页中走出来的一样。一夜之间，盖尔就为这两个酷酷的新朋友抛弃了茱恩，在走廊里对她不理不睬，对塔拉和贝琪在课堂上嘲笑茱恩的行为也视而不见。

“你根本不知道我为了这事有多么头疼。”玛乔丽显然并未察觉茱恩有多不自在，“我知道你单身，所以也许永远不会有我这样的经历。但相信我，筹划一场婚礼是你一生中压力最大的事情。”

茱恩的目光又回到了她之前放下的杂志上，因为痛苦的校园回忆而感觉双颊热辣。玛乔丽真令人恼火，她总能让茱恩想起《傲慢与偏见》中的班尼特夫人。不过这一发现无疑证实了她的

---

[1]　英国知名儿童文学《魔法小女巫》（*The Worst Witch*）的主角。

怀疑。在图书馆的未来和她们的工作都岌岌可危之际，玛乔丽担心的却只有她女儿愚蠢的告别单身派对。茱恩拿起一本《乡村生活》，用力地塞到了书架上。就在此时，她瞥见艾力克斯朝着自己走了过来。

"不管那本杂志对你做了什么，都不至于这么对它吧？"

茱恩忍不住笑了笑。"抱歉，我快被上司逼疯了。"她压低嗓门，回头看了看玛乔丽是否还稳稳当当地坐在自己的办公室里。

"那就试试为自己的爸爸打工好了。我爸的所作所为就好像我要接管的是一个国家，而不是一间乡村外卖餐厅。"

"他的身体怎么样了？"

"挺好的。不过我不确定自己能把他从厨房里拽出来，送去医院。"艾力克斯退了几步，环视着图书馆，"天哪，我已经好多年没有来过这里了。我发誓，小时候这里要大得多，而且没那么破败——你懂我的意思。"

"我们一直都有资金问题。"茱恩答道，看着艾力克斯将目光投向了落灰的陈旧百叶窗、剥落的墙皮和缺角的书桌。

"看到这里变成这副模样，真让人难过。我在这里有过许多美好的回忆呢。我过去一直很喜欢你妈妈组织的那些游戏活动。"

每当有人突然提起她妈妈，茱恩都会感觉喘不上气。

"也是她向我介绍了科幻小说。"艾力克斯说。

"我们还保留着一小片科幻小说的区域。要去看看吗？"

"其实我是想来问问，你们这里有没有《傲慢与偏见》可以让我借阅？"

"你确定吗？"茱恩注视着艾力克斯，想看他是否在忽悠自己，"可能还有别的你更喜欢的书。"

"不，我就想读《傲慢与偏见》。我听说这本书很不错。"

她从书架上找了一本，拿到借书台旁。艾力克斯递给她一张已经弯曲的陈旧借书卡。

"我也有本书要给你。"他把手伸进帆布背包，掏出一本翻旧了的平装书，"我知道你说过你对恐怖小说不太感兴趣，但这本书很特别。她是我最喜欢的作家之一。"

茱恩吃了一惊，不知该说些什么。她瞥了一眼封面，看到上面写着《俯瞰墓地的房子》，作者小池真理子。"谢谢，艾力克斯，你真好。"

"不客气。谢谢你借我这本。"他挥了挥手中的《傲慢与偏见》，大步流星地朝门口走去，"希望你能喜欢那本书。别晚上一个人读就行。"

"要是我又得开着灯睡觉，就知道该找谁算账了。"茱恩在他的身后喊了一句，发现好几个人都转过头来看着她，觉得自己好蠢。

她仔细端详着手中的这本书。它应该至少有十年的历史了。翻开书页，茱恩看到第一页上草草写着"艾力克斯·陈"的名字，心头突然涌起了将书举到鼻子旁闻闻的冲动。但她还是把书放回了桌上，望向门口，想看艾力克斯是否还在那里，反而看到一个弯腰驼背的身影正一瘸一拐地向借书台走来。

"我要投诉。"

薇拉·考克斯长着猪一样的双眼,带着招人厌恶的表情,腰围粗壮结实,总会让茱恩想起《詹姆斯与大仙桃》中的海绵姨妈。她每个星期都会来图书馆几趟,借阅惊悚小说,顺便找茱恩连连抱怨。

"薇拉,出什么问题了吗?"

"那群孩子又在大吵大闹了,害得我都无法专心思考。"

"抱歉,但正如我之前解释的那样,我们无法期待小家伙们保持安静。他们只是很喜欢在儿童阅览室里玩儿。"

薇拉眉头紧蹙,满脸深深的皱纹。"要怪就怪他们的妈妈,是她们把孩子带到这里来的,还任由他们撒野。"

"我觉得不是这么回事。"

"还有一件事。你听说了吗?有个移民家庭搬进了下巷区。我今天早上亲眼看到他们了。"

茱恩深吸了一口气。"薇拉,还有什么别的事情我能帮你吗?"

老太太抱怨道:"我觉得厕所又坏了。我进不去。"

茱恩从桌边站起身,走向厕所,为自己能够躲开薇拉松了一口气。她推动厕所门时,门是锁着的。"你好,有人在里面吗?"

没有人回应。

"你还好吗?我是茱恩。"

她听到门的另一边有人在拖着脚挪动,然后是门栓被拉开的声音。门缓缓打开了，露出了香黛儿的脸庞。这个十六岁的小姑娘是来图书馆做作业的。她想申请大学的奖学金，茱恩有时还会帮助她学习。可今天的香黛儿却红着眼睛，眼眶周围还沾着睫毛膏的污渍。

"香黛儿，你还好吗？"

"没事。"她用针织套衫的袖子抹了抹脸。

"你确定？家里出什么事了吗？"

"没有。"

"到底是怎么回事？"

"你会觉得我很蠢的。"

"我肯定不会的。"茱恩拉着香黛儿到了书架背后的隐秘处。

小姑娘不停摆弄着长长的辫子。"就是……我下周要参加一场英语考试，但我知道自己一定会考砸的。"

"哦，我相信你不会的。如果你愿意，我可以帮你复习。"

"斯坦利一直在帮我，但我担心的不是考试。我好紧张，一看到题目就什么都不记得了，压力大得睡不着觉。"

"哦，我懂，我真的懂。"茱恩看出了女孩眼神里的焦虑，"也许你可以尝试几个放松的技巧？或是找点什么别的事情转移你在考试上的注意力？"

"比如什么？"

"嗯，我通常会找本喜欢的书来读，但眼下这也许是你最不想做的事情。"茱恩思考片刻，"我想到了，你为什么不来参加星

44

期四的图书馆会议呢？能有年轻人出席肯定是件好事，这也能很好地分散你的注意力。"

"什么图书馆会议？"

"就是和议会商讨图书馆关停提议的会议啊。"茱恩看到女孩挣大了双眼，"哦，天哪，对不起，香黛儿，我以为你知道呢。"

"议会要关停图书馆？"

"有可能。一切尚无定论呢。"

"可他们不能这么做啊，我需要这个地方。"香黛儿提高了嗓门，"我不能在家复习，家里没有地方。"

"还没确定。开会时我们就能知道更多的情况了。"茱恩的心里感到一阵内疚，香黛儿的压力已经够大了，"我相信会没事的。"

"我的大学申请怎么办？你保证过会帮忙的。妈妈还得用电脑呢。"

"那你为何不星期四过来开会，把这些全都告诉议会呢？"

"我来不了，我得替妈妈照看双胞胎。"香黛儿垂下头，然后又抬起目光注视着茱恩，"你能替我在议会面前发言吗？"

茱恩的心口涌起了一种熟悉的紧迫感。"哦，我觉得我可能不是最佳的人选。"

"可他们会听你的。茱恩，我和妈妈需要这个地方。求你了，你必须告诉他们。"

7

　　星期四晚上，茉恩到达教堂大厅时，现场已然人山人海。临时搭建的舞台对面摆上了一排排座椅。茉恩看到斯坦利正坐在前排，身旁的布兰斯沃斯太太穿着一件看似自制的 T 恤衫，上面用黑色的毡头笔写着"拯救我们的图书馆"。琳达与杰克逊坐在后面几排。茉恩环顾四周，期待香黛儿也能到场，却怎么也找不到那个少女的身影。

　　斯坦利发现了她，挥手指了指不远处一个空荡荡的座位，茉恩却假装没有看到他，朝着大厅后部走去。现场的整体布置让她想起了学校。于是她在远处的角落里坐了下来，希望今晚没有人会注意到她。

　　茉恩坐下时，眼神瞥到一个女人和两个男人走进了大厅。其中一个男人就是玛乔丽的丈夫布莱恩，一个只读世界领袖传记的男人。

"好了，女士们，先生们。"他开了口，等待众人安静下来，"大家都知道我们今晚聚在这里的原因。上个星期，唐宁郡议会宣布希望重组郡内的图书馆服务。我相信你们都知道，我们的图书馆里有我最在意的人……"说到这里，布莱恩朝着台下做了个手势。茱恩看到玛乔丽正像柴郡猫一样，满脸堆笑。"因此，我今晚邀请了几名议会代表前来参加座谈会。会议的最后，大家有机会提问，但首先请允许我介绍议员之一的理查德·唐纳利和议会图书馆与信息服务负责人萨拉·斯威特。"

茱恩注视着台上那个年纪较轻的男子站起身来。他三十五岁左右，穿着斜纹布裤和挺括的粉色衬衫，一身古铜色的皮肤表明他不是去度了假，就是晒过日光浴。他看上去可能很多年都没有读过一本书，更别提去图书馆了。他身旁坐着的女人萨拉一脸皮笑肉不笑的表情。茱恩猜她会读自助类的书籍。

"布莱恩，谢谢你的介绍。"理查德寒暄道，"很高兴能在这里见到这么多人，和大家共商小惠瑟姆图书馆的未来。"

萨拉轻轻咳嗽一声，瞪了理查德一眼，对方却没有停顿，显然丝毫没有察觉到自己的口误。

"好了，我就不绕圈子了。由于中央政府资金缩减、议会经济压力增加，我们需要在接下来的三年中，削减三成的图书馆预算。因此，议会将启动图书馆服务的现代化与合理化项目。"

"这些官话都是什么意思啊？"茱恩身旁的某个人嘟囔了一句。

"我们在郡里选出了六座最适合重组的图书馆,即费福林、马雷、戴德姆、小惠瑟姆、查尔科特和雷夫－恩德图书馆。在接下来的三个月里,我们将对这些图书馆的运营情况展开深入分析,确定哪些图书馆对议会而言是物有所值的。"

"物有所值?这是图书馆,又不是豆子罐头。"针织联谊会的某个女成员说道,引起了一阵轻笑声。

"请安静。"布莱恩说。

理查德镇定自若,继续讲道:"为了帮助议会做出决定,我们与一家管理顾问公司签订了合约,由他们代为分析运营情况。他们将关注读者访问数量和图书分发量等方面的情况,这样我们就能计算出每座图书馆的成本效益。"

"你们怎么能给图书馆提供的东西估价呢?"茉恩不用看就知道,这话出自布太太之口,"识字率、社会融入、鼓励年轻人热爱阅读。唐纳利先生,这些东西是能明码标价的吗?"

"我说了,发表意见放到最后。"布莱恩说,"布兰斯沃斯太太,请你坐下,不然我就得让你离开了。"

布太太掷地有声地哼了一声。

"谢谢,布莱恩。"理查德说,"调研结束时,议会将审核调研结果,决定每座图书馆的未来。我们有三个选择可以考虑。首先是维持图书馆的现状,继续开门营业,不做任何改变。其次是在社区的管理下继续经营图书馆。"

"这话是什么意思?"一个女子喊道。

"也就是说，某个社区将接手运营图书馆的所有职责，包括租用建筑、书籍和设备，不占用议会的开支。"

"什么，就像志愿者图书馆一样吗？"斯坦利问。房间里响起了一阵含糊的喃喃低语，"那我们的图书馆员怎么办？"

"社区图书馆的工作人员将是无薪的志愿者。"理查德说。

"那这就不是一座图书馆了，对吗？就是一间装满了书的房子。"布太太再度站了起来，"一座图书馆必须配备一名拥有专业学位和多年经验的图书馆员。你的意思是，我这样的人也能提供和受训专业人士一样的服务吗？"

理查德古铜色的皮肤看上去苍白了不少。"社区管理并不适合每一座图书馆。我们要磋商的一部分内容就是判定哪些图书馆能从这样的机会中受益。"

"那第三个选择是什么？"薇拉问道。

"第三个选择就是关停图书馆，改为流动图书馆服务。"

听到这里，人们纷纷吵嚷起来。

"安静。安静！"布莱恩大喊，但四周太过嘈杂，谁也听不到他的声音。

"我可以说两句吗？"萨拉站起身，脸上带着灿烂的微笑，等待大家安静下来。理查德坐回了椅子上。"请相信我，我们也不喜欢重组自己的图书馆。但政府强行削减了我们的经费，迫使我们必须务实。全郡的图书馆访问量都在逐年下降。"

"该死的保守党。"布太太说，"我们知道你们要干什么，通过削减上百个小项目来摧毁我们的公共服务，这样你们就能引入私营化和自愿化了。"

萨拉假装自己没听到这些。"当然，我们十分珍视当地社区的反馈，希望能够聆听居民们的心声。因此，我们将传递调查问卷，以便你们将自己对图书馆服务的需求告诉我们。问卷将和咨询调查结果一起，帮助我们决定这六座图书馆的未来。"

说到这里，她坐下来与理查德耳语了几句。后者点了点头。

"谢谢理查德与萨拉。"布莱恩说，"好了，各位，现在你们有提问的机会了。但我要警告各位，文明提问，否则就都得离场。"

好几只手飞快地举了起来。但布莱恩还没来得及指定，薇拉就站了起来。

"我该怎么为我的公交月票续费？"

"你现在可以在网上续费了。"理查德回答。

"但我不知道该如何使用电脑。"

"你也可以打电话操作。"

"可续费系统是自动应答的，我总是按错键。这就是我总是去图书馆找茱恩帮忙的原因。"

听到有人提起自己的名字，茱恩畏缩了一下，但谁都没有看她。

"哦，也许你可以找个朋友来帮你？"理查德说道。

薇拉一脸不悦地坐了下来。茱恩十分同情她。她心里清楚，这个老太太没有任何可以求助的朋友。

"下一个问题。"布莱恩边说边朝杰克逊点了点头。

"我叫杰克逊·弗莱彻。我是在家受教育的，每天都要去图书馆。要是那里关门了，我能去哪里？"

萨拉摆出了一副体谅的表情。"你好，杰克逊。我们非常重视郡内所有儿童的福利，所以在讨论的过程中，我们会考虑家庭服务场所的可用性。温顿就有一座图书馆附属的儿童中心。"

"可那在好几英里以外的地方，我的父母又没有汽车。汽车对环境有害。"

"你总能坐公交车吧？"

"但爸爸说，公交车太贵了。"

"哦，也许你的父母应该考虑让你和其他同龄的孩子一样，入读当地的学校。"

他身旁的琳达站起身来。"等一下——"

"该下一个问题了。"布莱恩打断了她的话，"是的，该你了，菲尔普斯先生。"

"女士们，先生们，晚上好。"斯坦利站起身，"我只想说，你们的所作所为完全就是犯罪。"

茱恩看到萨拉脸上的笑容一瞬间烟消云散。

"多年来，这座图书馆已经快被你们整垮了。我每天都来，亲眼所见。你们缩短了经营时间，减少了书架上的书本数量，令建筑处于年久失修的状态。所以说，没错，这座图书馆也许一直举步维艰，但这全都是你们的错。"

"我们一直在应对预算问题，而且——"

"夫人，我还没有说完。"斯坦利的话让萨拉闭上了嘴，"议会正在破坏这个镇子。你们减少了公交车服务，将城市绿化带卖给了那些骚扰当地居民的糟糕的房地产开发商，现在又盯上了我们的图书馆。等你们得手了，查尔科特还能剩下些什么？"

"我向你们保证，我们会把当地所有群体的利益都放在心上。"萨拉说，"但我们必须现实一点。议会需要节省开支。"

"好了，下一位。"布莱恩说。

儿童阅览室里那个借米尔斯与布恩出版社作品的妈妈站了起来，看着手中的记事簿。"这么做合法吗？我做了一些调查，根据《1964年公共图书馆与博物馆法案》，议会难道不是有义务提供图书馆服务吗？"

"你说得对，议会的确负有提供图书馆服务的法定责任。"萨拉的措辞显然十分谨慎，"但法律并未明确规定这项责任的具体要求。许多社区都认为流动图书馆服务是一项十分宝贵的资源。"

布兰斯沃斯太太坐在椅子上忍无可忍，眼看就快爆发了。布莱恩叹了一口气，朝她点了点头。

"我觉得这都是胡说八道。"

"请注意你的言辞！"布莱恩喝道。

"我一辈子都在与不公作斗争，80年代时我就去过格林汉公地，还支持过威尔士的矿工，我一眼就能看出这是个圈套。这次的协商会完全就是骗人的。你们已经说得清清楚楚，议会不愿为图书馆提供资金，那又为何假装我们在这件事情上还有什么发言权呢？"

"我可以向你们保证，关于这几座图书馆的未来，我们还没有做出任何决定。"理查德说，"这就是我们要雇佣管理咨询公司的原因，也是我们迫切地想要了解大家想法的原因。等到协商期结束，我们才会做出决定，在九月二十四日召开议会全体大会。"

"好了，我觉得是时候结束了。"布莱恩说，"还有人要提最后一个问题吗？"

茱恩在房间里扫视了一圈。大多数人的脸上都挂着无可奈何的悲哀表情。她想起了香黛儿的眼泪，又想到了自己的妈妈——她肯定会马上起身痛斥议会，列举图书馆非常重要的种种原因。那天琳达是怎么说的来着？*你妈妈不在了，所以你必须为她而战。*

茱恩缓缓吸了一口气，将手举到了半空中。

布莱恩叹了一口气。"什么问题？"

屋里所有人的眼神都转过来望着茱恩。她的心在胸口里怦怦直跳，张嘴想要说些什么，却一个字也吐不出来。

"说吧，我们可耗不起一整晚的时间。"布莱恩说。

"我……我们……"茱恩开了口。

屋里鸦雀无声，所有人都伸长了脖子听她说话，坐在前排的报社记者莱恩还将自己的手机对准了她。茱恩看到他身后的玛乔丽一脸严肃，她感觉胸口一紧，仿佛有人推了她一把，整个人跌坐回椅子上，闭上了眼睛。

　　"好吧，如果这就是所有的问题了，那么我宣布，此次会议到此结束。"她听到布莱恩这样说道，随后是椅子向后拉扯的声音，还有骤然响起的喧闹声。茉恩依旧紧闭着双眼坐在那里，希望大地能够裂开，将她吞噬。

第二部

查尔科特的抗议

8

第二天下午，茱恩垂头丧气地来到图书馆上班。她十分清楚自己昨晚出了洋相，所发生的一切恰恰说明了她为何永远不该在公共场合讲话。现在图书馆里的所有人都会觉得，她就是个彻头彻尾的傻瓜。可就在茱恩迈进前门时，图书馆里却十分活跃，谁也没有多瞥她一眼。

"出什么事了？"她询问斯坦利。斯坦利正坐在他常坐的位置上，兴高采烈地注视着眼前喧闹的景象。

"你还没有听说吗？我们要成立一个抗议组织，叫做'查友'。"

"什么？"

"我们今晚准备在普劳酒吧举行第一次会议。我会带些香肠肉卷过去。你带什么？"

"斯坦利，什么'查友'？"

"亲爱的，这不是关键——抗议的本质是分享。我在想，我可以担任组织的会计。当然了，我会提名你做秘书。"

"哦，我觉得自己可能没办法胜任。"

"胡说，你太适合这份工作了。"他说，"是不是很让人激动？我们要共同反抗议会，向他们展示图书馆生龙活虎的生命力。"

茱恩在桌旁坐下，开始整理一沓过期的预订书。尽管组织的名字非常奇怪，但她还是为有人愿意替图书馆奋起反抗感到高兴。不过，她是绝不可能出任秘书的，因为这意味着她必须在所有人的面前讲话。她是绝对没法做到这一点的。不行，她会去参加会议，但是要躲在后面，保持沉默。

布兰斯沃斯太太大步流星地朝着办公桌走来，手里挥舞着一张纸。"为了今晚的会议，我制作了可以张贴在图书馆各处的标识。"她将一块标识塞给茱恩，"这样所有进来的人就都能知道'查友'了。"

"这个名字……"

"'查友'怎么了？它的意思是'查尔科特图书馆之友'。"

茱恩眨了眨眼睛。"哦，我懂了。"

"斯坦利说，你会担任秘书。他还会提名我为主席。我运营过查尔科特矿工后援组织，所以这些对我来说都不算什么新鲜事。"

"布太太，问题在于，我不确定自己真的适合担任秘书。我可不可以给大家制作一份跟抗议有关的阅读书目清单？"

"你可以制作清单，同时出任秘书。我来负责整体工作。你要做的就是记笔记，做些枯燥的管理工作。"

"可我——"

"茱恩！"玛乔丽的吼叫声从身后传来，"我得和你谈谈，现在就谈。"

茱恩朝着办公室走去，感觉自己就像个调皮的学生，正被叫去校长室。

"你和布兰斯沃斯太太在说些什么？"房门关上后，玛乔丽问道。

"没什么。"

"是不是和他们成立的这个组织有关？如果是，我现在就告诉你，你不能和它有任何瓜葛。"

"什么？为什么不行？"

"我刚和议会那个讨厌的萨拉·斯威特通过话。她在昨晚的会议上认出你了。她十分明确地告诉我，图书馆的工作人员无论如何都不允许出言反抗议会和关停计划。"

"为什么不允许？她不能这么做！"

"你真该听听她对我说话的方式，那个可怕的女人。她说她要提醒所有图书馆的工作人员，我们的工资是议会支付的，如果我们参加了任何反对关停图书馆的行动——她的原话是这么说的：'我们的合同将会受到审核。'"

"可这么做肯定是不合法的吧？"

"随便你怎么说，但这座图书馆最不需要的就是你因为让议会难堪而被解雇。我很抱歉，不过我们需要保持低调，提高借书量。"

茱恩犹豫了。"你的意思真的是说，我们不能为自己的工作据理力争吗？"

"我就是这个意思。还有，千万别让任何人知道这段对话。如果有人要求你加入，你必须告诉他们，你不愿意。明白了吗？"

"我还是觉得——"

"我说，你明白了吗？"

"明白了，玛乔丽。"

"很好。我想让你把那些与会议有关的海报全都撤掉。不能让人看到我们在以任何方式鼓励他们。"

下午剩余的时间里，茱恩都会尽量躲开身边跟今晚会议有关的对话。她的心里有些愤怒，议会怎敢阻止她加入查友，不让她为自己的工作据理力争？不过，她暗地里也感到了一丝释然——虽然她讨厌自己的想法，但这也意味着她不必与工作之外的人来往，不必开口说话，或是再次冒着公开出丑的风险。她只想回家，穿上睡衣，躲在书页里。

四点四十五分，就在茱恩开始收拾东西时，香黛儿冲进了大门。

"我听说昨晚的事了。"

"抱歉，香黛儿。我想要替你开口说话来着，可是——"

"斯坦利告诉我，你成立了一个拯救图书馆的组织。我愿意帮忙处理社交媒体方面的问题。"

"问题是，我——"

"今晚的会议八点钟开始，是吗？一会儿见！"

茱恩正要开口告诉香黛儿她不会出席，那个小姑娘却已经跑开了。

七点五十五分，茱恩还坐在厨房的桌子旁，一边啃着指甲，一边紧盯着时钟。她是不可能去参加会议的。如果她去了，就要冒着被开除的风险。这样的结果想想都令人胆战心惊。茱恩塞了一大口温热的带皮烤土豆。事情已经超出了她的掌控，就算她想去，也迈不开腿。

八点十四分，她的一只指甲已经被她咬出了血。茱恩走进客厅。那本昨晚被她丢在沙发上的《玛蒂尔达》还在原处等她。茱恩发现，自己压力太大时总会重新拿出儿时读过的那几本书：罗尔德·达尔[1]、马洛里·布莱克曼[2]、菲利浦·普尔曼[3]。沉迷在她已经了若指掌的故事中——那些她和母亲曾在这张沙发上一起读过的小说——能够为她带来些许的安慰。但此时此刻，将注意力集

---

[1] 罗尔德·达尔（Roald Dahl，1916—1990），出生于英国威尔士的儿童文学作家，代表作有《查理和巧克力工厂》《查理和大玻璃升降机》《玛蒂尔达》，以及前文提到的《詹姆斯与大仙桃》等。

[2] 马洛里·布莱克曼（Malorie Blackman），2013—2015年英国儿童文学桂冠作家得主，代表作有《黑客》《猪心男孩》等。

[3] 菲利浦·普尔曼（Philip Pullman），英国杰出作家，曾获英国国家图书奖、卡内基文学奖等荣誉，代表作有《黑暗物质》《最美不过童话》等。

中在眼前的书页上时，茉恩却发现她的心思已经飘回了查尔科特图书馆。查友会议现在应该已经开始了。谁会去参加呢？布兰斯沃斯太太和香黛儿，还有儿童阅览室的几名家长。当然了，斯坦利也会在场。要是他发现茉恩没有来，会作何感想呢？

她丢下书，去楼上洗澡。她一直无法理解人们为何会觉得洗澡能让人放松。她总是很快就感觉闷热难耐，越是告诉自己这是为了放松，就会愈发大汗淋漓、浑身难受。但今晚她需要做点什么。于是，她在浴缸里放了水，还加了些许久不用的泡沫浴液，开始脱衣服。

艾伦·班尼特钻进浴室，对她这一前所未有的睡前行为变化满心好奇，在她的双脚之间绕来绕去。

"走开，艾伦。"她轻轻将它向门口推去。它龇着牙低吼了两声，一跃跳上粉红色的毛绒马桶座圈，坐在那里瞪着她。

茉恩爬进浴缸，试着将身体浸没在人工合成的草莓味泡泡中。小时候，这只浴缸看上去总是那么大，如今却总是会让她的某个部位暴露在外。她试着侧躺过来，眼前看到的却是难看的棕色地毯。妈妈是怎么想的，竟会为浴室的地砖选择一张粪便颜色的地毯——更别提这里的墙壁还是粉红色的，浴缸是牛油果绿的。

茉恩其实十分清楚妈妈是怎么想的。贝弗丽·琼斯对室内设计或时尚之类的事情从来提不起丝毫的兴趣。不管是房子的装饰还是女儿的穿着打扮，她都是用慈善商店和旧货义卖买来的东西，简直就是各种稀奇古怪的颜色、款式和年代大杂烩。房子里的每一面墙都挂满了贝弗丽从二手货摊上随手买回家的各种物品。在茉恩学校里所有的女孩都在穿低腰牛仔裤和裁剪过的 T 恤衫时，她穿的则是刚刚去世的某个退休老人留下的各种奇怪衣服。

"谁会在乎你的穿着打扮呀？"要是茉恩提出要买一些流行物件，妈妈就会这样说，"宝贝茉恩，你穿了什么并不重要。重要的是你做了什么。"

贝弗丽是个说话算数的人。举个例子，茉恩记得有一次学校试图迫使全校女生都不穿运动短裤而穿体操短裤，她的妈妈就断言这是性别歧视政策，还在学校的大门前形成了一条只有她一个人的纠察线。

"我是一名图书馆员。"贝弗丽喊道，"我认识这里的每一位家长。多年来，大部分家长都曾得到过我的帮助。所以请相信我的话，如果我要求他们全都来抵制这所学校，他们会这样做的。"

妈妈的抗议持续了三天时间，直到校长改变了政策。茉恩为在学校里受到不必要的关注而窘迫，却也为妈妈感到骄傲。

茉恩把目光投向了仍旧蜷缩在马桶圈上的艾伦·班尼特。"妈妈会希望我去参加这场会议的，对吗？"

猫咪回望着她，眼睛却没眨一下。

"我真的很想去支持他们，但玛乔丽不允许。这不是我的错。"

艾伦眯起眼睛，打了个哈欠。

"就算我真的去了，可能也会愣在那里，再出一次糗而已。这没有任何意义，不是吗？"

　　作为回应，艾伦从马桶圈上跳了下去，动作敏捷得惊人，一点也不像一只上了年纪的猫。它翘起尾巴，闲庭信步地走出了浴室。茱恩看着它走掉，叹了一口气，爬出浴缸，回去接着读玛蒂尔达和哈尼小姐的故事了。

9

星期一早上十点，茱恩打开图书馆的前门时，斯坦利已经等在了门口。

"我的老天哪，你错过了上星期五一场十分精彩的会议啊。"他的话音伴着微风飘了进来，"亲爱的，你去哪儿了？"

茱恩一整个周末都在努力编造一个令人信服的借口。"抱歉，我的猫嗓子里卡了一根鸡骨头。"

"哦，天哪，它没事吧？"

茱恩开始动手整理书籍，这样斯坦利就看不到她的表情了。"它现在没事了，谢谢。"

"那好，让我给你讲讲会议的详细情况吧。布兰斯沃斯太太和另一个女人在争夺主席一职时势均力敌。布太太赢了一票，两人差点动起手来。真希望你也在。场面可精彩了。全体一致投票选我为会计。"斯坦利骄傲地拽了拽外套的翻领，"你不在的时候被任命为组织秘书。布太太已经为你准备好了全部资料。"

"斯坦利，我不确定自己能不能做得来。"

"胡说，这再简单不过了，只不过是些几分钟就能完成的事情，我还能帮忙。"

"不是这样的。我觉得我不能参加任何与抗议有关的活动。"

"你这话是什么意思？"

在他注视的目光下，茱恩退缩了。"对不起，我太忙了，没时间参与查友的事情。"

斯坦利脸色一沉，沉默了片刻。"茱恩，我必须说，这让我很吃惊。我以为……好吧，没关系。你觉得怎么最好就怎么做吧。"

"对不起啊，斯坦利。我——"

"不必解释。"他生硬地笑了笑。看着他离去的身影，茱恩的心头感到一阵内疚。

十分钟之后，布兰斯沃斯太太来了，径直走向了她。

"你星期五的时候跑去哪里了？"

"对不起，我的猫——"

"没关系。我把所有的笔记都给你整理好了。"

茱恩犹豫了一下。"我自己手头的事情太多了，恐怕不能加入查友了。"

布太太瞪了她一眼。"看在老天的分儿上，茱恩。为了让你们能够拥有和男人一样的权利，女人们曾经赴汤蹈火，可你却说自己太胆小，不能为了自己的工作去抗争？"

"我觉得自己派不上多大用场。"茉恩嘟嘟囔囔地回答。

"你能派上的用场已经够多了,别把这当作借口。你就是个该死的懦夫。"她气呼呼地转身离开了,留下茉恩红着脸待在桌旁。

一整个早上,局面都是如此。每一个参加了会议的人来到图书馆,都会和茉恩聊起有关查友的事情。而每一次茉恩把自己不会参加的事情告诉他们时,都会在他们眼中看到同样失望的表情。到了午饭时间,查友的大部分成员已经放弃说服她加入了。当茉恩推着归还书籍的小车在图书馆里四处走动时,读者都对她异乎寻常地沉默。她试着像往常一样继续工作,可走到哪里都能感觉到布太太愤恨的怒视。而且她每一次走进儿童阅览室,家长们的谈话声都会戛然而止。就连杰克逊来还书时也不愿注视她的眼神。唯一还愿意和茉恩说话的人是薇拉,可她的声音却是茉恩此刻最不想听到的。

"你不想让自己卷进这种局面,我不怪你。"薇拉说话时把酥饼的渣子都喷到了茉恩的身上,"这地方就快完蛋了,拯救它是没有意义的。"

茉恩很想问问薇拉,既然她这么痛恨图书馆,又为何坚持经常过来。但她什么话也没说,推着小车走开了。

三点半,大门打开了。香黛儿冲了进来。

"你星期五的时候为什么没有来?"

"对不起,香黛儿。"

"大家告诉过你会议上的事情了吗？我会负责社交媒体方面，你被投票选为了秘书。也许下次开会时你可以看看能否——"

"下次开会我不会去的。"

"什么，为什么不去？"

"我去不了。对不起，我太忙了。"

茱恩看到那孩子的脸沮丧地皱了起来，不得不移开目光。

"你怎么能对图书馆的事情漠不关心？你简直和那些议会的混蛋没什么两样。"

"不是这么回事。情况很复杂。"

"有什么复杂的。如果你懒得上心，没关系，我不在乎。反正我也不喜欢这个地方。"

五点钟一到，茱恩就冲出了图书馆。她从来没有因为结束了一天的工作而感到如此放松。她沿着商业街走，眼睛一直紧盯着人行道，却还是感觉身旁经过的人都在盯着她看。她还一度以为自己听到有人嘟囔了一句"叛徒"，环顾四周却只看到一个年轻的妈妈推着一辆童车。即便如此，茱恩还是加快了脚步，朝着金龙餐厅走去。

来到外卖餐厅，茱恩如释重负地松了口气。她始终相信，乔治是不会拉着她谈天说地或是对她品头论足的，可她发现今天站在柜台后面的人竟是自顾自哼着没调小曲的艾力克斯。

"嘿，我正盼着你能来呢。"看到她，他打了声招呼，"我已经读完《傲慢与偏见》了。"

"太棒了。"茱恩无力地笑了笑，希望艾力克斯能够觉察出她没心情聊天。

"比我想象得好多了。有几章比较乏味，不过伊丽莎白即便没有武术的加持也是个很酷的人。"

"很高兴你喜欢这本书。能不能给我来份豆豉鸡配白米饭？"

"你现在在读什么呢？我很期待你能再给我推荐呢。"

"艾力克斯，真的非常抱歉。你能帮我下单吗？我有点儿急事。"

一丝受伤的表情在他的脸上一闪而过。"当然。"

他将订单录入出纳机，开始动手擦起了柜台。茱恩坐下来深吸了一口气，闻到了油炸大蒜的香味。对面墙壁上挂着的半身照中，看上去很严肃的中国女子一脸愁容地紧盯着茱恩。自从她小时候第一次跟随妈妈来到这间外卖餐厅，照片中的人就一直是这副表情。今天，那个女人看上去格外不悦。

"对不起。"过了一会儿，茱恩对艾力克斯说，"我不是故意这么粗鲁的。"

"嘿，没事。是我太爱闲聊了，不好意思，只是我一个人待在这里都快疯了。"

"我现在宁愿去找一份能一个人独立完成的工作。"

"图书馆里出了什么不好的事情吗？"

"你没听说吗？"茱恩问。艾力克斯摇了摇头。"议会扬言要让我们关门。"

"不是吧！我什么也不知道。"艾力克斯惊恐地望着她，"他们为什么要那么做？"

"他们说是因为预算削减。不只是查尔科特的问题。"

"伦敦也一样。抱歉，这真是太糟糕了。那你在抗议吗？"

"大家成立了一个名叫查友的运动组织。"

"查什么？"

"我懂你的意思。"茱恩挑起半边眉毛，"这个名字的意思是'查尔科特图书馆之友'。"

"下次会议是什么时候？我很乐意趁自己还在查尔科特的时候去帮帮忙。"

茱恩凝视着照片中那个满脸失望的女人。"其实，我没参加。"

"为什么没有？"

她张开嘴，打算说出自己今天重复了许多遍的老套说辞，却忍住了。要是她告诉艾力克斯真相，会很糟吗？他说过，他回查尔科特只待几个月的时间，所以不太可能告诉别人。何况艾力克斯的身上有种特质，让茱恩觉得自己可以信任他。

"怎么了？"他问。

"如果我跟你说了，你能保证不告诉任何人吗？"

"我以童子军的名义保证。"他举起三根手指。

茱恩吞了一口唾沫。"议会禁止任何图书馆工作人员出言反对关停图书馆。如果我加入了查友，或是被人看到为他们提供了帮助，就会有丢饭碗的风险。"

"哦，太糟了。"

"我还不能向任何人透露自己为什么不可以加入，所以大家都以为我不在乎图书馆的事，现在他们都讨厌我了。今天实在是太……太难熬了。"心里的话如同爆裂的管道中流出的水，从茱恩的口中倾泻而出，"我已经在这座图书馆里工作十年了。在我之前，我的妈妈也在这里工作。我不能让它关门。"她向前伏着身子，用双手抱着头。

"肯定有什么事是你能帮上忙的吧？"

"我做什么都会被开除。反正，就算我能做些什么，也不太可能帮得上忙。"她的回答从指缝间飘出。

"不是这样的。"艾力克斯轻声说。

"就是这样的。还记得我上学时有多内向吗？我现在更糟了，完全就是个懦夫。"

艾力克斯停顿片刻才开口。"我记得我们班上有个最聪明的女孩，谁遇到了难题或不明白的事情她都会伸出援手。大家都喜欢她，都尊重她。"

茱恩吃惊地望向艾力克斯。可就在那个瞬间，铃响了。他抽身去了厨房，过了一会儿再次出现时手里提着一只塑料袋。

"谢谢。"茱恩接过他手中的食物，尽量不让自己露出慌张的神色，"你不要把我被禁言的事告诉任何人，好吗？如果被人知道了，玛乔丽会要了我的命。"

"我保证，你的秘密在我这里非常安全。如果你想聊天，你知道来哪里找我。"

"艾力克斯，谢谢你。"一整天了，这是她听到的第一句温和的话，感觉泪水已经涌上了眼眶。趁艾力克斯还没看到，她转身朝着门口走去，却很快停下了脚步。"顺便说一句，我正在读《玛蒂尔达》。"

"罗尔德·达尔的那本书？"

"没错，她是我一直以来最喜欢的女主人公。我会在图书馆里给你留上一本。"

回到家，茱恩坐下来吃起了外卖。能将自己在图书馆里的处境说给某个人听的感觉真好，她已经记不得上一次找人倾诉是什么时候的事了。不过她很快便提醒自己，艾力克斯过不了多久就要回伦敦了。

茱恩的晚饭就快吃完时，耳边响起了一阵敲门声。打开门，她发现琳达正站在门外，手里抱着一脸不高兴的艾伦·班尼特。

"看看谁又钻到烘干柜里去了。它还在我上好的毛巾里尿了一泡。"

"哦，天哪，对不起。我会给你买几条新的。"

琳达一松手，艾伦就冲进了屋里。"来都来了，我猜你还留着你妈妈的那本《骑手》吧？是时候让杰克逊读第一本吉丽·库珀的小说了。"

"我肯定把它放在什么地方了，她的书我都留着呢。"茱恩领着琳达穿过客厅。她考虑过告诉琳达，八岁就读吉丽·库珀的书可能还有点早，但她估计琳达是不会理会的。

"你是真的留着你妈妈所有的藏书吗？"琳达在茱恩搜索 C 字头的书架时问道。

"当然了。她所有的东西我都没扔。"

"啊，什么都没扔？"

茱恩找到书，将它递给琳达。"我把她的几件旧衣服送去了慈善用品商店，但其他的还留着。"她看到琳达的脸上闪过了某种表情，"怎么了？"

"嗯，你不觉得自己现在应该丢掉她的一些东西了吗？也许不是书，而是几样旧摆件？"琳达拿起一个女孩读书造型的瓷雕像，晃了晃，"这个怎么样？"

茱恩皱了皱眉头。"我喜欢那个。"她从琳达的手中一把夺过雕像，将它放回了壁炉台上原来的位置。

"真的吗？这又不是什么古董。我记得它是贝弗丽从旧货摊上带回来的——我觉得她没花钱。"

"琳达，这不是重点。"

"我知道，可你妈妈对这种东西没倾注那么多感情。"琳达指了指屋内各个平面上乱七八糟摆放的动物瓷器、陶罐和雪花玻璃球，"亲爱的，我不是有意要这么无礼，只是觉得你妈妈可能并不想让你保留所有的东西，像座陵墓似的。她会希望你能重新开始，把这里变成你自己的地方。"

"可我不想把这里变成我自己的地方。"茱恩的语气脱口时比她预料中的更重一些，她看到琳达吓了一跳，"我是说，我喜欢把妈妈的东西留在身边。这能让我感到……安全。"

琳达仔细打量了她一会儿。"好了，我该回去了。"

"谢谢你把艾伦送回来。"茱恩把她送到门口，为自己顶撞了琳达感到难过。

"没事儿。"琳达迈出门，又朝着茱恩转过头来，"亲爱的，你记住，你妈妈从来都不在乎那些财产。虽然她喜欢这些东西，但她对走出去过自己的生活更有兴趣。我想她也会希望你这样做的。"

10

茱恩仔细端详着那个正将东西一件件放进绳袋里的男人。他几个星期就会来图书馆一趟，穿着米色的雨衣和棕色的灯芯绒裤子，借李查德①和约翰·格里森姆②的惊悚小说时总是一脸腼腆、彬彬有礼。不过，他今天却低声询问茱恩，哪里是"约会与爱情"的分类书架。茱恩带着他来到了分类书架前，他许久才选了一本《爱的五种语言：永恒爱情的秘密》。此刻，他正将这本书塞进绳袋里，放在一盒弗赖本托斯派和一只香蕉的旁边。茱恩判断，这个男人是超市的收银员，由于年迈的父母已经去世，眼下正孤身一人生活。他一贯内向，无法开口和女人说话，却爱上

① 李查德（Lee Child），英国悬疑小说作家，代表作有获安东尼奖、巴瑞奖的"浪子神探"系列。

② 约翰·格里森姆（John Grisham），美国悬疑小说作家，曾获英国图书奖终身成就奖、美国国会图书馆创作成就奖和哈珀·李法律小说奖等奖项。1988年出版首部小说《杀戮时刻》，代表作有《失控的陪审团》《超级说客》等。

了在对面收银台工作的寡妇。他从未和那个寡妇打过招呼，花了好几个月才鼓起邀她出去的勇气。终于在一天，他走到她面前说——

"不好意思，打扰你一下，能帮我解决一个小小的技术问题吗？"斯坦利站在桌旁，看着茱恩，"我需要打印一些东西，但就是没法让那台可恶的机器动起来。"

"当然没问题。"她随斯坦利走到电脑旁。斯坦利是查友成员中唯一一个还愿意和茱恩说话的人，不过也只是请她帮忙做纵横字谜游戏。"你想要打印几份？"

"二十份，谢谢。是与图书馆有关的请愿书。"

茱恩面无表情，心中却如释重负。议会的磋商已经进行了四个星期，截至目前为止，查友除了无休止地开会之外似乎没有采取任何措施。茱恩一直想要偷听他们的计划，但只要她在身旁，那些人就会闭上嘴巴。

"这是布兰斯沃斯太太的主意。"斯坦利接过茱恩递来的打印纸说，"我们打算在酒吧和纳雷什的店里放上几份，这样全镇的人就都能看到了。"

茱恩回头瞥了一眼，想看玛乔丽是否在附近偷听他们的对话，然后压低了嗓门："你可以免费打印这些东西。"

"谢谢。"斯坦利朝她微微一笑，"我们今晚还有一场查友会议。你知道吗，现在加入我们还不晚。"

哦，天哪。"我今晚已经有约了。"

"我知道你参加集体活动时会很焦虑，但你可以什么都不说。我们真的很看重你的加入。"

"抱歉，斯坦利。我很忙。"

他叹了一口气："没关系，亲爱的。"

茱恩回到桌旁，痛恨自己竟然撒谎欺骗了一直善待她的斯坦利，可要是斯坦利知道她遭到了禁言，就有可能告诉布太太，接着这话就会传到议会，然后她就……

"茱恩！"

当她上司的吼叫声响彻了图书馆时，她畏缩了一下。是不是玛乔丽听到她在和斯坦利谈论查友的事情了？"什么事，玛乔丽？"

"我得和你谈谈。"

茱恩走向办公室，感觉口干舌燥，进门时却发现玛乔丽正坐在办公桌背后，脸上挂着某种古怪的表情。

"你好，茱恩。请坐吧。"

茱恩已经在这座图书馆里工作了十年，还从未遇到过玛乔丽用如此温和的语气对待自己。一定是出了什么问题。

"请坐。"玛乔丽又说了一遍，还咧嘴一笑。

茱恩坐下来，感觉更紧张了。

"我叫你过来是要你帮我解决一个……私人问题。"玛乔丽说，"关于这件事情，我希望你能够慎之又慎。此事和盖尔有关。"

茱恩强忍着没有哼出声，别又是什么和婚礼有关的差事。就在昨天，玛乔丽还让茱恩放弃午休，去找能够提供十二只活鸽子供宣誓时放飞的当地公司。

"你需要我做些什么？"茱恩咬紧牙关地问道。

"如你所知，盖尔的告别单身派对两周之内就要举行了。你也知道，邀请脱衣舞男的计划害得我的胃溃疡又复发了。"

"那你需要我再给你买点胃药吗？"

"不用了。"玛乔丽停顿了片刻，"我想让你去参加盖尔的告别单身派对，阻止那个脱衣舞男。"

茱恩惊呼一声："什么？"

"听我说完。你和盖尔曾经是闺蜜，对吗？"

"那只是小学时候的事情。"

"是这样的，她昨晚打电话告诉我，她好几个朋友临时无法参加告别单身派对，所以她现在没有足够的来宾参加预定的活动了。"

"好吧，可是——"

"所以我告诉盖尔，我知道你很愿意参加，她同意让你去凑数。"

茱恩不可置信地望着自己的上司。"玛乔丽，我和盖尔从十一岁起就不是朋友了，何况我已经很多年没有见过她了。我怎么会想参加她的告别单身派对呢？"

"别这样，你我都清楚，你没有什么社交生活。去派对玩一玩对你来说会很有意思的。"

"不，不是这么回事——"茱恩正要开口，却被玛乔丽举起的一只手拦住了。伪装的友善全部烟消云散。

"茱恩，作为你的上司，我命令你必须去参加这场告别单身派对。我不能冒险让某个低级庸俗的脱衣舞男搔首弄姿，给郡治安委员会听到什么风声，坏了布莱恩和我的清誉。你得阻止这种事情发生。"

"可我又能怎么办啊？"

"你会有办法的。"玛乔丽起身走到办公室门边，"感谢你为我所做的一切。我会铭记于心的。"

她像个哨兵一样站在门边，直到茱恩离开。

下班后，茱恩飞快地冲出了图书馆，她头晕目眩。多年来，她一直让自己不去回想学校或盖尔·斯宾塞，如今所有不想要的回忆却一一卷土重来。

初中第一学期，茱恩在遭到盖尔的排挤时曾深受打击。她的反应就是埋头于书本之间，远离周围所有人。茱恩那时候才意识到，人是会伤害她的，小说中的人则永远不会这么做。妈妈曾恳求她放下书本、交些新朋友，可茱恩已经交过一次朋友了，亲眼看着这段友情就这样结束。于是，她发誓在离开这所学校、离开盖尔之前会一直保持低调。茱恩常告诉自己，上了大学情况就不一样了，那里会有更多的人，她也能找到志趣相投的朋友。在此之前，她还有丽兹·班尼特和乔·玛奇为伴。

然而，这么多年过去了，玛乔丽竟然期待茱恩还能去参加盖尔的告别单身派对，假装她们还是朋友，哪怕塔拉、贝琪和其他女人还会像过去一样在她背后窃笑。不仅如此，茱恩还得想方设法阻止脱衣舞男的表演。一想到这里，她就皱紧了眉头。不管发生什么，她都得摆脱这一切。

茱恩加快了回家的脚步，想要快点捧上那本《令人难以宽慰的农庄》①。可就在她经过面包房时，有人叫出了她的名字。她转过身，看到斯坦利从图书馆里走了出来，在空中挥舞着手臂。在等他赶上来的过程中，茱恩的心里一直在祈祷，希望他不会又来试图说服她加入查友。

"你好，亲爱的。"他边说边走上前，"很高兴还能碰上你，我被今天的最后一条线索困住了，心想你可能帮得上忙。"他从手提袋里掏出一份报纸。

"斯坦利，这不会是你从图书馆里偷拿出来的吧？"茱恩装出一副义愤填膺的表情。

"这是借的，不是偷的。我明天一早就把它还回去。"

她笑着从他手中接过报纸，很高兴又有人来找她帮忙了。

"从上往下第七个。"他说，"始于愤怒而困惑的受害者的抗议，8 个字母。"

茱恩看着纵横字谜游戏里的空白，有几个字母已经填好了。"斯坦利，我猜是'激进主义②'。"

---

① 英国作家、记者、诗人斯黛拉·吉本思（Stella Gibbons，1902—1989）创作的喜剧小说，荣获 1937 年的"费米娜 - 快乐生活奖"。
② 字谜的答案为 Activism。

"是吗？"他皱起眉盯着报纸，"还真是，我真笨啊。你也要往这个方向走吗？"

两人肩并肩地前行了，一路沿着商业街走，途中谁也没有说话。最近几个星期，"查尔科特繁花似锦委员会"一直都在忙碌。每根灯柱、商店的每顶遮阳棚上都挂着五颜六色的花篮，可今天的茱恩却无力欣赏，她能觉察到自己和斯坦利之间的沉默有多尴尬，再一次想起这正是自己不该在工作之余与读者聊天的原因。

"你知道吗，我还记得你第一天来图书馆上班时的样子。"两人在邮局那里左转下山时，斯坦利开口说道。

"我觉得我自己都记不清了，记忆一片模糊。"

"你一声不吭。我好像一整天都没听你说过一句话。你看上去很害怕。"

"我的确很害怕。"

"你那时候多大？"

"十八岁。"

"天哪。"斯坦利说，"我能不能问问，是什么让你下决心成为图书馆助理的？"

茱恩过了一会儿才回答："我参加大学入学考试时，妈妈病了，所以我没上大学，而是成了她的护工。我们需要钱，于是在妈妈恢复健康、能够返回图书馆工作之前，玛乔丽雇我做了图书馆员。但妈妈再也没有恢复健康……"

茱恩的声音越来越弱。斯坦利再度开口时，声音也轻得她差点儿听不到。

"十年之后,你还在这里。"

"我知道。"

两人继续沉默不语地走着。经过镇上的公共绿地时,茱恩看到一对父子正在小池塘边喂着鸭子。来到金龙餐厅,茱恩向窗子望去,想看看艾力克斯在不在。他通常都会匆匆出来和她打声招呼、聊聊书,可今天却不见踪影。快走到教堂时,斯坦利才开口。

"你知道吗,我在自己那个年代认识很多图书馆员。我觉得你妈妈是我认识的最优秀的馆员之一。"

"她是不是很棒?"茱恩笑着回答,"她似乎做什么都轻而易举,就像是为了这份工作而生的。"

"你不也是注定要做这份工作的吗?这是你与生俱来的本领。"

"天哪,不是的。我喜欢在图书馆里工作,但不像她那么有天赋。我太内向了,讨厌当众说话,所以无法像妈妈那样组织任何活动。说真的,我挺没用的。"

斯坦利挑了挑眉毛,却什么话也没说。于是茱恩接着说道:

"有的时候,我觉得玛乔丽没有开除我的唯一原因就是出于对我妈妈的忠诚。她圣诞节的时候就要退休了,天知道在那之后我会怎么样。"

"你真的是这么想的吗?"斯坦利问。茱恩点了点头。"亲爱的,玛乔丽没有开除你的原因是因为她清楚,如果你走了,这个地方就会分崩离析。你才是让查尔科特图书馆保持一体的黏合剂。"

茉恩忍不住笑了。"你瞎说。所有有难度的的工作都是玛乔丽承担的。"

"你真的不明白吗？"斯坦利停下脚步，转过身面对着她，"告诉我，如果你不在了，谁能鼓励小杰克逊完成自己所有的专题研究？谁能迁就一个孤独老太太的抱怨，或是给大家帮忙？谁愿意帮我这样的笨老头做纵横字谜游戏？你每天都在尽职尽责地帮助图书馆里的人。"

"可妈妈总是说，担任图书馆员就像是做社工，所以任何人在我这个职位上都会这么做。而且，她们还能做到许多我都不敢尝试的事情。"

斯坦利掷地有声地叹了一口气。"那吉姆·塔克呢？"

茉恩已经很多年没有想起过塔克先生了，就连提起他的名字，都会令她喉咙哽咽。

她刚入职图书馆不久便认识了吉姆。那时的图书馆周六上午还会开门，所以他大多数时候都是带着孙子、孙女过来的。除了注意到他似乎有些暴躁外，茉恩一直没怎么关注过他。每当两个孩子给他取来一本书，他就会把他们打发走。茉恩入职大约六个月后的某天晚上，她看到吉姆坐在长凳上凝视着天空。

"你知道吗，吉姆的坟墓就在那里。"斯坦利的话打断了茉恩的思绪，只见他指着马路对面的教堂墓地，茉恩看到了自己多年前和吉姆一起坐过的那张长凳。

她已经记不得那天两人是如何开始对话的了，但她还记得吉姆曾告诉她，自己从医生那里听到了一些不好的消息，心情非常糟糕。茱恩说了几句老生常谈的话，却被他打断了。**你知道我最后悔的事情是什么吗？**茱恩望向他，不知道他到底要坦白什么。**我从没给我的孙子、孙女读过一个故事。**

　　茱恩告诉他这没什么，他可以找个周六读故事给他们听，她还能帮忙挑选一本书。他摇了摇头，向茱恩吐露了埋在心底最深处的秘密：他不识字。他说他妻子知道此事，但他一生都在想方设法向其他人隐瞒：他的雇主、朋友，甚至是他的孩子。他说，是自己太固执、太害羞，如今却为时已晚，他永远都没有机会读书给他们听了。

　　"你知道吗，我过去常在河边看到你和吉姆。"斯坦利说。

　　"他自尊心强，不想让任何人知道我在帮他，所以我们经常在我下班后偷偷见面。"

　　辅导持续了九个月的时间。吉姆有严重的诵读困难①，连最简单的词语都会混淆，但事情最终还是缓缓走上了正轨。

　　"我还记得圣诞节的前一天，我走进图书馆时看到了吉姆。"斯坦利说，"两个孙辈正在他的身边小打小闹，老吉姆突然从书架上抽出一本书，为他们读了起来。我这辈子都忘不了孩子们脸上

---

① 指在拥有正常智力、学习动机以及平等的受教育机会等前提条件下，阅读方面出现异常困难，表现为词汇识别的准确性差和流畅性缺陷，并伴有较差的拼写能力和解码能力。

的表情。"

回想起那一幕，茱恩也笑了。"那本书是《彼得兔》。他的孙子、孙女喜欢兔子，所以吉姆用了好几个星期的时间去练习。"

"我最近经常想起吉姆。"斯坦利说，"这里发生的一切让我想起了自己在镇上认识的所有人，以及图书馆是如何帮助他们的。你是如何帮助他们的。"

斯坦利犹豫片刻，紧盯着对面的教堂墓地。"这就是可恶的地方议会做起事来最让我恼火的地方。单凭手里的计算器和电子数据表，管理顾问永远不会明白图书馆的作用远远不止提供书籍。图书馆就像一张网，会在那里等着接住我们这些身陷逆境、从缝隙里掉出来的人。图书馆才是我们真正要奋力去保护的东西。"

斯坦利停顿了一下，茱恩还在等待他说出下一句话——"这就是你要加入查友的原因"，可当她望向斯坦利时，看到的却是他热泪盈眶的双眼。他飞快地抹了抹眼泪，为了给他留些面子，茱恩也移开了视线。她回过头时，斯坦利已经重新打起了精神。

"好吧，亲爱的，我已经占用你不少时间了。你还有要去的地方。"

"是吗？"

斯坦利伸出手臂，将一只手搭在她的肩头。"你很忙的，还记得吗？所以今晚不能来参加查友的会议。"他转身沿着两人来时的原路朝着山上折返。在他迈开步子时，她听到他自言自语地嘟囔了一句："激进主义。我自己应该想到的。"

11

星期五早上，茉恩在布置图书馆时听到了一阵微弱的敲门声。拉开大门，她看到一个身穿长裙、缠着头巾的女子站在门外。

"早上好。我们还有十分钟才开门。"茉恩告诉她。

女子一脸困惑地看着她。

"再等十分钟。"茉恩举起十只手指。

"有烹饪书吗？"

就在茉恩打算重申十分钟的事情时，却闭上了嘴巴。玛乔丽固执地不让读者在正式营业前进入图书馆，但仅此一次，茉恩也许可以通融一下。

"当然有，请进。"她让到一旁，"我叫茉恩，是图书馆的助理。"

"蕾拉。"女子压低了声音说道。

"你好，蕾拉。烹饪书在这里。"

"请帮我拿……做蛋糕的书。"蕾拉说。

"我们有很多烘焙书。这本怎么样？"茱恩拿起一本保罗·好莱坞的书，递给蕾拉。她却摇了摇头，两人的目光都紧盯着书架。

"这本呢？"蕾拉指了指封面上正低头朝着两人微笑的玛丽·贝利的脸庞。

"我自己不太喜欢烘焙，但玛丽·贝利很受欢迎，还上过电视呢。"茱恩开始比手画脚地模仿起电视节目里的动作，"你只需要一张借书卡就能把它带回家。"

蕾拉又皱起了眉头。

"没关系，我可以帮你办一张。你有住址证明吗？你家在哪里？"

蕾拉点了点头。茱恩领着她走到办公桌旁。

十五分钟之后，蕾拉带着《玛丽·贝利的烘焙圣经》和一张借书卡走了出去。茱恩感到十分满足。这种感觉大约持续了十秒钟的时间，薇拉就出现在了桌前。

"她想要什么？"

"早上好，薇拉。"

"她就是我跟你提起过的那个移民。她也能使用图书馆吗？"

"当然了，图书馆是对所有人开放的。"茱恩用最坚定的语气回答。

"她是不是借了一本食谱？"

"我们这周来了斯蒂芬·金的新作品，要不要给你预留一本？"

薇拉只是哼了一声，身子重重地倚着拐杖走出了图书馆。

茱恩望着她离去的身影。薇拉一直是个很难讨好的读者，她最近的行为似乎越来越充满敌意。茱恩在心里记下，要跟玛乔丽提提这件事情。

感觉到口袋里的振动，她伸手掏出了手机。屏幕上出现了电子邮件的标识。打开邮件，茱恩的心情一下子沮丧起来。邮件是盖尔发来的：

嗨，陌生人，好久不见！妈妈告诉我，你想来参加我的告别单身派对，太棒了！地点在奥克福德公园，时间是两周后的星期六，中午开始。穿上化装舞会的衣服来参加，主题是电影女主角，我们晚上还要去夜店。我知道姑娘们有个疯狂的计划，所以把你的拘束感都丢在家里吧！到时候见。盖尔亲亲。

茱恩把邮件的内容读了两遍，心里越来越害怕。事情比她预想得还要糟糕：化装舞会的衣服……夜店……疯狂的计划。她必须找一个不去的借口，就算这意味着惹怒玛乔丽。她正将手机塞回兜里，手机却从指尖滑落，掉在了地板上。茱恩压低嗓门咒骂了几句，手脚并用地跪下来，钻到桌下去捡手机。

"嗨，我想借一下图书馆员。"

听到艾力克斯的声音，茱恩吓了一跳，脑袋"嘭"的一声撞上了桌底。"嗷！"她坐起身，揉了揉脑袋。"不好意思……你刚才说什么？"

"我说，我想借一下图书馆员，可以吗？"

茱恩感觉自己脸颊滚烫，正要开口回答，却看到艾力克斯举起了一本萨丽·维克斯的《图书馆员》。

"这是给我姑姑准备的，她要来小住。"

"哦，是这么回事啊，当然可以。"茱恩赶紧起身从他的手中接过那本书。

"我把《了不起的盖茨比》读完了。你说得对，那本书很精彩。"他显然并没有察觉到她的尴尬，"不过他们这群人还真是可怕。盖茨比也许知道如何举办一场精彩的派对，但我可不想和他做朋友。"

过去这一个月里，茱恩与艾力克斯一直在互相推荐书籍。茱恩分享了自己最喜欢的几本经典作品，从《爱丽丝梦游仙境》到《德伯家的苔丝》。艾力克斯一开始推荐的都是恐怖小说，推荐失败后便开始借茱恩一些他十几岁时喜欢的奇幻和科幻小说。

"你那本《霍比特人》读得怎么样了？"

"还不错。"能够重新回归安全的书籍主题，茱恩松了一口气，"我从没想过自己竟能喜欢上托尔金的作品。它很棒。"

"他是个优秀的小说作者吧？"

"我现在明白大家为什么喜欢奇幻小说了：它们是逃避现实

生活的完美方法。"

"这里的情况还是没有好转吗？"

茱恩压低了嗓门。"是啊，但我现在不能讨论这个。"

"哦，那我们今晚出去喝上一杯再聊，如何？"茱恩等待着，想看自己是不是又误解了艾力克斯的话，可他继续说，"我姑姑今天会在外卖餐厅里帮忙，所以我终于能够休息一晚了。我打算去毛丽餐厅，换个环境。如果你有空的话，可不可以来陪陪我？"

茱恩忙着为他的书盖章，这样就不必立马回答他的问题。星期五的夜晚意味着酒吧里将是一片人山人海、人声鼎沸的场景。一旦聊完了书本的话题，他们还能说些什么呢？茱恩想象着紧张的沉默氛围在两人之间蔓延开来，艾力克斯会飞快地大口喝着啤酒，好从她的身边逃脱。

"我今晚不行。"她边说边将那本《图书馆员》递回他的手中。

"哦，那太可惜了。"

"对不起，只不过我手头的事情实在是太多了。我必须——"

"哎呀，哎呀，这是谁呀？"琳达站在艾力克斯的身后，朝两人咧嘴一笑，"你是乔治家的小子吗？你看看你，已经长大了！你爸爸告诉我，你现在是个律师。"

"呃，是的。嗨……"艾力克斯向茱恩投去了求助的目光。

"这是我隔壁的邻居，琳达。"她搭腔道。

"隔壁邻居？你就是这么向别人介绍我的吗？"琳达挑起半边眉毛，"从她四岁起，我就认识她了。我是她妈妈最好的朋友。她小时候经常一丝不挂地在我家的后院里跑来跑去，而且——"

"这些是你要还的吗？"茱恩赶紧指了指琳达手中的几本书。

"哦，是的，亲爱的。这几本可能稍微有点儿逾期了。"她转向艾力克斯，"茱恩总是能帮我免掉罚款。"

"有几个手握大权的朋友的确很有用。"他笑着回答。

茱恩意识到，琳达正隔着艾力克斯的肩头疯狂地朝她眨眼，心里只好祈祷自己的脸没有感觉上那么红。

"我得赶紧走了。"艾力克斯说，"很遗憾你今晚不能来，也许我们换个时间能去喝上一杯？"

"这是怎么回事？"琳达说，"你今晚不忙啊，是不是，茱恩？"

"其实我很忙。"她瞪了琳达一眼，希望她能够领会自己的意思。

"忙什么，看无聊的俄罗斯旧书吗？这种事情你肯定可以放一晚再做。"茱恩正要开口回应，琳达却对艾力克斯说："你可能已经注意到了，茱恩是个害羞的姑娘，得花点儿功夫才能放松下来。不过我相信她今晚很愿意出去喝上一杯，对吗，亲爱的？"

茱恩想要反抗，但她知道琳达对此是不会不战而降的。"是啊，我很乐意。"

"太棒了。"艾力克斯看上去为自己刚刚目睹的这段对话备感困惑，"那就七点在外卖餐厅外见面，如何？"

他刚一离开图书馆，琳达就一脸满足地看着茱恩说："他似乎是个很有魅力的年轻人，还那么帅……"

"琳达，你为什么要这么做？"茱恩叹了口气问。

"做什么？我知道你其实很想和他约会，只是怕羞而已。"

"这不是约会！他邀请我出去喝上一杯只是因为可怜我。他所有真正的朋友都在伦敦。"

"好了好了，亲爱的，冷静。就算是这样，你上一次晚上出去玩是什么时候的事情了？"

茱恩不想回答这个问题，动手翻起了书。"琳达，这本书已经逾期四周了。"她边说边举起一本近藤麻理惠的《怦然心动的人生整理魔法》，"你不能逾期这么久。要是玛乔丽发现我免掉了你的罚款，会发火的。"

"哦，别理那个母老虎。这是本好书，你也该读一读。"

茱恩笑了。"我知道自己的缺点不少，但邋遢肯定不是其中之一。"

"但这本书讲的不只是整理，还有如何通过整理来改善自己的生活。你看……"琳达一把夺过书，翻了起来。茱恩尽量不去理会她粗鲁的翻书方式，"麻理惠说，整理你的家能让你面对自己也许一直都在忽略的问题，她觉得一次认真的整理能够帮助人们重启人生。"

茱恩明白这话是什么意思了。"听上去很有意思，琳达。"

"我一直在想我们聊过的那件事情。我发誓，稍微整理一下，让房子焕然一新，这对你有好处。要是你愿意，我可以帮你，也许我们可以在下一次的慈善义卖会上卖掉你妈妈的旧装饰品？"

"我对房子的装饰很满意。"茱恩在回避琳达的眼神。

"这是当然，亲爱的。"没有说出口的话悬在两人之间，"好了，关于你和艾力克斯·陈之间的这场'非约会'，你打算穿什么去？

12

差十分钟七点，茱恩离开家，朝着艾力克斯家的外卖餐厅走去，试着不去理会胃里翻江倒海的感觉。他们俩究竟能聊些什么？毕竟两人没有任何的共同之处：他去上了大学，现在是住在城市里的律师，回查尔科特只待几个月的时间，而她是个从未离开过小镇的图书馆员。也许她可以喝完一杯就假装头疼，借机离开。

走近外卖餐厅时，茱恩看到艾力克斯正在门外等她。他将平日里穿的那件破旧 T 恤衫换成了翻领的 T 恤，让茱恩突然后悔自己没在打扮上多花些心思。

"嘿，你来了。"看到她，他打了声招呼。茱恩惊讶地感觉自己的胃抽了一下。"七点五分有一班公交车。如果我们动作快点儿，还能赶上。"

走向公交车站的途中，艾力克斯向茱恩说了他父亲的康复情况。"他本该卧床休息的,但我今天早上发现他还在试图练习瑜伽。"他的话音刚落,三十六路公交车就停了下来。

两人上车,在车厢的后半部分找了个位置坐下。落座之后,茱恩注意到,薇拉正一脸不悦地坐在对面。茱恩躲开薇拉的眼神,假装自己并没有看到她。

"我已经为你准备好下一本书了。"艾力克斯从后兜里掏出一本破破烂烂的特里·普拉切特的《魔法的颜色》。"我九岁还是十岁的时候就爱上了'碟形世界'系列。你读过吗?"

"不好意思,没有。"

"哦,那你会喜欢的。故事背景所在的星球支在一只巨型的乌龟壳上,乌龟壳则搭在四只大象的身上。书中还有一个图书馆员的角色,是只猩猩……"

茱恩努力聆听,眼睛却还是忍不住瞥向薇拉。薇拉正不以为然地朝艾力克斯噘着嘴。这个女人是不是有什么毛病啊?

"这些书里有我一直以来最喜欢的一个文学角色——死神,而且这个死神风趣得很。"艾力克斯说。

公交车进站停了下来。茱恩看着薇拉从座位上费力地站起身,一边下车一边嘟囔着茱恩听不清的话。她和艾力克斯就这样注视着薇拉顺着走道迈下了公交车。直到车子关门离站,艾力克斯才再度开口。

"可怜的考克斯太太。"

茱恩吃惊地望着他。"你认识薇拉?"

"我小时候就住在她家隔壁。"

茱恩环顾四周，看到周围无人才低声说道："她简直就是图书馆的噩梦。"

"哦，别这么说。"艾力克斯皱起了眉头。

"她的抱怨简直让我生不如死，而且我很确定她是个种族主义者。"

"你有没有意识到，你可能是这一整天唯一能和她说说话的人？"

"但还是……"

"她这一生算是十分坎坷了。"

"什么意思？"

艾力克斯压低了嗓门。"我的父母离婚前常常在外卖餐馆里工作很长时间，所以我放学后经常待在薇拉家。她会为我泡茶，还允许我的朋友们到家里来玩。"

"薇拉吗？可她讨厌孩子啊。她对图书馆里的孩子总是抱怨个不停。"

艾力克斯耸了耸肩。"我也不知道事情的始末，但我知道薇拉和丈夫弗雷德一直想要小孩，却出于某种原因没有生育。所以，从某种程度上可以说，他们收养了我当作他们名义上的孙子。薇拉会在自家的后院里和我踢上好几个小时的足球，还会为我们街道上的所有小孩做生日蛋糕。"

"哇。那后来发生了什么？"

艾力克斯进一步压低了嗓门，以至于茱恩不得不靠过来听他说话。"我十岁还是十一岁那年，弗雷德离开了薇拉。一切发生得非常突然：有一天，他割完草坪，和我聊了聊曼联能否拿下冠军联赛的事，第二天就离家出走了。薇拉崩溃了，我记得她靠在我妈妈身上号啕大哭。后来，弗雷德给她寄来一封信，给了她一个邮件转寄地址，说他已经搬去和情人、子女同住了。"

"什么？"茱恩脱口而出，引得好几个乘客都在回头看她，"哦，我的天哪！"

"我知道。你说是不是？原来弗雷德已经出轨好几年了，两人还一起生育了两个孩子。他一直过着双面人的生活，薇拉却毫不知情。"

"我简直不敢相信。可怜的薇拉。"

"在那之后，她就不让我去她家做客了，还会向我的父母抱怨我太过吵闹。她也不再烘焙了，大门不出二门不迈，还失去了所有的朋友。大约一年之后，我的父母离婚了，我们也就搬走了。自此我便很少见到她，甚至不确定她还认不认得我。"

茱恩想起了图书馆里的薇拉，表情狰狞，一脸厌恶地瞧着儿童阅览室里的动静。茱恩一直以为薇拉不喜欢孩子，但令她如此仇恨的原因也许还有别的——那就是后悔。

"我们到了。"艾力克斯说。茱恩望向窗外，发现车子已经停在了毛丽大街上。

她跟在艾力克斯身后下了公交车，穿过马路，朝着棋子酒吧走去。茱恩已经不记得自己上次到访这间酒吧是什么时候的事了，或者说，她已经不记得自己上次走进任何一间酒吧是什么时候的事情了。茱恩一下子对身边的噪音和人群害怕起来。不过艾力克斯领着她走到一处安静的角落，然后去给两人各买一杯饮料。他不在的那段时间，茱恩的思绪又回到了薇拉身上，想象她在家为当地的某个孩子烤着生日蛋糕，弗雷德却拖着行李箱走进来，告诉她自己要离开了。薇拉乞求他留下，一边号啕大哭，一边试图夺走他手里的行李箱，但弗雷德却说——

"给你。"艾力克斯将一大杯啤酒放在桌上，"你还好吗？你看上去已经去千里之外了。"

"抱歉，我在做白日梦呢。谢谢你的酒。"

"我还记得你在学校里做白日梦的样子。"艾力克斯在她的对面坐了下来，"经常是在英语课的时候，你会若有所思地久久望着前方，然后突然开始奋笔疾书。你的创意写作成绩一直是班里最好的。"

"哦，才没有呢。"茱恩答道，却忍不住露出了笑意，"但我的确喜欢在心里编故事，一直都是这样。有些时候，我会观察在图书馆里借书的人，试着想象他们的人生也许是什么样子的。"

话音刚落，茱恩就后悔了。除了妈妈，她还从未向任何人透露过这件事情，直到把话大声说出口才意识到自己听上去有多蠢。

"哦，那我们现在就玩玩看吧。"艾力克斯说，"那边那位女士怎么样？"

"哎呀，不要了，大可不必。我只不过是在犯傻。"

"没事，来吧。看看穿蝴蝶连衣裙的那位女士。你觉得她的故事是什么？"

"真的吗？"

"真的啊！"

茱恩转身仔细打量着她。那个女子肯定在二十五岁上下，穿着漂亮的 20 世纪 50 年代风格茶歇裙，涂着红唇，和她在一起的男子身穿亚麻衬衫和斜纹布裤。茱恩沉思了片刻。

"她叫汉娜，和两个朋友一起住在一间充满欢声笑语、挂满了衣服的公寓里。她做着乏味的办公室工作，但周末时会和朋友精心打扮去跳舞。她梦想着从事某种创意工作，也许是成为一名画家。"

"那个男人是谁？她的男朋友吗？"

"不是，她想要他成为自己的男朋友。他们已经约会好几个月了，但他还没有表白。"

"为什么不呢？"

"因为他有个交往了很多年的女友。她完全不知道他是在脚踏两只船。"

"可怜的汉娜。"艾力克斯听上去像是发自内心地感到难过，"我觉得那家伙不是什么好东西。老实说，你不觉得他很危险吗？也许他就是一个连环杀手。今晚，她就是他的受害者。"

茱恩挑起了眉毛。"我是朝悲惨的爱情故事发展的，你想要的却是可怕的恐怖小说。"

艾力克斯大笑起来，茱恩也莞尔一笑。她以前从未和任何人玩过这个游戏。

"难怪你的创意写作作业都能拿到那么好的分数，我的却总是得 C，因为我会在里面加入僵尸和怪兽。你还会写点什么吗？"

"不怎么写了。"茱恩抿了一口酒。

"哦，那太可惜了。我一直以为你会成为一个——"

"艾力克斯，你有什么爱好吗？"趁他还没有说完，茱恩赶紧问了一句。

"当然，茱恩，我也有自己的爱好。"他回答。茱恩觉得自己看到一丝微弱的笑意划过了他的唇边。"我喜欢爬山，还在当地的一支五人足球队里踢球，我们踢得很烂，但赛后喝喝酒还是很有意思的。我喜欢去电影院，我在伦敦的公寓附近有一家很棒的独立影院，会播放六七十年代的恐怖老电影。星期二的晚上我还会去……"

茱恩聆听着，惊愕不已。她本以为他能说的也就一两件事，可一个人怎么能这么忙碌呢？听上去就让人筋疲力尽。

"你呢？"罗列完自己的清单，艾力克斯反问她。

"我喜欢读书。"茱恩回答。停顿的过程中，艾力克斯一直在等待她继续说些什么，"我还喜欢散步。"

"酷。那你有没有去徒步旅行过？我小的时候经常和爸爸去远足。”

"当然。"茱恩喝了一大口酒，好掩盖她走过的唯一一段路其实就是上下班的路。

"那你喜欢旅行吗？"艾力克斯问，"我上大学时每年夏天都会去背包旅行，感觉好极了。"

"你最喜欢什么地方？"

"哦，这个问题好难回答。印度非常好玩，我也很喜欢越南。你去过吗？"

茱恩摇了摇头。她最远就随妈妈去过韦茅斯。

"你真该去一趟。那里太棒了，历史悠久，食物……"

茱恩随着艾力克斯的话音点着头，内心却羞愧不已。这正是她今晚不想出来的原因。她没有任何有趣的事情可说，也没有什么激动人心的爱好或是充满异国风情的旅程可聊。过去这十年间，她唯一做过的事情就是在图书馆里工作和读书。茱恩闭上双眼，希望自己现在就能夺门而出，省得被他意识到她过着多么可悲而狭隘的生活，让她自取其辱。

"茱恩？"

她赶紧睁开眼睛。"抱歉，怎么了？"

"我是说，你和同学们的联系还多吗？"

哦，天哪，就是这一刻了——她不得不告诉艾力克斯，她既没有朋友、也没有爱好、更没有生活的这一刻。"嗯，是这样的……"茱恩灵机一动，停顿了片刻，"其实我过几个星期就要去参加盖尔·斯宾塞的告别单身派对了。"

"盖尔？不会吧，她过得怎么样？"

"她很好，新年的时候在马尔代夫订了婚。"

"真不错。"艾力克斯回答，"我从不知道你和她读书时还是闺蜜。"

"我们从小学开始就形影不离。"这是一句彻头彻尾的谎言，可茱恩还是感觉自己说得容光焕发。

"哇，我完全不知情呢。你们俩看上去始终不太一样。"艾力克斯回答。想起自己在学校里有多失败，茱恩感到十分难堪。

"我知道，盖尔比我酷多了。"她沮丧地喝下了一大口酒。

"老实说，我觉得你才是那个酷女孩。"艾力克斯说，"其他女孩谈论的始终都是男孩和派对，而你却在读一些精彩有趣的书。"

茱恩吃了一惊，被嘴里的酒呛了一下。

"你还好吗？"

"抱歉。"她一边咳嗽一边回答。

等她咳完，艾力克斯才开口。"这话听上去可能有些奇怪，但我总会想象你毕业后进入大学的画面：身边围绕着满身学究气的聪明朋友，聊的都是些深奥而理智的话题。"他的脸上已经泛起了粉色的红晕，"对不起，这话太荒唐了，你可以随便笑话我。"

可茱恩一点儿也笑不出来，反倒觉得一颗心沉了下去。艾力克斯描绘的正是她时常梦想的自己：考上大学，终于交到几个亲密挚友，和大家彻夜不眠地谈论书籍，支持彼此的作品。她举杯想要再喝一口，却意识到自己的杯子已经空了。

"还想再来一杯吗？"她站起身，趁他还没来得及作答，便一把抓过他的酒杯。

茱恩朝着吧台走去。艾力克斯怎能如此准确地猜中她十八岁时的梦想？他们读书的时候几乎没怎么打过交道，艾力克斯能注意到她本身就已经让她大跌眼镜了，更别提艾力克斯还能如此了解她了。片刻间，她又回想起了畅想中的朋友和人生，赶紧把他们从脑海中赶了出去。

走到吧台旁，茱恩突然听到身后响起了一阵欢笑。她环顾四周，望向笑声传来的地方。糟糕。原来是盖尔的父亲布莱恩·斯宾塞正和两个年轻男子坐在吧台附近的餐桌旁。他是不是听到她谎称和她的女儿是朋友的事情了？布莱恩大笑的时候张着嘴，以至于茱恩都能看到他嘴里嚼了一半的食物。她皱着眉头转过身，免得他看到自己。就在等人来招呼她时，布莱恩的声音传了过来，听上去充满了自恃显赫、自负自大的语气。

"小伙子们，你们必须明白些许'润滑油'的价值。"

"在这件事情上，你觉得'润滑油'能有用吗？"其中一个男子问道。

"有用。不过我得警告你，这可不便宜。"

"亲爱的，你要点什么？"酒吧女招待一脸不耐烦地紧盯着茱恩。

"请来一品脱的拉格啤酒和一杯白葡萄酒。"

"当然，我不能保证。"布莱恩的声音又飘了回来，"但我和几个议员打过高尔夫球，他们信任我。我相信他们受到奖励后会明白这个主意的好处的。"

"菲尔，我告诉你，布莱恩是个很好的投资对象。"这个男子的声音听上去更年轻，谈吐也更优雅，"这一点我比谁都清楚。"

说到这里，三个人大笑起来，是男人们在只有男人的场合才会发出的那种狂笑。

茱恩付完酒水钱，转头朝着桌子走去，还小心翼翼地撇过头，避开了布莱恩。经过三人身旁时，她瞥到和他们坐在一起的那个男人已经喝得红了脸，一头灿金的头发看上去很像《哈利·波特》中的德拉科·马尔福。

"那玛乔丽呢，她介意吗？"

"哦，这你就不用担心了。"布莱恩回答，"我应付得来。"

回到桌旁，茱恩发现艾力克斯一脸窘迫。"抱歉，你肯定觉得我这么说话是个彻头彻尾的怪胎。"他说道。

"完全不会。我很愿意拥有你描述的那种生活，只不过……事非人愿。"

"如果你不介意我问一句的话，这是为什么呢？"

茱恩在桌上倒了点酒，伸出手指，在酒里划拉起来。"我一直想去剑桥学英文，但妈妈在我们大学入学考试时被诊断出了癌症。她还是希望我能去，所以我申请并拿到了一个名额。不过他们允许我延期入读，好让我照顾妈妈。两年之后她就去世了。"

"哦，茉恩，我很抱歉。"

"在那之后，我知道自己可以去读书了，这也是妈妈的夙愿。可她一走，离开家的念头就让我感觉……很可怕。"

"那你现在就没有动过去读大学的念头吗？有很多不错的课程是面向成年学生的。"

茉恩摇了摇头。"不，我觉得那不适合我。再说我喜欢在查尔科特的生活。"

"好吧，我很高兴你在这里过得开心，还能拥有一份热爱的工作。你很幸运。"

"老实说，我无法想象在别的地方工作，所以议会这件事让我心惊胆战。"

"抗议运动进展如何？"

"真希望我能知道。已经一个月了，还是没有任何的公开活动。我试过在图书馆里偷听，可他们谁也不愿在我面前说话。"

"查友一直在做什么呀？"艾力克斯皱了皱眉头。

"我也不知道。不过我有一天在镇上的商店里拿到了这个……"

茉恩把手伸进包里，掏出一张皱皱巴巴的传单，摊在了桌子上。只见传单的顶部用大大的漫画字体写着"救救我们的图书馆（拜托了）"的字样。

"上帝啊，这东西可什么也挽救不了。"艾力克斯说，"他们的社交媒体运营得如何？"

"不知道，我没有参加。"

艾力克斯掏出手机，打了几个字。"想必他们在推特网上开了账户吧？"他扫视着屏幕，"啊哈，在这儿呢。"

他将手机递给茱恩。她看到了这样一条推文：

查尔科特图书馆之友 @ 查友：

8月7日星期六，教堂大厅，加入我们的抗议活动。抽奖，面部彩绘，还有来自查尔科特的小丑科林献艺。欢迎光临！#挽救查尔科特图书馆

"好吧，我猜这已经很不错了。"就在茱恩将艾力克斯的手机递回去时，眼神却瞥到屏幕上闪过了一条即时消息。

埃莉诺：

刚刚收到一条激动人心的消息——尽快回电！亲亲。

看到"亲亲"两个字，茱恩的心一下子沉了下去，紧接着却感觉自己好蠢：谁给艾力克斯发信息和她有什么关系？他看了看手机，脸上流露出了一丝笑意。茱恩喝了一大口酒。

"所以说，你确定自己什么都帮不到查友吗？"他收起手机问道。

"是啊，我不能冒这个险。要是我公开采取行动，议会要解

雇我的。就是这么简单。"

"如果不是公开的呢？私下里偷偷为他们提供帮助怎么样？"

"什么意思？"

"是这样的，我知道你不能冒险让议会看到你也参与其中，但你可以成为查友的秘密特工吧？"

茱恩咯咯笑了起来。"虽然我小时候读过三遍《小侦探哈里特》，但我不确定自己当得了一名优秀的特工。"

但艾力克斯的脸上却没有一丝笑意。"茱恩，我知道你不相信我说的，但我觉得你比自己以为的更有能力。"

"不，才不会呢。"她喃喃地说。

"你知道吗，读到《玛蒂尔达》时，我一直在想你有多像她。"

"玛蒂尔达？"

"是啊，显然你们俩都喜欢读书，而且玛蒂尔达也诚实正直，是真心为别人着想，你上学的时候也一直如此。"艾力克斯喝了一大口酒才再次开口，"我觉得你得问问自己：玛蒂尔达会怎么做？"

那天晚上，茱恩睡得很沉，直到星期六早上九点才醒过来。她躺在床上回想着昨晚的事情：艾力克斯忙碌且激动人心的人生，对她耍酷的荒谬评价，还有那条即时消息……

她走下楼，给自己泡了一杯茶。艾伦·班尼特躺在桌子底下，每次茱恩经过时都会朝着她的双脚冲过来，她却心不在焉，没有将它赶开。布莱恩是怎么回事？还有她在酒吧里无意中听到的那段对话？他是不是提到了"奖励议员"？其中一个男子又为何向布莱恩问起了玛乔丽？他们肯定是在谈论图书馆的事。

茱恩抿了口茶，却烫到了舌头，大骂了一声。要是布莱恩在图书馆的事务上要诈，那她必须告诉某个人——但是她能告诉谁呢？说到底，她又不可能在对时局一无所知的情况下突然跑去议会，胡乱指责一番。

茱恩把手伸向手机，找到推特。几分钟之后，她明白了如何寻找查友的主页，紧盯着他们关于下周抗议活动的推文，心生一计。但她可以这么做吗？太冒险了，她没有任何证据。任何看到这条信息的人都有可能认为她是个脾气古怪的人。

茱恩放下了手机，她应该置身事外。

紧接着，她想起了艾力克斯的话。**玛蒂尔达会怎么做？**

她深吸了一口气，拿起手机，点开了注册。不出几分钟的工夫，一个账户就成立了。趁自己还没有改变主意，她赶紧编辑了一条简短的信息。

@查友 我有些也许会对你们有用的信息。

玛蒂尔达 @MWormwoo8

按下推送键，茱恩赶紧把手机丢到桌上，仿佛那是什么滚烫的东西。她拾起那本《霍比特人》，读了三句，目光就又回到了手机上。什么动静也没有。她继续读了下去，但还没读到那一页的结尾，就又看了一次手机。谁会看到她的推文呢？是香黛儿还是布太太？如果她们回复了，她又该说些什么呢？

她得做些什么来分散自己的注意力。要是阅读不起作用，那就只有一件事情可以做了：打扫卫生。

茱恩套上一件旧 T 恤，走进了客厅。她打扫起来一丝不苟，从长书架开始下手，在房间里忙前忙后。她把电视上方架子上的雪球一一擦拭干净，然后是壁炉架上的瓷器装饰：她和妈妈在旧货市场里淘的查尔斯与戴安娜纪念马克杯，母女俩去伦敦观光带回家的红色巴士模型。就在茱恩为一个抱着书的瓷质女孩雕塑掸灰时，手机叮的一声响了。她冲到房间的另一头去查看。"查尔科特图书馆之友关注了你。"茱恩暂时闭上了双眼，现在退出还不晚。也许布莱恩最终并非是想要诈？她睁开眼睛，发起了一条私信。

我觉得布莱恩·斯宾塞正在密谋对付图书馆。

茱恩按下发送键，这才意识到自己一直屏着呼吸。没过多久，一条回复弹了出来。

你是谁？

我是图书馆的朋友。

我想帮助你们。

关于布莱恩，你知道些什么？

他和两个男人见面讨论了自己如何能给事情加把劲，

说服郡议员什么的。

他们还提到了玛乔丽·斯宾塞，

所以我觉得此事和图书馆有关。

那两个男人是谁？

我不知道。

他们想对图书馆做什么？

我不知道，对不起。

茱恩等待着回应，却什么也没收到。从对方简短而唐突的语气来看，茱恩猜测她肯定是布兰斯沃斯太太，可她会怎么处理这些信息呢？她也许会去当面质问布莱恩，但他会矢口否认。希望查友能深究此事，找到事情走势的确切证据。某个瞬间，她曾猜想玛乔丽是否也参与其中，却还是驱散了这个念头。她的上司身上有很多毛病，但茱恩的妈妈总是说，就算你把玛乔丽切成两半，中间也会写着"查尔科特图书馆"。尽管如此，茱恩还是得在工作中密切关注她，以防万一。

她重新精力充沛地打扫起了卫生。终于能为图书馆尽力做点什么的感觉真好，艾力克斯是对的。也许茱恩无法公开加入查友，但说不定可以在背后施以援手。

13

茱恩将一本《消失的爱人》递给年轻女子，看着她走出了图书馆。茱恩以前从未见过她，想象她是在逃亡的途中搬来查尔科特的。她的父母是一对受人尊敬的中产阶级夫妇，开着一辆宝马汽车，每年都会去法国滑雪度假，暗地里却苛刻吝啬、欺凌弱小，喜欢控制女儿生活的方方面面。她佯装自己遭人绑架，写了一张勒索赎金的字条，还给她的父母留下了不会招致他们怀疑的假线索。但没过多久，她的爸爸碰巧来查尔科特出差，在图书馆里碰到了她。他在门外等她离开，尾随她走进一条小巷，用低沉的声音威胁她——

"我需要新书。"

"嗨，蕾拉。"茱恩朝着桌前的读者露出了微笑，"你觉得《毛毛骑手》如何？"

"我还是觉得玛丽·贝利更好。"蕾拉害羞地回答。她现在每周至少要来图书馆一趟，每一次都会让茱恩帮她选择一本新的食谱书。茱恩发现她的儿子穆罕默德会帮她将食谱的内容翻译成阿拉伯语。

"我为你留了一本新书呢——你想现在就看看吗？"

"谢谢。"蕾拉回答，等待茱恩为她找书。

"给你。"

"我有……给你……"蕾拉把手伸进袋子，掏出一只用厨房纸包着的小包裹。茱恩打开包裹，发现里面是一片钻石形状的蛋糕，上面还点缀着开心果碎，闻上去香气扑鼻。

"巴斯布萨饼。"蕾拉介绍道。

"哦，哇。非常感谢。"茱恩喉咙哽咽地说。

"下次我会试着做英国司康饼。"蕾拉转身朝着一张桌子走去，带着一脸专注的表情。茱恩自顾自地笑着将蛋糕放在键盘边，想要待会儿再享用。

"那是什么？"薇拉皱着脸，俯身靠在桌旁。

"这叫作巴斯布萨饼。"

她朝着蕾拉的方向扬了扬头。"是她做的吗？"

自从两周前艾力克斯把薇拉的过去告诉了她，茱恩一直在格外努力地与薇拉攀谈，鼓励她加入图书馆的各项活动，但到目前为止，她所有的努力都是徒劳。想到这儿，她深吸了一口气。

"你知道吗，蕾拉真的很喜欢学做英国菜。我听说你在烘焙方面很有一手，说不定你可以为她推荐几本食谱书？"

"谁告诉你的？"薇拉的脸上面露疑惑，"他们都错了，我已经很多年没做过烘焙了。"她啐了一口，转身朝着自己的椅子走去，途中还和杰克逊撞了个满怀，害得他手里抱着的一摞书全都掉到了地上。茱恩赶忙朝他跑了过去。

"你没事吧，杰克逊？"她俯身把书一本本拾了起来。

"我没事。"

茱恩递给他一本《日本百科全书》。"你奶奶没告诉我你要去度假。"

"我没有，只是在做一个有关日本的专题研究。你知道日本是由六千八百五十二座岛屿组成的吗？而且日本人吃鱼比世界上其他国家的人都要多？"

"我不知道呢。"

"斯坦利还告诉我，日本有俳句，是一种只有三行、十七个音节的特殊诗歌。"

"这太有意思了，杰克逊。"

"我写了一首俳句。你想听听看吗？"

"我很乐意啊。"

他挺直身子站起来，用单调的声音背诵起来：

图书馆似船，

书若救生衣，

无书人人皆沉没。

茉恩吃了一惊，不知该如何回应。"哇，杰克逊。这太……有力了。"

"你喜欢吗？我打算在星期六的图书馆抗议活动上朗诵呢。"

"我相信所有人都会喜欢的。遗憾的是，我不能去听你朗诵。"

无法出席的事令茉恩真心感到难过。星期六即将在教堂礼堂举办的这场活动是图书馆里所有人整个星期都在谈论的话题。茉恩从自己偷听来的只言片语中获得了一些零星的信息。布兰斯沃斯太太似乎变成了瑟曦·兰尼斯特，执意要求使用标语横幅、扩音系统和"能与费福林夏日游园会相提并论的赌戏彩券"，逼得查友其余的人都快疯了。好消息是，有人设法请了当地的新闻工作组报道此次活动。从那以后，镇上的人就没有聊过别的话题。茉恩很高兴图书馆的活动终于得到宣传了。

茉恩用余光瞥到玛乔丽正朝她快步走来，眼神十分坚定。

"抱歉，杰克逊，我最好回去继续工作了。祝你的俳句朗诵一切顺利。"

"茉恩，借一步说话。"玛乔丽走到她身边说。茉恩跟随上司来到"本地历史"的书架背后。"盖尔告诉我，你还没有回复她告别单身派对的消息。为什么？"

哦，上帝啊。尽管茉恩对艾力克斯谎称和盖尔是闺蜜，但一想到要去参加告别单身派对，她就焦虑得噩梦连连，所以迟迟没有回复。"玛乔丽，抱歉，我很忙。"

"哦，趁盖尔还没有开始怀疑你是我安排过去的。你现在就得回复邮件。"

"现在？"

"快点儿，拿出你的手机。"

茱恩打起字来。意识到玛乔丽正紧盯着她的手机屏幕，她暗暗期待查友不会突然发来一条推文，于是匆匆写道"**盖尔，谢谢。我很愿意去参加告别单身派对。星期六见**"，然后按下了发送键。

"这也不是什么难事嘛，对不对？"玛乔丽说道，"好了，记住，你不是过去找乐子的。你还有任务在身。"

四点钟，香黛儿的妈妈米歇尔来到了图书馆。自从茱恩拒绝加入查友以来，香黛儿就一直没有搭理过她。她正想问问香黛儿的近况，米歇尔却全神贯注地对着电脑破口大骂起来。

"这些议会的混蛋。"茱恩走过去时，她重重敲着键盘，"他们发短信告诉我，有一座新房上市了，所以我放下手头的所有事情赶了过来。可等我登上他们的网站，那座见鬼的房子已经没有了。"

"不会又是这样吧，米歇尔？很抱歉。"

"要是这地方关门了，我该怎么办啊？难道议会以为我们家家都有电脑吗？"

"我在想，香黛儿怎么样了？"

"天知道。她怒气冲冲的状态已经持续好久了。我不知道谁招惹了她。"

茉恩感到十分内疚。她非常确信自己知道香黛儿遇到了什么问题，而这其中还有一部分是她的错。

"她有没有告诉你，她打算退学的事情？"米歇尔问。

"什么？这太糟糕了。那考大学的事呢？"

"她说自己不想考大学了。她一直是个善于钻研却不懂得与人交往的闷葫芦，现在却说自己反而想去找份工作。"

"哦，不会吧。你能不能让她来找我谈谈？"

"我可以试试，但我不确定这有什么好处。她星期六会去参加抗议活动，你可以在那里和她聊聊。"

"我星期六要去参加告别单身派对。"这是事实，茉恩却感觉十分糟糕。

米歇尔退出电脑系统，起身准备离开。"我今天一早看到的那个人就是管理顾问之一吗？"

"什么意思？"茉恩问道。

"和玛乔丽在一起的那个。我正要把双胞胎送去托儿所，所以应该是八点以前的事情了。"

"她长什么样子？"

"她是个骨瘦如柴的女人，打扮得十分花哨。我敢打赌她不是本地人。"

茉恩想起了自己几个星期前和玛乔丽看到的那个酷似库尔特

太太的人。"她是不是留了一头深色的长发?"

"没错。看上去有点儿目中无人。"

"见鬼!"茱恩咒骂了一句,这才意识到自己还在和读者交谈,"对不起。"

"怎么了?"

"我不知道。希望没事。"

玛乔丽正在房间另一边的"参考书"区域帮穆罕默德寻找什么东西。茱恩看着她耐心地给男孩做着解释。她想干什么?如果库尔特太太就是管理顾问,那玛乔丽为什么不想让茱恩和其他人知道她来了呢?茱恩敢肯定,此事必有蹊跷。

她钻进厕所,锁上身后的房门,掏出手机打开推特,以玛蒂尔达的身份给查友发去了一条私信。

玛乔丽·斯宾塞一直在悄悄带人参观图书馆。几个星期前,我看到她和一个女人在一起。今天早上图书馆开门之前,我觉得这个女人又来了。她也许是管理顾问?

一阵咔哒声传来。有人正试图打开房门。于是茱恩按下了发送键。几秒钟之后,她听到门外响起了"哔"的一声。茱恩拉开门,看到布太太正紧盯着手机屏幕。

"该死。"布太太一边咒骂,一边转身朝着图书馆的另一边走去。

茱恩看着她走到斯坦利窗畔的座位旁,给他看了看自己的手机。茱恩好想听听他们说了些什么,却又不想靠得太近,引起二人的怀疑。她看到早些时候被自己丢在房间中间的还书推车,赶紧一把抓过来,推着它朝他们走去。不过,这辆推车今天格外不配合。茱恩将它向右推,它却偏要向左歪。她推着车子慢慢靠到窗边,耳边传来了零星的对话。

"我觉得我们得把这条信息转给……"斯坦利说。

"可我们怎么知道能不能信任这个玛蒂尔达?"布太太问。

"她是谁重要吗?我们要做的是——"

"嗷!"

茱恩猛地转过头去,看到薇拉正痛苦地弯着腰。

"你这个傻丫头,到底在做什么呀?你轧到我的脚了。"

"真的很抱歉,薇拉。你没事吧?"

"不,我有事。我觉得你把我的大脚趾轧碎了。"

"出什么事了?"玛乔丽缓缓朝两人走来。

"茱恩故意用手推车辗了我。"薇拉回答。

"茱恩,你在想什么呢?"玛乔丽瞪了她一眼,搀着薇拉坐到椅子上,抬起她的一条腿。

茱恩咬了咬嘴唇。"这是意外。"

"她一直对我怀恨在心。"薇拉说。

"我们得打电话叫辆救护车。"玛乔丽吩咐道。

"没错。我打算起诉图书馆——这属于重大过失。"

"看在上帝的分上，别小题大做了。"布太太走过来，"有趟公交车很快就到了，我帮忙送你去温顿医院。"

薇拉皱起眉抬头看了看她。"我觉得我们还是最好叫辆救护车。"

"别傻了。国家医疗服务体系已经够忙的了，没必要为脚部淤伤派辆救护车。来吧，站起来，我扶你。"

薇拉正要张嘴抱怨，重新考虑了一下，决定还是闭嘴，站起身一瘸一拐地跟在布太太身后。

"就好像我们的问题还不够多似的。"她们刚走，玛乔丽就低声对茱恩说，"茱恩，你知道要是她向议会正式发起投诉会发生什么吗？议会一直在找借口让我们关门，你相当于直接给了他们一个现成的理由。"

14

　　盖尔的告别单身派对这天早上，茉恩六点钟就伴着一身冷汗醒了过来。她为什么要告诉艾力克斯，自己要去参加这场派对呢？现在如果她不去，他就会明白她一直都在撒谎，其实一个朋友也没有。可要是她去了，就会再次见到盖尔和读书时那些可怕的女孩，而且玛乔丽很有可能会因为她没有阻止脱衣舞男而解雇她。

　　"我该怎么办啊？"她朝着躺在床尾的艾伦·班尼特发起了牢骚。它一脸不屑地盯着她。"你是对的，艾伦，你当然是对的了。"

　　她从床上爬起来，打开了衣柜。盖尔在邮件中提到，她们必须打扮成电影中女主角的样子。茉恩紧盯着自己的衣服，寻找灵感。两条黑色的牛仔裤，一条黑色的短裙，五件一模一样的白衬衫，全都是工作装。几件灰色的开襟羊毛衫，也是工作时穿的。还有她参加妈妈葬礼时穿过的黑色连衣裙，和几件褪色的旧T恤、针织套头衫。就这么几件衣服，她怎么能穿出戏服的样子来呀？

茱恩转过身，视线顺着房间里的书架扫视。这里存放的都是她小时候最喜欢的书，能让她感觉最舒适、最安全的书，其中一本书吸引了她的目光。

"对了，艾伦，赫敏·格兰杰！"

茱恩快步钻进妈妈的房间，拉开了她的衣橱。一道五颜六色的彩虹从拼接长款大衣到妈妈喜欢的金色亮片连衣裙中映入她的眼帘。衣柜里只有一件灰黑色的衣服，茱恩东翻西找才找到它。那是妈妈大学毕业时的旧礼服，非常适合作为哈利·波特主题的礼服。

回到自己的房间，茱恩穿上白衬衫，系上昔日的校服领带，套上黑色的短裙，然后罩上长袍，站到了镜子前面。现在就只剩下发型的问题了。她解开每晚睡觉时紧紧编起的发辫，头发散落着垂了下来。茱恩不记得她上一次注视着自己这头凌乱的鬈发是什么时候的事情了。每天早上，她都会直接把发辫盘成一个整洁的发髻，晚上再放下来。尽管她不愿承认，但如此蓬乱的发型看上去的确很像早期电影中的赫敏。

十一点钟，茱恩穿上鞋，抓起背包，迈进了八月份令人窒息的热浪之中。她缓缓爬上山坡，始终靠着一侧的阴凉，免得自己浑身大汗，头发变得更加卷曲。幸亏艾力克斯说自己周末要回伦敦，没有撞见她打扮得如此滑稽的风险。

走到教堂礼堂附近时，茱恩听到里面传出了音乐的声响。这是好事，意味着查友的活动肯定已经开始了，正进行得如火如茶。经过时，她放慢了脚步，很想瞥一瞥室内的景象。

屋里只有十二个人，大部分都是查友的成员及其家属。茱恩看到斯坦利正在操纵摇奖的机器。机器上摆着几瓶葡萄酒、几罐自制的果酱和一只看上去很丑陋的大象。香黛儿坐在蛋糕摊旁。令茱恩大吃一惊的是，薇拉也在里面四处徘徊，没有任何脚部受伤的样子。后面的墙上挂着一张手写的巨型横幅，不过绳子有些松脱了，茱恩只能隐约看到"拯救查尔科特图书"的字样。

布太太站在大门附近，朝着对讲机大吼大叫。"我是老鹰，麻雀收到请回复。学校唱诗班十分钟内即将到达。重复，十分钟内。该死，我们需要更多的人！"

就是如此吗？在布太太和斯坦利付出了那么多努力之后，这是茱恩见过最悲凉的画面了。她尴尬得再也看不下去了，转身沿路走去。快要走到公交车站时，她看到一辆灰色的厢式货车停在路边，车身旁靠着一个身穿蓝色套装、正在抽烟的女子，看上去十分眼熟。茱恩努力回想她借过什么书，这才意识到对方正是当地的新闻记者泰莎·某某某，和她聊着天的另一个女人手里摆弄着一台看上去很高级的摄像机。

"完全就是浪费时间。"泰莎说，"我们是不可能从中挖出什么新闻报道的。"

"想让我把设备都收拾起来吗？"女摄影师问。

"我们也许还能拍拍孩子们唱歌，但是拍完就走。"

公交车停在了路边。茱恩跳上车，找了个座位坐下，注视着泰莎将烟头丢在人行道上，伸出脚将它碾碎，一脸百无聊赖。这简直就是一场灾难。要是他们连本地新闻都上不了，怎么能挽救图书馆呢？

将近十二点时，茱恩在一条狭窄的郊区小道旁下了车。她一路上都在读《蝴蝶梦》，却丝毫无法平复心中紧张的情绪。她还要步行一英里才能到达酒店，很快便感觉套着厚重大学礼服的身体已经汗流浃背。

身后，茱恩听到了强有力的舞曲声。转过身，她看到一辆黄色的敞篷跑车沿着小巷呼啸而来。巷子里没有人行道。她不得不纵身闪躲，脸朝下摔在了杂草丛生的绿地上。听到车子减速的声响，她翻过身，发现车子就停在自己躺着的地方旁边。司机正用奇怪的眼神盯着她。

"亲爱的，你还好吗？"他调低音乐的音量，开口问道。他穿着一件白色的无袖背心，露出了肌肉健壮的黝黑体格。

"我没事，谢谢。"茱恩试着装出一副漫不经心的样子，站起身来。

"我猜你不知道奥克福德公园酒店在什么地方吧？我迷路了。"

一个念头在茱恩的脑海里闪过，荒诞得让她感觉自己的脸红得更厉害了。不，这太危险了。要是她错了怎么办？没准这个男人是个连环杀手呢？但如果她猜得没错，这可能就是茱恩祈祷的那个答案。

"呃，我在想……你会不会碰巧是个……脱衣舞男？"茱恩意识到自己的脸已经涨得通红。

男子看了她一眼，露出了在她看来不太赞同的表情。可他显然打了太多肉毒杆菌，连眉毛都抬不起来了。"我更喜欢'艳舞舞者'这个词。"他一本正经地回答，"你是？"

茱恩屏住呼吸，过了好一阵子才回答："我叫玛蒂尔达，是来参加盖尔的告别单身派对的。"

"哦，感谢上帝。为了找到那家该死的酒店，我已经绕了二十分钟了。"

"要是你愿意，我可以给你指路。"

"太好了，上车吧。我叫洛基。"

茱恩掸了掸身上的草，坐上副驾驶的座位。"你得掉头。"

"你确定吗？我就是从那条路过来的。"

"我保证。我会给你指路的。"

他将方向盘打死，掉转车身，沿路加速驶去。茱恩以前还从未坐过敞篷跑车，发丝随风飞舞，开始后悔自己没把头发扎起来。洛基把他的演出套路告诉了她，还讲到了他是如何从美国大老远弄来一套全新的警察制服，花了一百多英镑。

"玛蒂尔达，谁都想不到这东西竟然这么贵。他们都以为我们就是把裤子剪开，用尼龙搭扣粘好。这可是专业服装，是最新的设计。"

茱恩试图紧盯着路面，眼神却忍不住不时地瞥向洛基。他的肤色是她见过的最特别的颜色，是桃花心木混合着小橘子的色调，上面还盖着一层她猜是油的物质。有一次，他伸手想从手套箱里拿些什么。茉恩猛地躲开了，以免被他撞到。

"就是这儿了。"车子驶过查尔科特大桥，经过图书馆、顺着商业街飞驰时，她介绍道。

"我以为那是一座乡村酒店？"

"地点在最后一刻改了。请在这里左转。"

车子在教堂礼堂外停了下来。看到新闻车还在这里，茉恩松了一口气。不过女摄影师正将一个个黑色的箱子放进车子后面。

"就是这里吗？"洛基问，"中介告诉我这是一场高端活动。居然是在这么破烂的乡村礼堂里。"

"其实，新娘热爱当地图书馆，但图书馆正面临被关停的危险。所以她把自己的告别单身派对和声援图书馆的活动结合在了一起。"茉恩知道这个故事有多荒谬，也看得出洛基对此不太买账，"还有新闻工作组来为你录像呢。"

洛基的脸色一下就亮了。"电视摄制组？你为什么没告诉我呀？"他跳下车，从后座上抓起自己的背包，"咱们开始吧。"

"太好了。你进去找布兰斯沃斯太太，告诉她，你是玛蒂尔达派来的。"

"你不进去吗？"

"我还有几件告别单身派对的琐事要先处理。不过，祝你好运。"

茉恩迈下车，趁教堂礼堂里还没有人发现她，赶忙溜走了。走到厢式货车旁时，泰莎正举着手机打电话。"是的，一塌糊涂。连剪片子的意义都没有。"

茉恩轻轻咳嗽了一声。"打扰一下？"

"不签名。"泰莎连头都懒得抬，顺口答道。

"我不是……我觉得你可能会想回去重新开始拍摄。"

"没有意义啊，连新闻报道都算不上。"

"事情很快就会变得更有趣的。"

"怎么了，他们要用气球拧动物了吗？"

"请相信我。你会想看看里面要发生的事情的。"

泰莎皱起了眉头。"最好别再浪费我的时间。来吧，克利欧。"她朝着女摄影师点了点头。对方叹了一口气，又从包里掏出了摄像机。

茉恩站在公交车站，不想冒险靠得太近。她注视着泰莎和克利欧走进了室内。没过多久，教堂的礼堂里传来了震耳欲聋的音乐声。先是一首蓝调爵士乐曲开头的几个小节，然后是惊愕的响亮尖叫声。茉恩瞥到洛基的身影从门前一闪而过，身上除了一条黑色的皮套裤和一顶美国警察的帽子之外什么都没有，忍不住大笑起来。要是艾力克斯能看到这一幕，那该多好呀。

"亲爱的，你要上车吗？"

她转身看到公交车已经靠站，司机正透过敞开的车门紧盯着她。茉恩上车，在公交车离站时仍旧自顾自地咯咯笑着。

15

茱恩赶到酒店时，时间已经过了下午一点。她迟到了很久。快步穿过前门时，她在镜中瞥到自己的影子，叹了一声。她的衬衫上粘着一大块草地的污渍，肯定是她闪身摔倒时蹭上的。一路乘坐洛基的敞篷跑车害她的头发一团糟，被吹成了一个巨大的卷曲发髻。茱恩试图将它压扁，却什么用也没有，只好就这样进去。至少这个聚会是场化装舞会，其他人看起来也一样可笑。

然而茱恩刚一走到酒店的吧台，心就沉了下去。吧台旁站着二十多个喝着香槟的女子，身上全都穿着华丽得令人难以置信的服饰。贝琪是奥黛丽·赫本在《蒂凡尼的早餐》中的造型，塔拉则穿着玛丽莲·梦露在《热情似火》中的裙子。站在中间的盖尔将一头金发精心地盘在头顶上，身上穿着巨大的裙撑礼服，宛若光彩照人的玛丽·安托内特。

"那是茱恩·琼斯吗？"塔拉喊道。所有人都转过头来注视着她。"我简直不敢相信你来了！"

茱恩在门边踌躇，希望自己能消失得无影无踪。

"哦，我的天哪，你看起来和在学校时一模一样。"盖尔走过来亲吻了她的双颊，"甚至还穿着学校制服！"

"其实我是打扮成了——"

"你最近住在什么地方啊？"塔拉打断了她的话。

"你是单身吗？还是结婚了？"贝琪也加入进来，"赶紧说给我们听听。"

看到大家纷纷围上来，茱恩畏缩了，脑海中突然闪现出这几个女孩嘲笑她衣服样式老旧或是在读什么书的画面。

"呃，我还住在查尔科特。"茱恩颤抖的声音出卖了她。

"那你是做什么的？"贝琪追问。

"我在图书馆里工作。"

"我简直不敢相信，你还在我妈妈的手下打工。"盖尔皱起了鼻头。

"哦，好适合你啊。"贝琪回答，"我喜欢图书馆，古色古香的。"

"我已经好多年都没去过一座图书馆了。"塔拉说道，"既然在亚马逊上买书那么便宜，不知道为什么还会有人在意那里。"

"那你的感情生活呢？有什么特别的人吗？"贝琪问。

艾力克斯的脸庞在茱恩的脑海中一闪而过。她飞快地摇了摇头。他告诉茱恩，自己这周末要去探望朋友。从那以后，她就一直尽量不去想象他和即时信息软件上的那个女孩埃莉诺。

"不，我还单身。"她看到三个女人的脸上纷纷露出了失望的神情。盖尔走到一旁去和别的来宾聊天了。茱恩绞尽脑汁，想要找点别的话题，一时有些尴尬。"所以，你们俩现在从事什么职业？"

"我是一名律师。"塔拉回答，"贝琪是个室内设计师。"

"室内设计师兼职业生涯顾问。"贝琪纠正她，"不过我刚生下儿子蒙迪，正在休产假。"

"哇。"茱恩惊呼。这两个人只有二十八岁，怎么就如此事业有成了？

一个打扮成神奇女侠的女子加入了她们的对话。"我已经给脱衣舞男打了半个小时电话，他都没有接。"她告诉塔拉，"你确定给他的地址对吗？"

"当然了。"

"那我们到底该怎么办啊？他本该午饭后就开始表演的。"

"那我们就想点别的事情来做好了。"塔拉说，"来吧，各位，该吃饭了。"她对着屋里的人喊道。众人纷纷排着队走进了温室。

一张长长的餐桌上已经摆好了令人惊叹的盛宴美馔。大家你推我搡，争相抢夺着靠近准新娘的座位。茱恩在桌子的远端找了个座位坐下，发现自己被夹在了神奇女侠和一个打扮成劳拉·克劳馥的人中间。

"你是怎么认识盖尔的？"神奇女侠在她坐下时问。

茱恩的膝盖抖动起来，被她用一只手按住了。"我们曾经是同学。"

"你是做什么的？"

"我是个图书馆助理。"

"是嘛。"神奇女侠眼神呆滞地转过头，和另一边的莉亚公主聊了起来。

茱恩仔细打量着餐桌。大浅盘上堆满了已经切掉硬皮的精美三明治、看上去十分精致的蛋糕和司康饼。自从今天早上吞了几口吐司，她还没有吃过东西，饥肠辘辘，饿得肚子咕咕直叫。她把手伸向自己那只小巧的盘子，在上面堆了三块三明治、一块司康饼和一块巧克力小蛋糕，这才意识到其他人的盘子里都只放了一小块三明治。她身旁的神奇女侠把三明治里的烟熏三文鱼摘出来吃掉了，面包却留在了盘子里。她和劳拉·克劳馥正与别人聊得热火朝天。茱恩倒是很高兴自己无人理会。吃完盘子里的东西，她看了看手机。玛乔丽发来了三条短信。

情况怎么样了？

请把告别单身派对的最新情况发过来。

一切顺利吗？

茱恩把手机塞回包里，又拿了几块蛋糕。

"好了，姑娘们。"塔拉用勺子敲了敲杯子，"我们要不要玩个小游戏，活跃一下气氛？"她等待着唠唠叨叨聊天的声音逐渐平息，"我们大多数人都彼此熟悉，但在座的还是有几副比较陌生的面孔。所以我们觉得玩个'我从来没有'的游戏一定很有意思，这样大家就能多了解彼此的一点……秘密。"

桌边笑声四起。茱恩感觉自己的五脏六腑都缩成了一团。她从不知道这个游戏，但听上去有种不祥的感觉。

"我来开个头好了。"塔拉说，"记住，如果我说的事情你做过，那就喝一口酒，没做过就不喝。明白了吗？"

一阵嘟嘟囔囔的赞成声中，大部分女子都一脸期待地举起了手中的香槟酒杯。

"好的，那我先从简单的开始。我从没有被逮捕过。"

茱恩在桌边扫视了一圈。只有一个打扮成花花公子兔女郎的女人喝了一口酒。

"菲儿，你做了什么呀？"盖尔一脸震惊地问。

"超速。"菲儿耸了耸肩。众人哄堂大笑。

"该我了。"贝琪接话道，"我从没有加入过'高空俱乐部'。"

随着好几个女子都喝下了一口酒，笑声更加响亮了。茱恩不确定"高空俱乐部"是什么，但她怀疑自己不可能是其中的一员。

"我从没有出过轨。"劳拉·克劳馥说道。令人意外的是，一片哀号声中，好几个人都愧疚地抿起了酒杯。

"我从没有去过澳大利亚。"另外一个人说。许多人都喝了酒。茱恩在大腿上握紧了拳头，免得自己双手颤抖。

"我从没有裸奔过。"神奇女侠的话引起了更响亮的哄笑。

"我从没有野营过。"

茱恩紧盯着自己满满的酒杯，希望她们能够快点结束。

"我从没有被开除过。"

"我从没有在公共场合发生过性关系。"

"我从没有蹦过极。"

茱恩紧紧闭上了双眼，一颗心怦怦直跳。这场折磨何时才能结束？

"我从没有彻夜跳舞跳到清晨六点。"

"我从没有跳过钢管舞。"

"我从没有做过爱。"

"茱恩？"

过了好一会儿，茱恩才意识到四周已然鸦雀无声。睁开双眼，她发现所有人的眼神都在紧盯着她，一下子瘫在了椅子上。

"亲爱的，你还好吗？"盖尔问。茱恩一言不发地点了点头。

"你明白游戏规则吗？"塔拉说，"因为有人开玩笑说'我从没有做过爱'，你却没有喝酒。"

茱恩感觉脖子上的领带勒得好紧，试图将它松开。

"如果你做过这件事，就得喝酒。"塔拉接着说，"除非你真的还是个处女？"

听到这句话，一个女子大声笑了起来，其他人却默不作声地紧盯着茱恩，眼神既同情又惊恐。

"我……我得去上趟厕所。"茱恩起身的速度太快，感觉一阵晕眩，试图伸手去抓椅背，却"哐"的一声将椅子撞翻在地，于是转身朝着房门跑了出去。

16

茱恩冲进厕所，重重关上了身后隔间的门，呼吸急促而断续。她感觉自己被人勒住了脖子，于是一把扯下领带，还想松开衬衫最上面的纽扣，双手却颤抖不止。在和领子搏斗的过程中，她的胳膊肘不停地撞在墙上。就在她以为自己就快昏厥过去时，纽扣突然掉落，衬衫一下子崩开了。她瞬间感觉喉咙上的压力小了，一屁股跌坐在马桶上，把头埋进了膝盖之间。

茱恩的呼吸缓缓恢复了正常，随之而来的却是令人无力招架的耻辱感。她的人生怎能如此一无所成？她从未做过裸奔或蹦极之类的事情，也不曾和朋友去过夜店、彻夜狂舞。她还从未踏足过澳大利亚，因为她连英格兰都不曾离开半步。她从未亲吻过一个男人，更别提是与谁有过肌肤之亲了。

反过来，茱恩在颤抖中意识到，她一生的成就可以用一句可悲的话来概括：她一直在图书馆里工作，妈妈已经去世了。这就是她二十八年生活的全部，是写在她坟头的凄惨碑文。

随着"砰"的一声巨响，厕所的门突然被打开了，吓了茱恩一跳。她飞快将双膝抱到胸前，以免有人在隔间的门板下看到她的脚。

"我的天哪，太尴尬了。"她听出了贝琪的声音。

"唉，这有什么好惊讶的。她上学的时候就一直是个怪胎。"塔拉回答，"还记得一年级时她是怎么像只单相思的小狗一样跟在盖尔屁股后面的吗？"

其中一个人拧开了水龙头。汹涌的水流喷涌而出。

"不知道盖尔为什么要邀请她？"贝琪问。

"她没有。显然是茱恩恳求盖尔的妈妈给她发了邀请函。"

"不会吧，那太可悲了。我能借用一下你的唇膏吗？"

"当然可以。"

一阵沉默中，茱恩屏住了呼吸。

"不知道她为什么不干脆撒个谎，假装她做过某几件事情。"过了一会儿，贝琪才开口，"你觉得她真的还是处女吗？"

"我觉得这没什么好吃惊的。"

"老天哪，想象一下，二十八岁的人了，还没有做过任何事情。不知道她有没有什么朋友？"

"咳，她上学的时候就没什么朋友，所以我表示怀疑。你想喷点香水吗？"

"好啊。"

一股浓烈的花香在空气中弥漫开来。茉恩捂住鼻子，免得自己会打喷嚏。

　　"你还记得我们升大学那年，她妈妈病了吗？"塔拉问，"我听说她妈妈在我们上大学的时候去世了。"

　　"是吗？"

　　"我肯定听说来着。我觉得茉恩已经没有别的家人了。"

　　"天哪，这太糟糕了。我们回去吧？"

　　"好啊。你看到艾丽西亚穿的那身衣服了吗？她看上去可真……"

　　茉恩听到了门关上了，两人的说话声渐行渐远。她数到二十才打开隔间，走了出来。空气中仍旧弥漫着甜得令人嗓子发腻的香水味，瞬间让茉恩以为自己可能病了。她紧盯着镜子中的自己：脸颊上挂着睫毛膏的痕迹，顶着一头乱蓬蓬的发丝，就像恐怖电影中发了疯的小丑。她是不可能回去面对那些面目可憎的女人、看着她们怜悯的微笑、听着她们捧腹欢笑的。她必须离开这里，现在就走。

　　茉恩掏出手机，想叫琳达来接她，这才想起她周末去女儿家探亲了。长叹一声过后，她把手机塞回包里，就在这时看到了屏幕上的一条短信，是艾力克斯·陈发来的：

　　祝你在告别单身派对上玩得开心——替我祝贺盖尔！抱抱。

136

看到艾力克斯的名字，一股如释重负的感觉涌上了茱恩的心头，她想都没想就按下通话键，把电话举到了耳边。

"艾力克斯，你方便说话吗？"听到他接起电话，她脱口而出，声音如同沙哑的耳语。

"当然了。你还好吗？"

"不好。我……"茱恩强忍住正在胸中累积的悲凉。

"你怎么了？发生什么事情了？"艾力克斯的声音充满了关切。

"告别单身派对……糟透了……"她的嘴里只能蹦出这几个字眼。

"你现在在什么地方？"

"躲在厕所里。"

"你得赶紧离开。有谁能去接你吗？"

茱恩深吸了一口气。"艾力克斯，很抱歉这么问，但我已经没有谁能找了。能不能请你——"

"艾力，你看见我的黑色连衣裙了吗？"

那个声音年轻而沙哑。说话的是个女孩。茱恩这才猛然想起，艾力克斯去了伦敦。

"抱歉，我没想到……"她嘟囔着说。

"不，没关系。稍等片刻……埃莉诺，我正在……"她的耳边传来了艾力克斯把电话拿开时窸窣作响的声音。茱恩想象他正用一只手捂住话筒，还能隐约听到零星几句低沉的话语声。

"是一个女同学……"

"独居……"

"没有谁……"

茱恩感觉每一个字眼都如同一记耳光。

"抱歉。"艾力克斯重新接起电话，"你刚才说什么？"

茱恩手足无措，过了好一阵子才想到该说什么。"没事，我得挂了。"

"别啊，没关系的。你想让我——"

"抱歉打扰你了。再见。"

挂上电话，茱恩凝视着镜子。镜中那张可悲的面容回望着她，让她感到一阵恶心。她羞耻得想要放声尖叫。她到底为什么要在艾力克斯陪伴女友时打电话给他啊？她想象两人眉飞色舞地聊起了学校里的这个怪丫头，可悲得没有任何朋友可以求助。或者更糟——他们不是在笑话她，而是在同情她。

茱恩强忍住眼泪，把手机塞进包里，快步走出了厕所。

茱恩打了辆出租车回家。下午其余的时间里，她都藏在窗帘背后，躲着耀眼的八月艳阳。她试着拿起《远大前程》①来读，可每一次读到赫薇香小姐的情景，心头就会渐渐涌起一种认同感，最后还是将书丢在了一旁。她又开始打扫卫生，可每一张画、每

---

① 英国 19 世纪作家查尔斯·狄更斯（Charles Dickens）创作的长篇小说。

一件装饰品似乎都在嘲笑她。你怎么能二十八岁了还是个处女？抱着书的瓷娃娃女孩在茉恩为她拂尘时取笑她。茉恩宝贝，你在害怕什么？妈妈的每一张照片都在问她。就连艾伦·班尼特也插了一手。你真是个失败者，茉恩给它喂食时，它似乎在说，你宁愿躲在这座房子里，也不愿意走出去过自己的人生。

那天晚上，就在茉恩瘫在沙发上、没精打采地看着《四人同床》[1]时，耳边传来了电话的蜂鸣声。她低头瞥了一眼，看到艾力克斯发来的一条信息。一看到他的名字，茉恩就想起了两人通话时的对话以及他对埃莉诺说过的字眼，顿时心如刀割。女同学……独居……没有谁……艾力克斯曾是茉恩唯一称得上是朋友的人，可他现在知道她的人生其实有多可悲了。

她拿起手机，点开了他的信息。

嘿，你没事吧？爸爸告诉我，他刚刚在本地的新闻节目中看到图书馆的抗议活动了——我简直不敢相信，查友的那群老古董竟然约了一个脱衣舞男！不过这对活动来说是件好事。抱抱。

茉恩猛地坐起身来。她一直沉浸在自怨自艾的情绪之中，竟然一次也没有想起今天早上的图书馆活动，于是赶紧在手机上搜索当地新闻，按下了播放键。节目正在报道当地某栋大楼的建设

---

① 《四人同床》（Four in A Bed），英国真人秀电视节目。

情况，但茉恩无法集中精力去看，一心只想让内容快进。

突然，屏幕上出现了泰莎站在教堂礼堂外的身影。

"唐宁郡的六座图书馆正面临被议会关停的危险，但只有一座图书馆想到了用如此新颖的方式来吸引大家关注当地居民的抗议。"

画面被切回了室内。只见洛基正穿着某种施受虐狂的牛仔套装，在教堂礼堂的中央蹭来蹭去。围观的一小群人脸上都挂着震惊的表情，站在中间的杰克逊嘴都合不拢了。

"议会的磋商过程还有七周就要结束，查尔科特的组织者们精心安排了一场颇为吸引眼球的抗议活动。"泰莎陈述道。

画面切到了目瞪口呆的布兰斯沃斯太太身上。"呃，我们觉得这也许有助于为抗议活动引来关注。"她说话时，洛基还在她的身后推推搡搡、扭来扭去。

此刻出现在画面中的人是站在图书馆前的斯坦利。"这座图书馆可能规模不大，却对社区至关重要。人们依赖它的原因远远不止是书籍。要是议会将它关停，就是滑天下之大稽。"

画面又回到了洛基身上。这一次，他的身上除了一条丁字内裤，什么也没穿。随着镜头调转平移，薇拉的身影出现在了他的身前。只见她正将某种看似发泡鲜奶油的东西抹在洛基的胸口上，一脸专心致志的表情。

新闻片段结束了。茉恩紧盯着手机坐在那里，惊得一句话也说不出来。这招竟然奏效了。洛基的表演让图书馆的抗议活动上了新闻。一丝笑容缓缓爬上了她的脸庞。她大笑起来，吓得睡在她身旁的艾伦·班尼特大惊失色。

"我做到了，艾伦。"她惊呼，猫咪却一脸困惑地盯着她，"我真的做到了。"

茱恩从沙发旁的桌子上拿起一个相框，里面装着妈妈多年前在查尔科特图书馆外拍的照片。照片中的贝弗丽正在咧着嘴微笑，对着镜头眯起眼睛，头上高耸着钟楼。茱恩拂了拂玻璃上的灰尘。

"妈妈，对不起，我总是这么无能。"她低声说，"我知道自己一直都在浪费生命，让你失望了。但我保证，我现在会努力去改变的。"

17

星期一的下午，茱恩来上班时发现薇拉在图书馆里占了一张桌子，正和愿意洗耳恭听的人讲述自己和洛基的风流韵事。

"你们知道吗，我以为那是剃须泡沫呢，但其实真的是发泡鲜奶油，我还尝了一口来着。"一群针织联谊会的女士们听她讲得津津有味。

"真是令人叹为观止。"看到茱恩开始动手整理公告栏，斯坦利加入了对话，"他有三套不同的服装：警察、牛仔和消防员。他的裤子上还有尼龙搭扣，一撕就掉。这一招还挺聪明的——我也可以在自己的套装上试试看。"

"斯坦利，快来看啊。"香黛儿举着手机走到他的身边，"昨天的新闻爆出之前，我们的脸书网主页有一百一十人关注，现在已经快有一千人关注了。"

"太了不起了！"

"一直有人发来信息，询问我们下一步准备怎么办。"

"我们得问问布兰斯沃斯太太。她会有计划的。"

"她已经来了。"香黛儿指向了门口。

"大英雄驾到。"斯坦利惊呼，"为布兰斯沃斯太太三呼万岁。"

"闭上你的嘴吧。"布太太怒气冲冲地回答，"脱衣舞男的事和我半毛钱关系都没有。我可不赞成任何形式的性剥削行为。"

"哦？那这是谁安排的？"斯坦利问。

布太太压低了嗓门。茉恩不得不伸长耳朵才能听到她在说些什么。

"脱衣舞男告诉我，他是被某个名叫玛蒂尔达的人引到抗议活动上来的。"

听到布太太提到这个名字，茉恩差点儿把手中抱着的一摞传单掉在地上，赶紧飞快地转身背对着众人。

"到底谁是玛蒂尔达啊？"薇拉问。

"玛蒂尔达是我们的神秘线人。"斯坦利说，"她会通过推德网给我们发信息。"

"你说的是推特网。"香黛儿纠正他。

"没错。她就是我们的间谍，会给我们发送推文。布莱恩·斯宾塞在酒吧里的事和玛乔丽与管理顾问秘密会面的事都是她告诉我们的，现在她又为我们做了这件事。"

"好吧，我也许无法赞同这位玛蒂尔达的手段，但她再一次救了我们这群笨蛋。"布太太说，"现在我们得趁热打铁了。"

"去郡议会大楼外抗议如何？"斯坦利问，"我们可以做些标语，还可以唱歌。"

"没错，就像美国的民权运动一样。"布太太附和道。

"你可别告诉我们，你还参加过民权运动。"薇拉压低嗓门嘟囔道。

众人还在聊天，茱恩却已经溜走了。前往郡议会大楼抗议是个不错的主意，但图书馆真正需要的是借出更多的书籍。议会说过，他们的决定是基于借书量而定的。茱恩知道，现在查尔科特图书馆的借书量少得可怜。她回头看了看布太太、斯坦利和香黛儿，然后掏出手机，用玛蒂尔达的名字飞快地发了一条推特信息。

"赶紧过来！"

玛乔丽正在图书馆的另一边眯着眼睛、紧盯着茱恩。"脱衣舞男的事情你耍的是什么花招？"待茱恩走到她身边后，她低声问道。

"玛乔丽，我这么做可都是为了你啊。这是我能阻止他去告别单身派对上表演的唯一方法。"

"可你害得查尔科特图书馆名誉扫地。下一次的图书馆经理月度会议上，我肯定会成为大家的笑柄的。"玛乔丽拿起一本平装书，给自己扇起了风，"有人知道脱衣舞男是你派去的吗？"

"没有。这都是我匿名操作的。"

"至少这一招还挺有用。要是议会知道了，我们都会被就地解雇的。"

"不过你得承认，这对图书馆抗议活动的宣传效果还不错。"茱恩说。

"嗯……盖尔的告别单身派对怎么样？"

"还行吧。"茱恩回答，祈祷盖尔还没有告诉妈妈发生了什么。

"好吧，谢谢你帮了我的忙。作为感谢，我会确保你能受邀参加婚礼的。当然，只能是晚上的活动。"

"哦，没必要吧。"

"别傻了。我知道你想来。"

"可其实——"

"对话就到此为止好了，我还有很多事情要做呢。"玛乔丽转身走开了，很快又回头看向了茱恩，"记住我说的。绝对不能让议会知道你和脱衣舞男或查友的事情有任何关联。不然我可保护不了你。"

这一周剩下的时间里，茱恩都在竭尽所能地悄悄帮助查友。她研究了国内其他图书馆成功的抗议活动，并通过玛蒂尔达转发了这些活动的细节。星期三早上，趁玛乔丽外出提供外展服务的工夫，茱恩鼓起勇气对她的办公室展开了搜查，也许能够找到一些有关管理顾问库尔特夫人的信息。她什么也没找到，但出任卧底间谍激发的肾上腺素让她在这一天剩下的时间里都忐忑不安。

星期四，茱恩在帮一名读者上网申请护照时，听到身后传来一个熟悉的声音。自从那通糟糕的电话以来，她就一直躲着艾力克斯，星期一晚上也没有去点中餐外卖，所以突然在附近听到他的声音让她的皮肤一下子滚烫起来。她扭过头，看见他正全神贯注地和斯坦利交谈。

"她还说了些什么吗？"斯坦利压低嗓门问道。

"没有，就是我已经告诉你的这些。"

"但你觉得这是什么意思？我该不该——"

"不好意思，小姐？"茱恩帮助的那名男子紧盯着她，"我现在需要做些什么？"

"抱歉。"茱恩羞得浑身发烫。他们是不是在聊她周六给艾力克斯打电话的事？他发现她过得有多可悲已经够糟了，但现在斯坦利也知道了。在帮忙填写申请表的过程中，茱恩始终背对着他们，祈祷斯坦利和艾力克斯不会发现她在这里。

然而几分钟之后，她就觉察到有人在她的背后走动。

"你好啊，陌生人。"

茱恩不忍转身去看艾力克斯怜悯的表情，于是一直紧盯着眼前的电脑屏幕。"你好啊。"

"你怎么样？"

"还行。"茱恩在键盘上敲了几个字，希望他没有看出她的双手正在颤抖。

"你星期一没来外卖餐厅，我一直很担心——"

"不好意思，我正在帮助这位读者呢。"趁他的话还没说完，茱恩脱口而出。她听到身后传来了一声微弱的叹息，片刻之后便感觉艾力克斯已经走了。

忙完手里的活儿，茱恩朝着办公桌走去。斯坦利坐在自己的座位上。茱恩路过时看到他瞟了自己一眼，却什么话也没说。她回到桌旁时，布兰斯沃斯太太从前门冲了进来。

"那些蠢货！"她大呼小叫，"一群徇私舞弊、暗算别人的混蛋！"

图书馆里所有的人都转过头来看着她。

"出什么事了？"斯坦利问。

"我刚才去商店里查看我们的请愿书收集了多少签名。纳雷什告诉我，有人把它偷走了。"

"不会吧！酒吧里的那一份呢？"

"也丢了。他们说，它昨天就从酒吧里消失了。"

"我的天。我们已经拿到将近五百个支持图书馆的签名了，全都丢了。"

"我们又得重头开始了。"布太太说。

"可要是它又被人偷了怎么办？"

片刻间，两人谁也没有说话。茱恩看得出，他俩都在绞尽脑汁地想主意。

"也许我们该像香黛儿建议的那样，尝试网上请愿？"斯坦利问。

"我想是吧。"布太太回答，尽管听上去有些不太确定。

"我简直不敢相信，有人竟会堕落到偷请愿书的地步。"斯坦利摇了摇头，"谁会那么做啊？"

"也许是议会干的吧。"布太太说，"若非是我们身边的人……"

说罢，她的目光直勾勾落在了茱恩的身上。两人的眼神短暂交汇，茱恩很快就看向了别处。

"别以为我没有注意到你在偷偷摸摸地听我们说话。"布太太朝她喊道，声音大得让图书馆里所有的人都安静下来，"要是你妈妈知道你正努力让这座图书馆关门，她会怎么说？你真丢人，茱恩，你妈妈会为你感到羞耻的。"

茱恩感觉布太太的话如同一把刀，插在了她的心上。一瞬间，她想要大声喊出自己就是正在帮助他们奋起反抗的玛蒂尔达，却转身冲向了图书馆的后面，泪水模糊了视线。

难道大家真的是这样看待她的吗——包括斯坦利在内？茱恩闭上眼睛，不让自己哭出来，花了好几分钟才平复好心中的情绪。她回到办公桌旁时，布太太和斯坦利已经移步去了电脑那里，听不见他们的谈话声了。茱恩望着两人一起伏在键盘上，看样子是在发起在线请愿。这很好，但镇上的人怎么才能得知此事呢？至少纸质的请愿书能留在人们看得到的显眼位置。茱恩心知肚明，镇上许多的人对网络请愿一无所知。要是她有办法把消息散播出去，却又不让任何人知道是她干的，那就好了。

茱恩又看了看斯坦利和布太太，心生一计，备感兴奋。没错，这正是玛蒂尔达会做的事情。

临近午夜，茱恩抓起背包离开了家，掉头朝着山上的商业街走去。夜晚的这个时候，街道上空无一人，但她还是有所防备，穿了深色的衣服，还戴上了妈妈的旧棒球帽，压低帽檐遮着脸庞。

走近一片漆黑的图书馆大楼时，月光映衬出了钟楼的轮廓。茱恩查看四下无人，打开前门溜了进去。图书馆的室内伸手不见五指，但茱恩对这里比任何地方都熟悉，能在书桌和书架间来回走动，都不会撞上任何东西。她来到电脑旁，打开一台机器，调转显示器的方向，以免有人透过窗子看到它的光亮，然后动手开始打字。

一个小时之后，茱恩又偷偷钻出图书馆，重新锁上了前门，身后的双肩包沉重了不少。她把它搭在肩膀上，蹑手蹑脚地离开图书馆，朝着镇上的商店走去。马路对面，一个遛狗的人正在酒吧门前踱步，嘴里自顾自地吹着口哨。茱恩躲进暗处，直到他离开才把手伸进双肩包，动手干了起来。

第二天一早，茱恩照常九点来到图书馆。她只睡了两个小时，但还是哼着小曲做起了准备工作。九点一刻，她听到前门猛地被人推开。玛乔丽急匆匆地走了进来。

"你看到外面的事情了吗？"她尖叫了一声，算是问候。

"出什么事了，玛乔丽？"

"商业街被人肆意破坏了！"

"是吗？"茉恩努力装出一副吃惊的样子，"我今天早上来的时候没有注意。"

"唉，我不知道你怎么可能看不见。每栋建筑的正面都贴满了这种东西。"玛乔丽在茉恩的面前挥了挥一张纸，读起了上面的内容。"'如果你关心书籍和教育，就在查尔科特图书馆的请愿书上签名吧……如果你相信每个孩子都该拥有最好的人生开端，就在查尔科特图书馆的请愿书上签名吧……如果你想支持本地社区中最需要帮助的人……'然后是一个在线请愿的链接。"

"哇。那肯定是查友干的。"茉恩试着摆出一副不偏不倚的表情。

"外面有好几百张这种海报——整个镇子看起来好可怕。我得给布莱恩打个电话，作为行政教区委员会的主席，这样的烂摊子肯定会让他火冒三丈。"

玛乔丽气冲冲地一头扎进了办公室。茉恩转身朝着图书馆的前窗窗外望去。今天早上的商业街十分忙碌。人们三三两两地聚集在酒吧和面包房门前，看着这些一夜之间张贴出来的海报。茉恩掏出手机，通过浏览器打开了新的查友图书馆请愿书。上面显示已经有七百八十九人签名了。

她微微一笑，把手机塞回兜里，继续回去工作了。

18

茱恩注视着那个瘫坐在角落里玩手机的男人。他二十五岁左右,穿着暖和得不合时宜的衣服,过去一个小时里几乎不曾从屏幕上抬起头,一直沉浸在手中的游戏里。他的肤色惨白,好像不怎么出门。茱恩判定他是个吸血鬼,藏在图书馆里躲避炽热的阳光。早些时候,他还吃了点"怪物蒙克"家的烤牛肉,所以他显然是渴望吃肉的。他随时都有可能把手机丢到一旁,朝着薇拉走过去。薇拉会一脸惊恐地抬起头看着他,他则会张开血盆大口俯身向前,开口说——

"这里是公共图书馆,不是妓院!"

玛乔丽押着两个面红耳赤的青少年从厕所走了出来。"我知道外面很热,但你们得找别的地方待着去了。"她把两人送出前门,注视着他们手牵着手急匆匆地跑开。

此时正值八月末,热浪笼罩下的查尔科特陷入了停滞状态。

商业街上的吊篮植物早就蔫了，店里的冰激凌每次一到货就会被抢购一空，移动水管的使用禁令让所有园丁都很抓狂。镇上最凉爽的建筑就是图书馆了。厚厚的石墙和高耸的天花板能让气温变得还能忍受。

因此，这里也成了镇上最热闹的建筑。每天早上茱恩一开门，就会发现斯坦利站在一群不耐烦的退休老人队伍中。他们会从她的身边硬挤过去，争相占领窗边最好的位置，然后一整天都呆在这里，用架子上的传单扇风，抱怨自己脚踝肿胀，还一杯杯地要水。不去为他们跑腿时，茱恩还要担任儿童阅览室的业余表演艺人，逗弄几十个坐立不安的小孩。他们的父母和保姆则百无聊赖地盯着手机。

玛乔丽走到茱恩的办公桌旁。"你今天下午还要去一趟温顿吗？"

"我不确定自己能忍受得了这种高温。你需要我在这加班吗？"

"不必了。我需要温顿大街餐饮商店里的三只银质蛋糕盘。你能帮我取一趟带回来吗？"

"可以啊。"

"盖尔说她除了主婚礼蛋糕之外还想要杯子蛋糕，所以我还要另外烤上一百个小蛋糕。"

茱恩让自己忙着摆书，这样就不必参与有关婚礼的对话。时间已经过去了两个星期，但回想起告别单身派对的事，她还是会羞辱得浑身都疼。

"顺便问一句，你知道这群所谓的'查尔科特图书馆之友'在打什么主意吗？自从那件讨厌的海报事件以来，他们就安静得令人生疑。"

"我什么都不知道。"

"嗯，你要保持警觉。我可不想再碰到什么吓人的惊喜了。"

正午时分，茱恩离开图书馆去赶公交车，在温顿大街下车后就融入了购物者与行人的海洋。她心情最好的时候也不喜欢人潮，更别提是在这种天气下了，但她还是低着头强迫自己走了进去。她只需要取回玛乔丽的蛋糕托盘，然后赶去玛莎百货买上一包她常穿的超值装纯白高腰内裤，就能去坐返程的公交车了。

沿着大街行走的途中，茱恩注意到左手边有一间她从未留意过的店铺。店铺的正面被涂成了紫色，橱窗里站着一个身穿黑色内裤的人形模特。这种内裤比茱恩穿的那种花俏不少，价钱可能还是它的两倍。但从好的一面看，这能节省她十分钟的时间，免得她还要夹在熙熙攘攘的人群中赶去玛莎百货。于是茱恩突然向左一转，钻进了店铺。

"嗨，有什么可以帮你的吗？"一个脸上戴着穿刺环的年轻女子在茱恩推门而入时招呼道。

"谢谢，不过我只是随便看看。"茱恩一边回答一边迈进店铺，可售货员还是跟了上来。

"我们所有的玩具现在都有百分之十五的折扣。你来得正是时候。"

茱恩并没有意识到自己进的是一家"玩具商店",第一次环顾四周,目光落在了十几只貌似装着口红的展示盒上。她拿起一只,差点把它丢在了地上。"上帝啊,难道这是——"

"这是一款七档的'紫色巨蟒',是我们最畅销的商品之一呢。"

茱恩惊得不知眼睛该往哪里看。

"我们的'振动子弹'还可以买一赠一。"女子递给她一个小小的球型物体。

"抱歉,我以为这是家内衣店呢。"

"我们也有内衣。这里瞧。"售货员将她领到身后的一排货架处,只见那里挂着一系列的蕾丝内衣。茱恩松了一口气,看到一条看似朴素的白色短裤,拿起来才发现它竟然没有裤裆。

"我猜这些东西你都没有用过吧。串珠兔子玩具对新手来说非常友好。"女子递给茱恩一个装有巨大粉红色物体的盒子。

茱恩一心只想逃离这家店,却又不知如何才能礼貌地避开过分热情的销售员。此时此刻,她又抱着一个看上去十分可怕的银色物件走了过来。

"我就买这条就好。谢谢。"茱恩将那条没裆的短裤塞到了她的手里。

"这个选择真不错。要是你想买的话,我们这里还有配套的镂空胸罩和吊袜带怎么样？"

"这条就行了，谢谢。"

"那你要办会员卡吗？能有——"

"不必了，多谢。我得赶紧走了。谢谢你的帮助。"茉恩一把抓起紫色的购物袋，冲出了商店。就在她离开的那一刻，身子撞到了某个经过的路人。

"哎呀，我还从没……"

茉恩抬起头，看到琳达正咧着嘴对她微笑，眉毛高高挑起。"好样的，亲爱的。"

"我还以为这是家内衣店呢。"茉恩脱口而出。

"买到什么好东西了吗？"琳达瞥了瞥她手中的购物袋，"告诉我，这是给你买的呢，还是给艾力克斯的礼物？"

"别这样！"茉恩尖叫道。琳达仰起头大笑起来。

"哦，真希望你能看到自己现在的表情。来吧，我给你买杯饮料，好让你冷静冷静。"她领着茉恩穿过马路，钻进一间咖啡馆。"你去找张桌子，我去给咱俩买杯茶。"

茉恩在窗边找了两个座位。她以前从未来过这里。咖啡馆的室内又大又空，铺着木地板，四周全是裸露的砖墙。好几十个人正坐在小小的餐桌旁聊天，或是抱着笔记本电脑工作。这里非常时髦，但茉恩还是更喜欢道路尽头的那家独立咖啡屋。那里摆着混搭的沙发，老板的脾气也很古怪。

"给，我还买了一块蛋糕。"琳达把托盘放在了桌子上。

"谢谢，琳达，你又救了我一次。"

"很高兴能偶然碰见你，我一直想去你那儿一趟呢。"

"艾伦·班尼特又干什么了？"

"不是它的事。有一天，我在镇上的商店橱窗里发现了这个，觉得你可能会感兴趣。"琳达在手提包里翻了翻，掏出一张皱皱巴巴的纸，递给了茉恩。

你有不需要的旧书吗？樱桃树养老院迫切需要为住户提供二手书。各类图书都可接受。

"我只是觉得，这对你妈妈留下的旧书来说可能是个不错的归宿。"琳达说。

"谢谢。"趁琳达还没来得及再说些什么，茉恩赶紧把传单塞进了包里。

"所以你和艾力克斯进展得怎么样了？又约会了吗？"

"那不是约会。我告诉过你了，我们只是朋友。"

"这没什么好丢脸的。他那么英俊——你不喜欢吗？"

"不喜欢。"茉恩没有望向琳达的眼神，"再说，他已经有女朋友了。"

"你确定吗？乔治从没有跟我提起过，我追问过他有关艾力克斯的事情。"

"他肯定有了。"茉恩狠狠地用叉子挖了一块胡萝卜蛋糕。

"那艾力克斯有没有跟你提过她的事情？"

"没有，但我在电话里听到过她的声音。"

琳达皱了皱眉头。"这就怪了。我不明白艾力克斯为什么要把她的事情瞒着所有人？说不定她真的很丑或者很蠢什么的。"

"琳达，你不能这么说！我相信她是个既漂亮又聪明的姑娘。"茱恩想象着一个身材高挑、留着丝般长发的女子。她说话时嗓音嘶哑，穿着一袭性感的黑色连衣裙。茱恩想象她正在和艾力克斯约会，嘲笑着那个既没有朋友也没有生活的查尔科特傻丫头。想到这里，茱恩拿起叉子，往嘴里塞了一大口蛋糕。

"哦，好吧，那太可惜了。不管怎样，天涯何处无芳草。你知道我家的马丁又单身了吗？"

茱恩感觉得到琳达落在她身上的目光。自从她和马丁年少时起，琳达就一直试图撮合她和自己最小的这个儿子。茱恩拿起马克杯准备喝水，这样就不必回应。可就在她准备喝上一口时，眼睛却看到了杯子边上的标志。它乍看像个红色的漩涡，凑近了观察才发现，那是两个"C"交织在一起。茱恩紧盯着它，努力回忆自己以前在什么地方见过它。

"不会吧。"她重重地丢下马克杯。

"你说什么？马丁也不赖，对不对？"

"这个图案——是这间咖啡厅的吗？"

"当然了，这是库巴咖啡的标识啊。"

"库巴咖啡。哦，我的天哪。"

"亲爱的，出什么事了？你看上去像是见了鬼似的。"

茱恩的脑海中出现了几周前在图书馆里见过的库特尔女士的样子。"我以前见过这个标识，就在图书馆里一个女人的夹板上。"

"那又怎么样？"琳达问道。

"她是去见玛乔丽的。我以为她是管理顾问，可如果她不是怎么办？如果她是库巴咖啡的员工怎么办？"

"对不起，亲爱的，我没有听懂你的意思。"

茱恩睁大眼睛望向琳达。"琳达，真希望我想错了，但我觉得库巴咖啡可能正试着买下查尔科特图书馆。"

第三部

占领图书馆

19

一个小时之后，茱恩赶到图书馆时本以为这里会是一片喧嚣，眼前的景象却和往常一样平静，也没有布太太或斯坦利的身影。茱恩查看手机发现，她以玛蒂尔达的名义发送的信息也无人回应。也许他们还没有看到？

"回来得正好！"玛乔丽朝门边的茱恩走了过来，"你拿到我的蛋糕托盘了吗？"

"太抱歉了，我给忘了。"

"看在上帝的分上，我就给你布置了这么一个简单的任务……"玛乔丽翻起了白眼，"我现在就亲自去取，你得一个人收拾这里了。"

茱恩注视着她大步流星地走出了大楼。难道玛乔丽真的参与了关停图书馆的什么阴谋？从温顿坐车回来时，茱恩一路上都在思考这个问题。从某个角度来说，这似乎是个荒谬的想法：玛乔丽已经在图书馆里工作了三十年，尽管性格令人讨厌，但对这个地方似乎一直是尽心尽力。可是茱恩亲眼看到过玛乔丽和库巴咖啡的那个女人在一起，还听到过她们讨论建筑的事情。她无意中还听到玛乔丽的丈夫谈起了贿赂郡议员的事。要是布莱恩和玛乔丽串通一气，要关停图书馆，好在这里开间库巴咖啡怎么办？茱恩已经把这些信息全都通过推特消息告诉了查友，那布兰斯沃斯太太和斯坦利为什么没有来大吵大闹？

下午剩余的时光就这样不经意地溜走了。茱恩试图把注意力集中在手头的工作上，却怎么也无法专心，一直关注着手机。五点钟的时候，最后一批读者也离开了。就在茱恩关电脑时，耳边却传来了前门被人推开的声音。

"抱歉，我们已经关门了。"她喊了一声，转过身却发现斯坦利站在门口。茱恩正打算脱口提起库巴咖啡的事，紧接着就想起斯坦利还完全不知道她就是玛蒂尔达。

"不用管我，你继续。"斯坦利边说边走到自己的椅子旁坐下，顺手把一个包放在了脚边。

"嗯，停业时间已经到了。"茱恩答道，"你得走了。"斯坦利一脸严肃的表情让她感到紧张。

"亲爱的，我恐怕哪儿也不会去了。"

"什么意思？"

斯坦利在图书馆里环顾了一圈。"玛乔丽在吗？"

"不在，只有我。"

"哦，这样的话，那我得告诉你了。"

"告诉我什么？"

斯坦利在椅子上坐直了身子。"现在我要正式占领查尔科特图书馆。"

茱恩愣了一会儿。"什么？"

"有个告密者通知查友，玛乔丽和布莱恩正和一家私企合作，准备关停图书馆。所以我决定占领图书馆，直到议会最终愿意听取我们的意见。"

"可我不能让你在营业时间之后留在这里。玛乔丽会杀了我的。"

"我会告诉她，你锁门的时候我躲在了厕所里。这样你现在就能回家了，和此事没有任何瓜葛。"

茱恩不知该如何回应。要是她把斯坦利留在图书馆里，肯定会因为严重渎职而被开除吧？可她该怎么请斯坦利出去呢？他可能已经八十二岁高龄了，但身材还是比她魁梧不少，几乎不可能被她推出门的。

"求你了。你不能睡在这里。你能不能找个别的方法抗议？"

他悲哀地朝她微微一笑。"对不起，但我不能一走了之，让图书馆在我们的眼皮底下被人卖掉。"

茱恩无助地望向了他。"可我不能就这么把你留在这里。"

"别担心。我会像对待自己家一样照看好这里的。"

"但玛乔丽会——"

"别担心玛乔丽的事情了。"斯坦利打断了她的话，"茉恩，有些时候，要是我们在乎某样东西，就必须打破规则。我就是这么在乎查尔科特图书馆。"

优柔寡断的茉恩停顿了片刻，不知该如何是好。她该不该打电话告诉玛乔丽？但那时候玛乔丽就会勒令茉恩把斯坦利赶出门去，或是把这件事怪到她的头上。也许最简单的方法就是干脆把斯坦利留在这里过夜，明天一早再让玛乔丽来应付。

茉恩不情愿地去办公室拿自己的包，出来时看到他还坐在椅子上翻看着报纸。

"斯坦利，你真的必须这么做吗？"

他从报纸上抬起目光。"是的，亲爱的。但我保证不会给你造成什么恶劣的影响。"

茉恩朝着前门走去，关上灯，回头看了看斯坦利——这个穿着粗花呢套装的老人。她的脑海中突然闪过了妈妈站在同一张桌旁、正在帮助读者做些什么的画面。妈妈放下手头的事情抬起头，紧盯着茉恩，脸上没有一丝笑容。

茉恩宝贝，你在害怕什么？

茉恩畏畏缩缩地把手搭在了门把上。

想象一下，二十八岁了，还什么事也没做过。

她闭上眼睛，听着血液在耳朵里奔涌的声音。

你妈妈会以你为耻的。

茉恩睁开眼睛，放开了门把手。

玛蒂尔达会怎么做？

茱恩转过身来面对着斯坦利。"我陪你。"趁她还没来得及阻止自己，她脱口而出。

他吃惊地抬起头，望着茱恩。"什么？"

"我陪你一起吧，斯坦利，我也留下。"

"你真好，但真的没有必要。我自己一个人挺好的。"

"可一个人就不能算是真正的抗议，要是你想让议会听取你的意见，就需要更多的人。"

"我很感激你的提议，可要是玛乔丽发现你在这里，会怎么说？你不想为了我这么个笨老头丢掉自己的饭碗吧？"

茱恩感觉自己正站在悬崖的边缘，从令人晕眩的高度往下张望。一瞬间，她不知道自己是否该后退一步，趁一切还来得及，赶紧跑回安全的家。她咽了一口唾沫，这才再度开口："斯坦利，我有件事情要告诉你。"

"什么事？"

"其实……我就是玛蒂尔达。"

他惊愕地盯着她。"你再说一遍？"

"我一直在通过推特给你们发送信息。把洛基派去教堂礼堂的人是我，在镇上四处张贴海报的人也是我。我一直害怕公然做些什么会害自己丢了工作，但我已经厌倦了生活在恐惧之中。"

"真的吗？老天哪，我完全不知道。"一抹笑容在斯坦利的脸上绽放开来，"不过茱恩，匿名帮忙和在这里陪我是有区别的。你

165

确定自己真的想这么做吗？"

"是的，我确定。"大声把话说出口时，茱恩才意识到自己是真心真意的，"这座图书馆是我生命中最重要的东西。我想要为它而战，不管结果如何。"

"万岁！"斯坦利在空中挥起了拳头，"那我们就开始占领查尔科特图书馆的行动吧。"

20

茱恩从里面反锁房门，转身看到斯坦利正在来回踱步。

"啊，真是激动人心！"他感叹道，"我猜你这儿不会有什么东西可吃吧？"

她走进办公室，翻出一包盐醋味的薯片和一些不太新鲜的卡仕达酱饼干，还泡了两杯茶端了出来。斯坦利已经在办公桌背后的地上布置好了几盏灯，正坐在旁边的一把椅子上，场景很像某种奇怪的篝火。

"最好先别让别人知道我们在这儿。这样我们才能为明天的突然袭击做好准备。"他说道。

"斯坦利，你是不是战争小说读多了呀。"茱恩在办公桌上放下这点儿野餐食材，在他身边坐了下来，"你觉得明天会发生什么？"

"嗯，玛乔丽来了之后，我们不许她进来。"他自己动手拿了一块饼干，"我猜她会给议会打电话，让他们派人过来。这时我们就可以提出自己的诉求了。"

"什么诉求？"

"要求他们保证图书馆的运行并提供议会资金。"

"可他们是绝对不可能同意的。"

"那我们就待到他们同意为止。"

"你不打算提起我有关库巴咖啡的说法吗？"

"不。我们需要证据才能去报警。"

听到"报警"这个词，茱恩感觉脊梁骨一阵颤抖。"你觉得警察会来逮捕我们吗？"

"准确地说，只要我们不破坏任何东西，就不算犯法。如果他们想赶我们出去，就得通过法庭拿到驱逐令，可能要花上好几个星期的时间呢。"

茱恩想象自己和斯坦利势单力薄地在这里滞留好几个星期，靠着啃食书本来抵抗饥饿。"你在这方面好像知道得不少呢。你以前也占领过别的地方吗？"

"政治抗议？天哪，完全没有。"他似乎欲言又止，却伸手又拿了一块卡仕达酱饼干。

"那在此期间，我们能做些什么？"

"嗯，我们可以更好地了解一下彼此。"斯坦利靠在椅子上，轻轻捧住手中的马克杯，"这么多年了，我每天都能在图书馆里看到你，却不怎么了解你在这四壁之外的生活。"

"我恐怕没什么好讲的。"

"瞎说。我们从头说起吧，你是在查尔科特出生的吗？"

"不是，是在巴斯，但我们四岁时就搬到这里来了。外祖父去世之后，妈妈继承了这里的房子，于是我们在她得到图书馆的工作之后就搬了过来。"

"那你父亲呢？我还从来没有见过他呢。"

"我也没有。"

天空中落日低垂，阳光照在书架上，拉出了长长的影子。茱恩抠了抠桌子上松脱的一块木头。

"我很遗憾听到这些。"斯坦利沉默片刻问道，"我能再冒昧地问你一个问题吗？"

"当然可以。"

"你有没有觉得自己错过了没有父亲的日子？"

茱恩很少想起那个男人，被问了个措手不及。"没有吧。我上学的时候偶尔会遭到嘲笑，但我的妈妈很优秀，既能当妈，又能当爸。"

斯坦利凝视着远方，沉浸在思绪之中。茱恩在图书馆里四下环顾，努力思考他们该在哪里睡觉。

"我有个儿子。"他开口说道。

"我知道，我看见过你给他发邮件。"

他短暂闭上了眼睛。"事情比这还要复杂一些。我已经很久没有见过马克了。"

"是啊，美国很远呢。"

"不是这样的，亲爱的，你误会我了。"斯坦利停顿了一下，"我不是个合格的父亲。我有很严重的酗酒问题。我的妻子……前妻……觉得我对他不好。"

茱恩震惊得不知该说什么才好。斯坦利看上去永远是那么得体，她万万没有想到，他竟然会有酗酒的问题。

"马克十三岁那年，他们离家出走了。"斯坦利接着说，"凯蒂在加利福尼亚有亲戚，两人就移民去了那里。这已经是三十二年前的事情了。"

"你从那时起就没有见过自己的儿子吗？"茱恩努力掩饰着话音中的震惊。

"他们母子俩离开后的一年，我去那里看过一次。他十八岁时也回来看我。但我那时状态很遭，恐怕反而把事情搞砸了。"

"我很抱歉。"茱恩把手伸向他，他却摇了摇头，仿佛是想甩开这份同情。

"这完全是我的错。酒精不是个好东西，我也做了一些错误的决定。凯蒂搬走是对的。"

"可你已经不再是那样的人了，你现在可以成为一个很棒的父亲。"

"你能这么说真是太好了。我承认，这就是我一直写信给他的原因，可听完你的话，我才意识到他没有我反而过得更好。马克已经四十五岁了，我听说他过得不错，他怎么会想我出现在他的生活中呢？"

"哦，斯坦利，别这么说。我们的处境完全不同。我爸爸甚至不知道我的存在。你的儿子知道你，你也一直在给他发邮件。我相信——"

茱恩的话被一阵震耳欲聋的砸门声打断了。两人赶紧俯身蹲在了地板上。

"是谁啊？"她低声问，"你觉得是警察吗？"

"我去看看。"斯坦利在图书馆的地面上缓缓挪动起来。

茱恩蜷缩在办公桌背后，心脏在胸口里狂跳。砸门声还在继续，越来越响亮，越来越固执。她看到一束手电光从前窗中扫过。不管门外是谁，此刻一定怒不可遏、迫不及待地想要进来。就在茱恩要尖叫时，她听见了斯坦利"哦"的一声和门被打开的声音。茱恩从桌子背后偷偷望去，看到一脸愤慨的布太太大步走进了图书馆。

"我路过时看到屋里亮着灯。你们俩到底在干什么呀？"

"我们在占领图书馆。"斯坦利回答，"茱恩就是玛蒂尔达。一直以来，就是她在向我们告密。"

"你就是玛蒂尔达？"布太太看向茱恩，仿佛发了疯似的，"可你对帮助我们从没表现出任何的兴趣啊。"

"对不起。议会说了，如果发现任何图书馆工作人员参与其中，就会把我们解雇。所以我只能匿名帮助你们。"

"见鬼。我一直以为你是个工贼呢，原来你是我们的一员。"

布太太热情地拍了拍茱恩，"欢迎加入战斗，姐妹。"

"谢谢。"茱恩笑着揉了揉酸痛的手臂。

"我们决定是时候向议会表态，我们要来真的了。"三人重新坐下后，斯坦利开口说道，"这也是我们要占领图书馆的原因。"

"太对了，是时候让这场运动更上一层楼了，我已经好久没有参加过占领活动了。"布太太的眼中闪烁着光芒。

"斯坦利觉得议会可能会派警察过来。"茱恩说道。

"该死的，让他们试试吧。我面对过水枪、催泪弹、围堵。几个乡巴佬警察是吓不到我的。"

"你参加抗议活动害怕过吗？"

布太太给了她一个愤愤不平的眼神。"你觉得那些支持妇女参政的人在把自己拴在铁轨上时害怕过吗？罗莎·帕克斯在公交车上被捕时害怕过吗？"

"可我们又不像他们。"

"为什么不像？"

茱恩感觉很尴尬，却必须一吐为快。"嗯，显而易见，对我们和社区而言至关重要的是图书馆，而让他们为之抗争的是更宏大、更普世的东西，比如妇女投票权和结束种族隔离。"

"我们是为了社会平等、识字率和孩子们的未来而战。"布太太伸出手指戳了戳茱恩，"你知不知道，过去的十年间，他们已经关停了国内近八百座图书馆？要是我们该死的政府还这么独行其是，还会有更多的图书馆被关停。所以，我们也许是一座小小的乡村图书馆，但所做的事情却比自身伟大得多。我们必须为查尔科特图书馆而战，就好像它是地球上最后一座图书馆。"

"没错，没错。"斯坦利边说边举起了马克杯。

"所以，茱恩，回答你的问题：没有。我在为自己认为对的事情抗争时从来不会害怕。"

"我好害怕。"茱恩把膝盖抱到胸前。

"害怕什么，被逮捕吗？"布太太一脸怀疑。

"不是的，什么都怕。"

茱恩抿了一口温热的茶，谁也没有开口说话。这座建筑和它的故事散发着令人安心的气息。茱恩深深吸了一口气，短暂想象着图书馆被关停的场景——书籍一本本被搬走，变成了和她今天早些时候去过的那间咖啡馆一样的空间——一股难以忍受的悲哀涌上心头。

"我觉得，我和妈妈最幸福的一些回忆就是一起待在这里。"

"你肯定非常想念她。"斯坦利伸手轻轻拍了拍茱恩的膝头。

"她去世之后，悲哀……完全淹没了我。我花了人生中三年的时光照顾妈妈。她走了以后，我感觉自己也被抽空了，唯一能让我活下去的事就是在这座图书馆里工作。"

"悲伤会给人造成奇怪的影响。"布太太附和道，"很久以前，我也失去了一个人，在那之后很长的一段时间里，我失去了一切反抗或斗争的欲望，只想蜷缩起来睡觉。"

"你结婚了吗，布兰斯沃斯太太？"斯坦利问。

"没有，我才不会呢。说真的，我从没觉得男人有什么用，但我的伴侣，她——"布太太闭上了嘴巴。茱恩以前从未见过她失语这么久。

"那你是怎么应对悲伤的？"

"我意识到闷闷不乐、自怨自艾是在伤害她。她爱我的原因是因为我既愤怒又吵闹，还讨人厌。可害怕和逃避让我失去了自己的生活，我让她失望了。"

"那你是怎么做的？"

"我投入了反对人头税的抗议活动，最后在一场暴乱中被逮捕，后来在监狱里被关了三天。"

"天哪。"斯坦利惊呼。

"但我感觉自己又活过来了。自从她去世以来，我第一次感觉自己还活着。"

茱恩靠在了椅子上。她上一次感觉自己真正活着是什么时候？回首妈妈去世后的这八年时光，她能想到的只有独自在家看书。这几乎算不上是活着。紧接着，茱恩又想起了自己看到洛基上新闻时的感觉，那种知道事情是出自她手的暗暗兴奋，还有她偷偷摸摸在查尔科特的大街小巷张贴海报的那一晚。

"我们都该休息休息了。"布太太站起身。

茱恩收起三人的马克杯，在失物招领箱里翻了翻，找出一件被人遗弃的大衣，把它抱了出来。

"省得你感冒。"她把大衣递给了斯坦利。

"谢谢，亲爱的。明天会是漫长的一天，试着睡会儿吧。"

茱恩看着他将椅子拼凑成一张临时的床铺，布太太则把翻毛大衣铺在有声读物书架旁当成了床垫。他们竟能像在家里一样轻松自在，着实令她吃了一惊。

茱恩在"文学A-E"的书架旁找了个角落躺下，闭上双眼，却并不觉得疲惫。她能够敏锐地察觉到布太太和斯坦利那里传来的声音——其他人类发出的鼻塞和呼吸声。她意识到，从妈妈去世以来，这是她第一次和别人在同一个房间里过夜。茱恩换了个姿势，脑子却在飞速运转，没过几分钟便起身从还书的推车上拿来一摞图画书，抱着它们径直走向儿童阅览室，动手整理起了书架。

阿尔伯格，A.，阿波罗，J.，安东尼，S.。儿童阅览室里多年前曾经进行过一次重装，但茱恩还能记得自己儿时这里的样子。如今挂着壁画的地方曾经是一幅小熊维尼的图片，窗边的桌子也已被迷你沙发替代。

坎贝尔，R.，卡尔雷，E.，柴尔德，L.。茱恩能想象妈妈就坐在这里，为围坐在一起的孩子们读故事。这里也是茱恩第一次自己朗读一本书的地方，妈妈咧开嘴笑着聆听着她大声读出每一个字。

达尔，R.，唐纳森，J.。多年之后，当妈妈的癌症已经进入晚期，她住进了临终安养院，还是坚持要最后去一趟图书馆。这样的一趟行程麻烦至极，涉及救护车和各种各样的设备，但母女俩到了之后，茱恩推着妈妈走进了儿童阅览室，和她一起看着玛乔丽主持"儿歌时间"，妈妈还跟着孩子们唱起了歌。

哈格里夫斯，R.，希尔，E.，修斯，S.。最后的回忆惹得茱恩热泪盈眶。她蜷缩在地板上，任泪水在黑暗中滑落。房间中的每一寸空间都沉浸在回忆之中，妈妈的基因已经被编织进了故事毯和翻旧了的书页中。如果图书馆没了，茱恩就会再一次失去妈妈。茱恩决不能允许这种事情发生。

21

茱恩在某一刻睡着了，当她再次睁开眼睛时，自己正躺在地板上，身上盖着她拿给斯坦利的那件大衣。太阳已经升起，透过书本的缝隙在儿童阅览室里投下长长的光束。茱恩起身伸了个懒腰，走回了主厅。

"怎么回事？"

墙上每一寸空白的地方都覆盖着海报，上面写着"别碰我们的图书馆"和"救救查尔科特图书馆"。

"我们做了点室内装饰。"布兰斯沃斯太太边说边把另一张海报贴在了女王像的相框上。

"你们贴了多少张啊？"茱恩问。

"准确地说已经四十五张了，全都是我在电脑上自己做的。"斯坦利一脸骄傲。

布兰斯沃斯太太从脚下站着的椅子上跳下来。"那个母夜叉什么时候会到？"

"大约九点十五分吧。"茱恩回答。

"那好，我们还有两个小时的时间把一切准备就绪。"

"准备什么？"

"我们可不打算无所事事地整天坐在这里喝茶。这是一场战争，我们必须制订一个进攻计划。"

接下来的几个小时里，三人忙得不可开交。斯坦利制作并打印了一百张抗议活动传单，阐明他们为何要占领图书馆、目的何在。茱恩重新摆放好桌子、留出最大的空间，还用 A3 纸手写了几张标语，挂在前窗上供路人观看。在场外旁观了许久，终于能够加入布太太和斯坦利的团队，与他们并肩作战的感觉妙不可言。

布太太在前门边来回踱步。"嘿，茱恩。我需要一个又大又沉、不那么容易被挪开的东西。"

茱恩环顾四周，目光落在了陈旧的还书推车上。两人齐心协力将它推到了门口。布太太解释称，这样一来，要是局势变糟，他们就能把自己关在里面。

"要是局势变糟，是什么意思？布兰斯沃斯太太？"

布太太耸了耸肩，吩咐她去找"新闻台那个骨瘦如柴的女人"，看她愿不愿意报道占领活动。

九点十分，一切准备就绪。三人站在紧锁的大门背后，等待着玛乔丽的到来。

"你确定想让她看到你在这里吗？"斯坦利询问茱恩，"你还是可以躲起来的。我们会告诉她，你昨晚就离开了。"

茱恩深吸了一口气才开口："不，我再也不想躲躲藏藏的了。"

"很好。"斯坦利轻轻捏了捏她的手臂。

"她来了之后我们该说些什么？"茱恩问。

"我们就告诉她，在议会同意让图书馆继续运营之前，她不能进来。"

"你们见过玛乔丽发脾气的样子吗？她是绝对不可能坐视不管的。"

"你们也没见过我发脾气的样子吧。"布太太给茱恩使了个眼色。

不一会儿，三人看到玛乔丽穿过马路朝着图书馆走来，眼神杀气重重。

"这到底是怎么回事？"她走上前，大声吼了起来，"茱恩？"

"这是一场政治抗议。"布太太透过门缝叫道，"图书馆已经被占领了。在议会同意我们的要求之前，我们是不会离开的。"

"胡说些什么！让我进去。"

他们没有动。

"茱恩，开门！"

茱恩拉开一条门缝。"玛乔丽，对不起。我再也不能安安静静地坐视不管了。"

"你知道这是什么意思吧？"玛乔丽问，"我在议会面前没法

179

护着你了。”

茱恩点了点头，感觉一阵恶心。

“我们想和议会代表交涉，递交我们的诉求。”斯坦利表示，“在此之前，你是不能进来的。谢谢。”

“哦，看在老天的分上，我可没工夫干这个。你们知道我有多忙吗？”

“我们会一直待在这里的。”布太太说，“反对图书馆经费缩减！打倒议会！”

玛乔丽怒目圆睁地瞪着他们。“好吧，我去给他们打电话。不过你们可千万别在我的图书馆里乱来。”

她转过身，跺着脚朝马路对面走去。茱恩双手颤抖着关上了门。

“第一阶段达成。”斯坦利心满意足地总结道，“我们去喝杯茶，怎么样？”

接下来的几个小时里，每当有人到图书馆来一探究竟，茱恩、斯坦利和布太太就会给他们分发传单，解释自己的所作所为。有些人会困惑地走开，但大部分人都会表示支持。到了正午时分，图书馆里已经聚集了三十人左右，大家都在兴奋地彼此攀谈。有人从面包房拿来了三明治，就在茱恩坐下来啃着三明治时，耳边传来了布太太的喊叫声。

“议会的人来了！”

所有人都挤在了窗前。

"看呢，是理查德·唐纳利和那个叫萨拉的女人。"斯坦利说，"布莱恩·斯宾塞也来了。不知道玛乔丽跑到什么地方去了？"

茱恩的视线越过众人的头顶，看到一群人走到了紧锁的大门外，理查德插着手臂。

"好了，收起你们的小把戏吧。我们来了，赶紧把门打开，和我们谈谈。"理查德隔着窗户喊道。

"除非你们同意我们的诉求。"斯坦利拉开一道门缝，递出一把传单。

布太太念出了上面的文字。"我们——查尔科特图书馆之友——提出以下要求。首先，议会承诺继续开放图书馆，并提供全额资金。第二，保障图书馆未来的安全。第三，不得出售这座建筑，尤其不得将其转让给跨国公司或连锁企业。这座镇子不需要大型公司。我们只想保护当地的独立企业。第四——"

"等一下，等一下。"理查德说，"这里似乎有点儿误会。"

"你们是想否认议会打算出售这座建筑吗？"布太太问。

"我想你们有点忘乎所以了。磋商还在进行，图书馆的未来尚无任何定论。"

"回答我的问题。你们是不是在和什么公司洽谈，准备把图书馆建筑卖给他们？"

"我完全不知道你在说些什么。"理查德说。茱恩不得不为他鼓掌——他要不就是对库巴咖啡的事一无所知，要不就是个优秀的扑克玩家。另一方面，布莱恩的脸色倒是红得像颗红菜头。

"是这么回事儿，我们都是同一阵营的。"萨拉迈步上前，"虽然对所有人来说都很痛苦，但我们必须面对现实。在预算大幅削减的情况下，我们必须保证所有的公共服务物有所值。"

"图书馆当然物有所值了。"斯坦利说，"看看这些使用图书馆的人和图书馆提供的设施吧。"

"但话说回来，你们希望我们削减哪方面的开支？"萨拉反问，"图书馆服务还是——比如说，地方医院？或是我们的学校？我们总得在某个地方节省开支。"

图书馆的人群中有几个人嘟囔起来。

"真是个可笑的问题。"布太太边喊边用拳头砸着玻璃，"这就是该死的保守党。你们一开始就不该削减开支。"

"大家都冷静下来，好吗？"萨拉举起双手，以示安抚，"没必要这么激动。不如让我们进去一起聊聊？"

"除非你们同意我们的要求，否则我们是不会让你们进来的。"斯坦利说。

"这样下去无济于事。"理查德咬牙切齿地对萨拉说，"我们得采取 B 计划了。"

"没错，滚开吧！"布太太吼道，"除非你能向我们证明图书馆会继续运营，否则就不要回来。"

一行人纷纷转身离开，萨拉却停下了脚步。

"等等，你，后面的那个。你叫什么名字？"她透过窗户指了指。

"我吗，夫人？我叫斯坦利·菲尔普斯。"

"不，不是你，是你身后的那个女人。"

大家转过身。茱恩意识到萨拉盯着的人正是自己。

"她谁也不是。"布太太说。

"你是图书馆的工作人员，对吗？"萨拉问道。

茱恩什么话也没说，却看到萨拉和理查德交换了一个眼神。

"我们走吧。"理查德说。

图书馆里，窗前的人群渐渐散去，回到了三三两两的对话中。茱恩双腿颤抖，一屁股瘫坐在椅子上。

"你看到我提起议会打算卖掉这座楼时，布莱恩·斯宾塞脸上的表情了吗？"布太太问，"看上去就像是突然发病了似的。"

"你们觉得议会的 B 计划是什么？"斯坦利问。

"我猜他们会设法拿到法院的命令，将我们驱逐出去。"

"那在此之前，我们还能做些什么？"

"也许我们可以帮帮忙？"布太太回答，"我已经记不得这地方上一次粉刷油漆是什么时候的事情了。"

"我现在就能去商店买些补给回来。"茱恩说道。她迫不及待地想要走出图书馆，呼吸呼吸新鲜空气。

"不行，你得先吃点东西。"斯坦利说，"看样子这会是一场持久战。你需要能量。"

到了下午三点钟左右，图书馆里出现了茱恩从未见过的繁忙景象。抗议活动的消息传开后，更多的人来到现场，挤满了屋内的每个角落。所有的椅子都已坐满，人们四处站着聊天，孩子们则在大人的腿间跑来跑去。布兰斯沃斯太太正在期刊架旁与一群学生讨论社会主义的优点，斯坦利坐在儿童阅览室里，给小朋友们朗读《蠢特夫妇》①。香黛儿和几个朋友待在一起，杰克逊在为任何愿意聆听的人背诵他的俳句。就连薇拉也来了，站在前门当志愿保安。茱恩环顾四周，对他们涌起了一股强烈的感情。

"茱恩，有人要见你。"薇拉大喊了一句。茱恩走到门边，看到记者泰莎和她的女摄影师正朝屋里扫视。

"有脱衣舞男吗？"泰莎问道。

"洛基更喜欢'艳舞舞者'这个词。"薇拉回答，"我告诉过茱恩，我们应该把他请来。"

"昨晚真的有人睡在这里了吗？"泰莎问。

"没错。"茱恩指了指斯坦利和布兰斯沃斯太太。

"那两个人吗？克利欧，拍拍那个地方。"泰莎指了指正在为孩子们读书的斯坦利，"我觉得我们可以据此写篇不错的报道。"

茱恩发现蕾拉正带着儿子穆罕默德朝图书馆走来，他的手里还抱着一只纸盒子。

"抱歉，这里今天一团糟。"茱恩在母子俩进门后说道，"我们正在针对议会关停图书馆的计划进行抗议。"

"我们听说了。"穆罕默德回答。

---

① 《蠢特夫妇》(The Twits)，罗尔德·达尔的作品之一。

蕾拉用手肘轻轻推了推他，他把手中的盒子递给了茱恩。掀开盒盖，她看到里面装着好几个装饰精美的蛋糕。

"维多利亚海绵蛋糕……巧克力……咖啡。"蕾拉介绍道，"跟着迪莉娅·史密斯学的。"

"哦，蕾拉，你太客气了。"

"这是蛋糕吗？"薇拉越过茱恩的肩膀往盒子里看了看。

茱恩把蛋糕摆上桌，很快吸引了一群上了年纪的女士。大家纷纷对精致的糖霜花轻声赞叹，不客气地大快朵颐。泰莎点了点头，克利欧便将手中的摄像机对准了她们。

"哦，这海绵蛋糕太好吃了。"其中一个女人惊呼。

薇拉拿起一小块巧克力蛋糕闻了闻。

"尝尝啊。"女士们说道。

薇拉往嘴里放了一小块，咀嚼起来，五官皱成了一团。

"谢谢你，蕾拉。"茱恩说，"你能送蛋糕过来真是太好了。"

"我……我觉得……"蕾拉皱着眉头看了看穆罕默德，母子俩用阿拉伯语说起话来，她儿子翻译。

"妈妈说，要是图书馆关门了，她会非常难过的。她很喜欢来这里借烹饪书，也因为她喜欢看到这里形形色色的人。孩子们还会唱歌，这让她想起了家乡。"

二十四个小时以来，这是茱恩第二次感到喉咙哽咽。"请告诉你妈妈，我们会努力保住图书馆的。我保证，我们一定会竭尽全力。"

22

六点钟的时候，大部分人都渐渐离去，为自己不能留下过夜编造借口。茱恩也想起了自己的家，想起了舒适的床铺和冰箱里等待她的一人份微波千层面。就在这时，她发现了坐在椅子上的斯坦利面露倦意。

"要不你今晚回家好好休息一下？"茱恩问他。

"谢谢，但我在议会保证这里继续运营之前是不会离开的。"

"妈妈，我能留下吗？"香黛儿询问正试图将三岁的双胞胎哄上童车的米歇尔。

"只要别人不介意就行。可千万别捣乱。"

最后一位访客离开之后，茱恩锁上了前门。

"好吧，这是我见过的最鱼龙混杂的抗议队伍了。"布太太的眼神从斯坦利的身上移到茱恩的身上，然后又望了望香黛儿。

众人开始动手收拾这一天的残局。待图书馆看上去整洁了一些，茱恩才拿出手机发信息给琳达，请她去喂艾伦·班尼特。一分钟后，一条回复信息蹦了出来。

准备和艾力克斯一起过夜吗?!! 一定要带条干净的内裤——你从那间商店里买的那种性感款式如何?

茱恩把手机猛地推到一边，注意到香黛儿正在角落的残羹剩饭中东翻西找。

"你能留下我很高兴。"茱恩走到她的身边，"我有件事一直想找你聊聊。"

香黛儿没有看向茱恩，而是继续在袋子里翻找。

"你妈妈提起，你九月份的时候可能不会返校了。"

香黛儿从底部翻出一袋薯片，一拽出来，袋子里面的东西到处飞。

"我只是想说，请不要让图书馆正在发生的事情阻碍你求学。你是个聪明的女孩，不该放弃大学。"

香黛儿终于把脸转向了茱恩。"你还是不明白，对吗?"

"明白什么?"

"这对你来说只是一份工作。如果图书馆关门，你要做的就是去别的地方再找份新差事，不是吗?"

"这不是真的。我妈妈——"

"你不是一个人住在维罗米德街尽头吗?"

茉恩点了点头。

"嗯，想象你和另外六个人住在同一座房子里。房子小得你连自己的床都没有，更别提卧室了。再想象在那样的条件下复习考试。茉恩，这就是我需要这个图书馆的原因，没了这座图书馆，我永远都通过不了大学入学考试，永远都会被困在这个破破烂烂的镇上。"

茉恩正要开口回答，却闭上了嘴。她能说些什么才能让香黛儿感觉好一些呢？这个女孩是对的。如果图书馆关门了，就会有许多像她一样的人生活受苦。茉恩一直身陷在自己的麻烦中难以自拔，却几乎不曾停下来为他们任何人着想。她的视线从香黛儿的身上移向了正坐在一台电脑前的斯坦利。他总是第一个到图书馆，又最后一个离开。要是这里关门了，他一整天能到什么地方去呢？

仿佛是感应到茉恩正在看他，斯坦利抬起头示意茉恩："来，本地新闻开始了。"

四个人挤在电脑前收看了前两条报道，却没有一条提到图书馆被占领的事。

"也许我们这次上不了新闻了。"斯坦利说。

"薇拉是对的。"布太太附和道，"我们应该叫上洛基。"

就在这时，屏幕上出现了泰莎站在图书馆外的身影。"起初，这里请来了一名脱衣舞者。如今，睡镇查尔科特在试图拯救当地图书馆的路上又向前迈了一步。"

"看呢，布兰斯沃斯太太，是你。"斯坦利惊呼。四人一起注视着布太太出现在拥挤图书馆中的画面。

"镇上的退休老人占领了图书馆，对议会扬言要将其关停的行为发起了抗议。"泰莎对着镜头说。

"退休老人！"布太太尖叫了一声，"她叫谁退休老人呢？可恶。"

"我今天早上来的时候事情就已经发生了。"一名上了年纪的女士告诉泰莎，"我通常每周三都会来参加针织联谊会的活动，不过今天的事情更刺激。"

此时此刻，斯坦利出现在了众人眼前。"像我这样的老人需要图书馆。我们家里没有个人电脑——在这里的茉恩教我之前，我甚至不知道该如何开机。要是图书馆关停了，我怎么冲浪？"

"冲浪？"香黛儿问道，"你的意思是不是上网？"

"我说的还不止这些呢。"斯坦利表示。

"我们是昨晚开始占领图书馆的。"接受采访的人变成了布太太，"我参加抗议活动已经 40 多年了，上世纪 80 年代曾经参与过格林汉康蒙活动①，还去威尔士声援过矿工。"

泰莎再度出现在了屏幕上。"这些年迈的退休老人希望自己的抗议能够说服唐宁郡议会，保护镇图书馆。与此同时，这里还为所有人准备了充足的茶点和蛋糕。"

---

① 1981 年 8 月，为反对将 96 枚美国巡航导弹部署在英国，很多女性在此地周围扎营抗议。

镜头切到薇拉和几位老妇人正品尝着蕾拉的蛋糕。"这个海绵蛋糕太好吃了。"其中一个人舔着嘴唇赞不绝口。紧接着，新闻就切回了演播室。

　　茉恩关掉显示器。所有人都默不作声地站在那里，紧盯着漆黑一片的屏幕。

　　"我简直不敢相信，她竟然叫我年迈的退休老人，该死。"布太太咒骂了一句。

　　"我说了很多意味深长的话呢。"斯坦利称，"为什么他们只用了冲浪那一句？"

　　香黛儿皱起了眉头。"看上去真的太逊了。"

　　"听着，拜托大家都冷静下来。"茉恩说，"我知道这段报道似乎有失偏颇，但至少我们让抗议活动上了新闻啊。"

　　一阵敲门声响起。

　　"如果是那个名叫泰莎的女人，就叫她滚开。"布太太吼道。

　　斯坦利去应门了。不一会儿，他再次出现时，身后竟跟着提了两只大号手提袋的艾力克斯。一看到他，茉恩的心瞬间提到了嗓子眼儿，可想起那段尴尬的通话和埃莉诺的事情，她的心又沉了下去。

　　"大家好。我把你们要的食物送来了。"艾力克斯把手提袋放在了桌子上。

　　"有谁点了中餐吗？"布太太问。众人纷纷摇了摇头。

　　"哦，这就是给你们的。"艾力克斯回答。

"是免费的吗？"

"之前已经有人付过钱了。"

"哦，那就快点儿吃吧，我已经快饿死了。"

趁着艾力克斯动手掏出一只只硬纸盒，大家赶紧围在了桌旁。看来食物很好地分散了大家对新闻的注意力。

"来，我给你带了这个。"他边说边递给茱恩一大份豆豉鸡。

"谢谢。"她接过盒子，却没有望向他的眼睛。

茱恩打开盒盖，却害羞得不好意思吃饭。八年来，她独自在家时总是伴着一本书进餐——几乎每一餐都是独自在家伴着一本书进餐。在这里，在图书馆里，还有四个人围着她聊天，这感觉很奇怪。茱恩看了看桌子对面。布太太和斯坦利正兴致勃勃地聊着新闻片段的事情。艾力克斯为香黛儿讲着上大学时的故事，逗得她哈哈大笑。大家聚在一起看上去是那么轻松自在，一边聊天一边互相伸手拿取春卷和虾片。茱恩咽了一大口食物。除了那次可怕的告别单身派对，她上一次和一群人一起吃饭是什么时候的事情？她在脑海中飞快地搜寻，却突然意识到自己已经记不得了。那真的是妈妈去世之前的事情了吗？怎么可能呢？

"各位，脸书网上已经沸腾了。"香黛儿紧盯着自己的手机，"我们的在线请愿书又多了六百个签名。"

"太棒了。"斯坦利拿起水杯，举了起来，"敬查尔科特图书馆之友！"

"敬查尔科特图书馆之友！"大家纷纷响应。茱恩大笑着举起杯，和大家一起干杯。

　　半个小时之后，茱恩已经撑得几乎动弹不得了。布太太和香黛儿在清理桌面，斯坦利则和艾力克斯聊得火热，脑袋还凑在了一起。茱恩在椅子上伸着懒腰，享受着饱餐一顿后心满意足的暖意。

　　没过多久，艾力克斯站起身。"我最好还是回外卖餐厅去吧——出来这么久，姑姑会要了我的命的。"

　　"茱恩，你为什么不陪他出去走走呢？"斯坦利问。

　　"谢谢，可我在这儿挺好的。"茱恩可不想让自己与艾力克斯尴尬的对话破坏如此美妙的感觉。

　　"你得出去呼吸点新鲜空气。"斯坦利说，"你已经一整天没离开过图书馆了。"

　　"没错。占领期间你得保重身体。"布太太靠近她肩头，补充道。

　　茱恩开口想要反驳，才意识到大家全都在盯着她看。

　　"好吧。"茱恩站起身，跟在艾力克斯走出门，这才意识到自己还穿着昨天的衣服，发髻中散乱着发丝，脸上还垂着几缕蓬松的鬈发。

　　"所以，我有件事得跟你说道说道。"两人迈上商业街时，艾力克斯开了口。

　　"我做什么了？"听到他的语气，茱恩心中一惊，赶紧追问。

是不是和他在陪女友时接到她的电话有关？

"你为什么不提醒我小心《夏洛的网》？我读完时差点当着一个顾客的面哭了出来。"

茉恩笑着松了一口气。"哦。就算这本书是写给孩子们看的，也不意味着它就不能带来情感上的冲击啊。"

"可话说回来，作者为什么必须把夏洛写死呀？我再也不会伤害任何一只蜘蛛了。"

茉恩大笑起来，感觉紧绷的肩膀稍稍松弛了一些。

"还有，没有你的推荐，我前几个星期都不知道该读些什么。"艾力克斯说，"你跑到哪里去了？"

"对不起，我一直很忙。"

两人一边沿着商业街行走，一边聊着书的话题。在图书馆的四壁中待了超过二十四个小时之后，能到外面呼吸凉爽的晚风，讨论除了抗议之外的话题，感觉真不错。朝着山下的金龙餐厅走去的途中，茉恩意识到两人的步伐越来越小、越来越慢。

"我觉得《使女的故事》[①] 可能是你接下来的不二之选。"在两人徐步迈向外卖餐厅时，她开口说道，"从某种意义上来说，它有点儿像科幻小说，因为——"

"对不起，告别单身派对的事情我没能帮上你的忙。"艾力克斯打断了她的话，"我知道你一直都在为我没赶过去生气。我对此

---

① 加拿大作家玛格丽特·阿特伍德（Margaret Atwood）创作的女性反乌托邦经典小说。

感到很抱歉。"

"我没有生你的气啊。"

"哦，你肯定一直都在躲着我。"

想起埃莉诺的声音，茉恩咽了一口唾沫。"我只是很抱歉在你和你的……那个她在一起时打扰了你。"

"别傻了，我是想帮你的。你听上去非常沮丧。"

她加快了步伐。"没什么。"

"是怎么回事呀？"

茉恩打算再敷衍他一次，却还是忍住了。艾力克斯已经听到过她最难堪的时刻了，她为何不能把悲惨的全貌都展示在他眼前呢？

"好吧，我说。姑娘们在告别单身派对上玩了一种愚蠢的游戏，我被从头到脚地羞辱了一顿。"

"什么游戏？"

"叫做'我从来没有'。"

"哦，天哪，我记得上大学的时候玩过，保证能让所有人都醉得东倒西歪。"

"我就没有，因为我没有做过她们所说的任何事情。一件都没有。"

"别为那种事情自责了。"艾力克斯安慰她，"那些女孩一直养尊处优。你不必为自己从没穿过周仰杰的鞋难过，也没必要为从没喝过香槟王、开过法拉利沮丧呀。"他笑着，茉恩却怎么也笑不出来。

"不是那种事情。我从来没有做过的都是些真的再寻常不过的事情，比如彻夜跳舞或者露营。"

"哦，我也讨厌露营。"

两人走到外卖餐厅时，茱恩停下了脚步。"艾力克斯，我这辈子一事无成。自从妈妈去世以来，我就把自己关在家里，躲在一成不变的几本旧书后面，这样就不必出去面对真实的世界。"

"你一直活在悲痛中，茱恩。"

"可即便在她去世之前，我也在放任自己变得孤僻。"茱恩转过头，望向艾力克斯，"你知道我曾经告诉过你，我和盖尔是朋友吗？呃，这是个谎言——我之所以去参加告别单身派对，只不过是因为玛乔丽强迫她邀请了我。我一个真心的朋友都没有。"

"别这样，我就是你的朋友啊。还有斯坦利呢？"

"斯坦利对我很好，但只不过是因为他同情我。"

"我觉得不是这样的。"

"告别单身派对上的一个女孩说我的人生好悲惨。她是对的。"茱恩咽了一口唾沫，"妈妈对我该有多失望啊。"

两人沉默了片刻。茱恩望着外卖餐厅里人来人往。她为什么要把这些事情全都告诉艾力克斯呢？

"你知道不是这样的，对吗？"他问，"你也许没有上百个朋友，也不曾出门野营，但你做了许多能让你妈妈备感骄傲的事情啊。"

茱恩弱弱地苦笑了一声。"胡说。她想让我追随自己的梦想，成为一名作家。"

"但你为图书馆所做的一切呢？"

"那又怎么样？我最爱的地方被威胁关门了，可直到昨天，我除了躲在背后什么都没做，吓得不敢出头。要是妈妈在场，肯定会——"

"茱恩，你不能再拿自己和你妈妈作比较了。"艾力克斯打断了她的话，"你就是你，有着你自己的特质。没错，你也许是个害羞胆怯的人，更愿意待在后面，而不是站在前面大声疾呼，但你既聪明又善良，还是个刚正不阿的人。我就觉得你很了不起。"

艾力克斯闭上嘴，似乎为自己刚刚说的话感到有些吃惊。外卖餐厅的门打开了，一对夫妇走了出来。就在这时，柜台后一个身材矮小、满头白发的女子看见了他们。"艾力克斯，你跑到哪里去了？我这儿需要你！"

"来了，姑姑。"门重重关上的同时，他高声回应了一句，然后看了看茱恩，"抱歉，我得进去了。"

"没关系。"两人都停顿了一下。茱恩低头紧盯着自己的双脚："艾力克斯，对不起，我一直在躲着你。在那通电话之后，我一直觉得很丢脸。"

"哦，我也很抱歉没能赶来帮你。我是真的希望自己当时能够陪在你身边。"

"艾力克斯！"里面传出的声音更响亮了。

他看着茱恩，无奈地耸了耸肩。"晚安。"

"晚安，艾力克斯。"

茱恩望着他走进外卖餐厅，身后的房门摇摆着关上了。她望着山下，望着大路，望着温馨的家：那里有她的床铺、她的书籍和她的孤独。

很快，茱恩转过身朝着山上走去，走向了图书馆里那些正在等待她的人。

23

就在茱恩修复几本破损的书时，艾力克斯迈步走进了图书馆的前门。看到他的身影，她欣然笑了，一颗心加速跳动起来。艾力克斯朝着她走来，眼神一直紧盯在她身上，一刻也不曾离开。走到茱恩的身边时，他什么话也没说，只是伸手牵住她，灵巧地将她拉起。他俯身靠在借书台上，把脸凑到了距离茱恩只差分毫的地方。她屏住呼吸，不敢动弹，任由艾力克斯轻抚她的脸颊，耳语道——

"起床了，小懒虫。"

茱恩睁开双眼，坐了起来，一脸茫然。斯坦利正坐在椅子上读着报纸，香黛儿则嚼着巧克力牛角面包。布太太将斟好了茶的马克杯塞到她的手里。

"这可不是睡懒觉的时候——我们还有事要做呢。"

茱恩接过马克杯，走向斯坦利，希望谁也没有看到她在梦中是如何红了脸颊。

"亲爱的,早上好啊。"斯坦利朝她微微一笑,茱恩却注意到他脸色苍白。

"你还好吗?"

"我没事,只不过有点儿头疼。昨晚没睡好。"

"那你为什么不今天回家休息一下呢?"

"喝完这杯咖啡我就能彻底好起来了。再说了,我可不想错过这里的大戏。"他指了指正在用手指戳空气的布太太。

"我觉得我们应该向通信管理局提出正式投诉。"布太太吼道,"那篇新闻报道是在公然歧视老年人。"

"而且她们没有使用任何有我和我朋友们出现的片段。"香黛儿附和道,"就好像我们压根没有来过一样。"

"没错。这就是我从不付电视费的原因。他们全都是些右翼的——"

"门外有人。"茱恩指向了一个穿着休闲裤、一脸疲惫的男子。他的肩膀上扛着一台摄像机。

"他看上去像是那种狗仔记者。"布太太说,"去让他滚开。"

"他就想再让我们丢脸。"斯坦利说。

茱恩伸出一只手捋了捋头发,走到门边。"有什么能帮您的吗?"

"这里是退休老人抗议的图书馆吗?"男子问。

"嗯,是这么回事——准确地说,这并不是一场退休老人的抗议活动。"

"大家都是这么说的。"

"大家？"

"这件事已经火了，还成了推特网昨晚的热门话题呢。"

"什么？"

"你看。"他掏出手机给她看。屏幕上随处可见"＃退休老人抗议"的字样。"大家都在热情高涨地关注你们——这些老人家已经出名了，特别是那个提到冲浪的家伙。"

"可我们以为那条新闻让我们看起来全都有点儿……呃……愚蠢呢。"

"才没有。大家喜欢这种让人感觉良好的报道。不是只有我一个人这么想。"他回头向另外几个男女打了个手势。他们正纷纷穿过马路，朝着图书馆走来。"我能不能在这些人进门之前先去采访一下？"

"稍等。"茱恩关上门，回到了大家身边。

茱恩走过来时，布太太还在咆哮。"我希望你已经告诉那个家伙了，让他把他的摄像机搬到太阳晒不到的地方去。"

"还没有。"茱恩把男子告诉他的话解释给众人听。

"不好意思，火了是什么意思啊？"斯坦利问道，"听上去不太妙的样子。"

"可他们完全歪曲了我们的意思。"香黛儿说。

"是这样的，如果我们想找机会保住图书馆，就需要获得尽可能多的关注。"茱恩表示，"如果这意味着要利用'退休老人抗议'之类的噱头才能上报纸，我觉得我们就该这么做。"她转向了斯坦利，"你是这场占领活动的发起人。你觉得呢？"

他叹了一口气。"虽然不太情愿，但我同意你的看法。要是错过了这个机会，我们就太傻了。"

"可我这辈子都没被人叫过退休老人。"布太太嘟囔起来。茱恩看了看她，她皱起了眉头。"好吧。要是这么做对图书馆有利，我想我可以再应付一次。"

"只有一个问题。"香黛儿提出，"要是他们只想看退休老人，现在的状况看起来就像是一场小规模的抗议。"

茱恩的目光从斯坦利移到了布太太身上。"我去给针织联谊会打电话，看看她们有没有人能过来？"

布太太摇了摇头。"那还是不够啊。要想上新闻，我们得找人填满这座图书馆才行。"

就在这时，图书馆的房门被人推开了一条缝。众人充满希望地望了过去，可走进来的却只有脸色阴沉的薇拉一个人。"刚刚来了一辆小巴士。"她说，"你能相信吗，他们竟然停在了残疾人车位上。"

"肯定来了更多的记者。"茱恩望向窗外，看到小巴士的驾驶座车门打开了。一个身穿巴伯尔风雨衣和格子呢短裙的银发女子从车上爬了下来。

"你们猜，她是不是从长篇英雄故事里走出来的人？"斯坦利问。

小巴士上的女子鱼贯而出，相互搀扶着彼此下了车。茱恩走出去迎接她们。"有什么可以帮助你们的吗？"

"玛丽·库珀－马尔克斯。"身穿巴伯尔风雨衣的女士迈步向前，坚定地握了握茱恩的手，"我们在昨晚的新闻上看到了你们。"

"抱歉，你是哪位？"

"我们是多恩利妇女协会的。我们的图书馆几年前被关停了。真是一场悲剧。所以当我们看到你们的抗议活动时，就觉得应该过来帮帮忙。"

此时此刻，女子们已经悉数排队下了车，肯定有至少十五个人，其中大部分看上去早已过了退休年龄。

"你们是来帮助我们的？"斯坦利问。

"可以吗？"其中一位妇女协会的女士问道，"我们很想加入一场退休老人的抗议活动，比平日里在新闻里看到的那种闹哄哄的抗议好多了。"

"太棒了。"茱恩惊呼，"你们全都棒极了。谢谢！"

"好了，亲爱的，我们能不能进去？"其中一名记者问道，"我还得在午饭之前赶回伦敦呢。"

"可以，当然可以。各位请进。"

一整个早上，茱恩都在图书馆里跑来跑去，给记者帮忙，为抗议者们斟茶倒水。几个生龙活虎的妇女协会会员还迈着大步在书架间走来走去，手里挥舞着自制的海报标语，嘴里反复呼喊着"拯救查尔科特图书馆"。其他人三三两两地坐着，和当地人聊着图书馆的话题。茱恩注意到，这天早上的大部分时间里，布太太都和玛丽·库珀－马尔克斯挤在一个角落里，专心致志地聊着天。十点钟的时候，又一辆小巴士出现了，上面满载着樱桃树养老院的住户，他们也看到了新闻。

"我五十年前曾经带着孩子来过这里。"一位老先生吃起香黛儿和斯坦利忙着做好的三明治，"看到这种地方要被关停，真是奇耻大辱。"

"我们镇现在有了流动图书馆。"妇女协会的一位成员说，"图书馆员是个可爱的小伙子，但这完全是两码事。"

"我喜欢看着孩子们在图书馆里玩耍。"她的朋友说。

"我们来场歌咏会怎么样？"一位坐着轮椅的女士问。有人告诉茱恩，她已经九十四岁了。"有人知道薇拉·林恩[①]的歌吗？"

就在抗议者们放声歌唱之际，茱恩看到蕾拉迈进前门，朝着她的方向走来。

"谢谢你昨天的蛋糕。"茱恩说，"大受欢迎。"

"我能不能借本新书？"

"当然可以。"

---

① 薇拉·琳恩（Vera Lynn，1917—2020），出生于伦敦东汉姆地区的英国著名女歌手，她于1939年录制的歌曲《我们会再相见》在二战时期红极一时，为她赢得了"战地甜心"之称。

两人走到烹饪书籍区，一起在书架上扫视起来。

"奈洁拉·劳森的这本怎么样？"茱恩抽出一本《如何吃》，"我妈妈一直很喜欢她的食谱。"

蕾拉接过书，仔细端详着封面。隔着她的肩头，茱恩看到薇拉眉头紧锁着走了过来。

"浪费时间。"她经过时低声说了一句。

茱恩怒火中烧。"薇拉，你刚才说什么？"

老太太停下脚步，提高了嗓门。"我说，这是在浪费时间。"她指了指蕾拉手里抱着的食谱书。

"薇拉，我们的图书馆是不会容忍任何歧视行为的。我恐怕得请你——"

"在烘焙方面，你可不要学奈洁拉。"薇拉打断了茱恩的话，"她在开胃小菜上很有一手，但在蛋糕上是教不了你任何东西的。"她把手伸向书架上方，抽出一本破破烂烂的旧书。"这才是你需要的。一本优秀的传统烘焙书，而不是什么名厨写的垃圾。"

蕾拉显然对她的话一个字也没听懂，于是望向茱恩寻找安慰。

"还有，你昨天的巧克力蛋糕用错了可可粉。"薇拉接着说，还提高了嗓门，试图让蕾拉明白，"你用的是甜巧克力粉，但你需要的是烘焙用的巧克力。"她把手伸进背包，掏出一罐伯恩维勒牌的可可粉，塞给了蕾拉。蕾拉惶恐地后退了几步。薇拉伸着手站了一会儿，把伯恩维勒可可粉放在书架上，离开了。

上午晚些时候，记者们纷纷离开了。一切又恢复了平静。茉恩一刻都不曾歇息，眼睛因为缺乏睡眠而发痒，于是走到外面，坐在了图书馆对面的长椅上。茉恩年幼时常和妈妈在周六的早上坐在同样的位置，嚼着果酱甜甜圈。想起这段往事，茉恩感到一阵熟悉的思念之痛。她转头望向图书馆的窗户，布太太和玛丽·库珀－马尔克斯正并肩站在前门热切地攀谈。香黛儿在为养老院的几名女士读书，那位九十四岁的老人边听边点着头。薇拉与蕾拉双双坐在窗边的桌旁，俯身看着食谱书。薇拉正在努力解释着什么，两只手用力地比划。茉恩自顾自地笑了，闭上双眼，让阳光温暖着她的脸庞。

"我觉得你可能想喝杯茶。"

她抬起头，看到斯坦利走了过来，手里还端着两只马克杯。他将其中一只杯子递给了她。

"谢谢，斯坦利。你的头痛怎么样了？"

"哦，不要紧的。"

斯坦利在她身边坐了下来，两人许久都没有说话，享受着这份平静与祥和。

"我简直不敢相信，我们竟然做到了。"过了一会儿，茉恩开了口，"在这个星期之前，我遇到过最令人兴奋的事情还是拿到学校的阅读奖。"

"如果你允许自己稍稍享受一下精彩的人生，日子就不会枯燥无味。"斯坦利朝着马路对面点了点头。茉恩转过身，看到艾力克斯正沿着商业街另一边的人行道走来。他紧盯着手机，头发垂到了眼睛上。茱恩回过头，看到斯坦利露齿笑着看她。"艾力克斯是个不错的年轻人，对不对？"

茱恩抿了一口杯中的茶。

"我见过你俩一起在图书馆里，聊着读书的事情。他似乎对你有点好感。"

"别傻了。"

"亲爱的，时间宝贵。如果你对艾力克斯也有好感，就该告诉他。"

"我们俩不是那种关系——我们只不过是朋友。何况他已经有女朋友了。"

"真的吗？他从来没有跟我提起过任何人啊。"

"出于某种原因，艾力克斯没有向谁透露过她的事情，但我知道她的存在。"

斯坦利皱起了眉头。"茱恩啊，如果我这话说得太鲁莽，我向你道歉，不过我不想让你像我一样，孤独终老，满心都是对此生的遗憾。你有一个机会，就该伸出双手抓住它。"

"斯坦利，你不必道歉。我知道你犯过错误，但现在改变自己和儿子的关系还不晚。你为什么不飞去美国看看他呢？"

"事情要是这么简单就好了。"斯坦利透过图书馆的窗户往里看了看，吐了一口气，"不过，我绝不后悔我们在这里所做的一切。真是不可思议。"

"是啊，这太离奇了。"茱恩附和道，"我简直不敢相信，今天竟然有这么多陌生人来支持我们。"

"哦，我相信。"

"别误会我的意思，这很棒。我只是不明白，妇女协会的这些女士为何会赶来为她们以前从未去过的一座图书馆抗议。"

斯坦利望着她。"我没有告诉你，我是怎么参与到这场图书馆抗议中来的吗？"

茱恩摇了摇头。

"凯蒂和马克搬去美国之后，我的境遇每况愈下。以前我就一直在酗酒，可他们母子离开后，我连自我控制的念头都没有了。不到一年，我就丢了工作、房子和一切。那时我经常搬家，在某个地方睡一阵就会被赶出去，像个流浪汉一样。我甚至在帐篷里住过一段时间。"

"哦，斯坦利，我很抱歉。这太糟糕了。"

"但问题是，不管我最终去往何处，不管我惹了多少麻烦，总会有那么一座图书馆——一个安全、温暖、干燥的地方，一个没有人会对我品头论足的地方。在那段漆黑的岁月里，图书馆是我唯一的光。所以当议会危及到这个地方时，那种感觉就像是曾经让我寻求过庇护的每一座图书馆都受到了威胁，仿佛每一位曾经帮助过我的图书馆员都会受到攻击。我想，这就是那些人今天会过来的原因吧。正如布兰斯沃斯太太所说的，这一次的抗议不仅仅是为了查尔科特，也是为了世间所有的图书馆。"

斯坦利说出这番话时，茱恩始终都在凝视着他。这些年来，她一直以为自己没有朋友，而斯坦利每一天都在她的身边：善良、耐心、忠实。她怎么会如此视而不见？她把手伸过去，放在了他的手上。

"谢谢你，斯坦利。"

"谢我什么？"

"谢谢这样的你。自从妈妈死后，要是没有你，我真不知道该怎么办才好。"

他轻轻拍了拍她的手。"朋友就该如此嘛，亲爱的。好了，趁着杰米·道奇的饼干还没被吃光，我们回去吧？"

两人起身朝着图书馆走去。途中，茱恩瞥到一个穿着讲究、手提公文包的男人正穿过马路向他们走来。

"不知道他是不是记者？"她问。

"抗议活动恐怕已经平息了。"两人在图书馆门口与他相遇时，斯坦利说，"你应该几个小时前就来的。"

"你们是抗议者吗？"

"没错，占领行动就是我们发起的。"斯坦利回答，"请进吧，先生。"

就在他们迈步进门时，男子却停住脚步，把手伸进公文包，掏出了一只 A4 纸大小的马尼拉纸信封递给了茱恩。"这份通知表明，合法驱逐财产占有者的临时法令已经下达。你们将有二十四个小时的时间离开这里，否则将被视为违法。"

24

"快看啊，我们出名了！"

茱恩睡眼惺忪地醒了过来。她在玛乔丽的办公桌下睡了一宿，浑身酸痛，此刻发现斯坦利、布太太和香黛儿都全神贯注地盯着报纸。布太太递给她一份《卫报》。报纸的第十六版上刊登了图书馆的照片，标题是《唐宁郡议会可能关停六座图书馆，退休老人发起占领行动》。

"这些报道的内容也一样。"斯坦利指了指面前的其他报纸，"还有广播电台邀请了布兰斯沃斯太太。"

茱恩看了一眼报纸。其中一幅照片是她、斯坦利和布太太对着照相机咧嘴微笑的合影，另一张则是手举标语的妇女协会女士。

"不过这也没有什么帮助，对吗？"香黛儿问，"我们今天还是被驱逐了。"

"是的，但这些宣传对我们肯定是有好处的。"茱恩回答，"如今新闻上到处都是我们的事，议会就会发现，要想关停图书馆简直是困难重重。"她望向斯坦利寻求肯定，可斯坦利没有看向她。

众人感觉过去的几天已经一去不复返，取而代之的是清醒的沉默。大家纷纷动手打扫卫生、整理图书馆，确保议会到来之前，这里一尘不染。斯坦利和香黛儿已经将厕所里积攒了二十年的涂鸦粉刷完毕，布太太则为常年无人在意的百叶窗掸了尘。有人晚上在地毯上洒了一小片咖啡，于是茱恩手脚并用地跪下来，刷洗掉了污渍。谁也没有说话，大家都陷入了沉思。

"他们来了。"正午过后不久，布太太说。

茱恩望向窗外，看着一辆警车在图书馆门前停下，从上面走下了六名警察。"警察怎么来了？"

"防止我们不愿和平地离开吧。"布太太面孔铁青，"他们这是在准备开战。"

"他们难道没有看到我们是谁吗？"斯坦利问，"我们又不是什么无政府主义者。看在老天的分上，我可是读《每日电讯报》的人啊。"

"看看还有谁来了。"茱恩说。只见理查德、萨拉、玛乔丽和布莱恩穿过马路，和警察站到了一起。

理查德和其中一名警察交谈了几句，从对方手中接过一只扩音喇叭，按下了按钮。扩音喇叭发出一声响亮的尖叫，让外面所有人都伸手捂住了耳朵。警察走上前，向理查德演示了如何使用它。

理查德将扩音喇叭举到嘴边，转向图书馆。"好了，你们这些人，欢乐的时光结束了。趁我们把你们送去知识产权局之前，你们还有二十四个小时。是时候出来了。"

图书馆里的人谁也没有挪动半步，全都透过窗户瞪着他。茱恩感觉心跳加速，余光中看到泰莎和克利欧正朝着图书馆走来。克利欧肩上的摄像机已经在拍摄了。

"在你们承诺保证我们的图书馆继续运营之前，我们哪儿也不会去。"斯坦利隔着玻璃喊道。

"真的吗，斯坦利？"茱恩低声问，"他们的手里有驱逐令。我们现在什么也做不了。"

"这是我们奋起反抗的最后机会了。"

"负隅顽抗是没有意义的。"理查德的声音穿过扩音喇叭回复他们，"如果你们现在不离开，就会因为违法遭到逮捕。"

"香黛儿，你该走了。"布太太吩咐道，"要是你惹上了麻烦，你妈妈会要了我们的命的。"

她犹豫片刻，点了点头。"好吧。各位，祝你们好运。"

茱恩打开前门。香黛儿走出门，回头看了看，勉强挤出一丝微笑。

"这就对了，出来吧。这也不是什么难事嘛。"理查德的表情暗示他十分享受这份权力，"好了，剩下的人还有三分钟的时间，不然我就要派警察进去了。"

茱恩看了看斯坦利。"占领结束了，不意味着我们就得停止反抗。"她说，"现在我和你们站在一起，我不会放弃。我们还会找到其他抗议方法的。"

"你和我都清楚，一切已经结束了。"斯坦利回答，"议会本周一次都不曾尝试与我们协商，根本就没有兴趣聆听我们有什么话要说。他们一心只想把我们赶走，好关掉这个地方。"

"但发生了这么多事情，关停图书馆对他们来说肯定会更加困难吧？"

斯坦利摇了摇头。"茱恩，我真希望自己能拥有你们年轻人这种乐观的心态。"

"两分钟。"理查德刺耳的声音在大家的耳边回荡。

"上帝啊，这家伙真卑鄙。"布太太咒骂道，"斯坦利，我也不愿承认，但我觉得茱恩是对的。占领行动已经结束了，没必要为此害自己被捕。我们得找别的途径继续反抗。"

"我同意。让所有人都被逮捕是没有任何意义的。"斯坦利说，"你们两个应该赶紧离开。"

"没有人会被逮捕的。走吧，我们都离开这里好了。"布太太朝着门口走去，"这次占领行动很棒。"她叹了一口气，迈步走了出去。

"一分钟。"理查德的声音震耳欲聋。

此时此刻的图书馆感觉空荡荡的。茱恩和斯坦利望着彼此。

"亲爱的，你也走吧。"他开口说道，"我一个人没事的。"

"没有你，我哪儿也不去。"茱恩回答，"这是我们一同发起的，也要一同结束。"

"你比你看上去要固执得多呢。"斯坦利开始朝门边走去。茱恩突然松了一口气。

"谢谢你。"茱恩跟在斯坦利的身后，"我们全都回家好好休息一下吧，下周再重新聚起来，计划下一步的行动。"

他拉开了大门。门外，茱恩看到理查德、警察和新闻摄像机。

"女士优先。"斯坦利说。茱恩做了一次深呼吸，迈出了门槛。就在这时，她感觉背后吹来了一阵微风。转过身，她发现斯坦利正在将大门关上。

"不要啊，斯坦利！"她放声尖叫，试图将门拉开，可他已经在里面将门反锁，还把还书推车推到了门口。茱恩转身望向理查德和警察。"请不要逮捕他。他只是太在乎这座图书馆了。"

"抱歉，女士，但二十四小时的时间已经到了。"其中一名警察抱歉地朝茱恩耸了耸肩，"他不配合驱逐令，已经违反了法律。"

"可他是个老人家啊。"

警察从理查德的手中接过扩音喇叭。"先生，除非你现在离开这里，否则我们就得被迫入内将你逮捕了。"

房门的另一边，斯坦利摇了摇头。

"先生，我再说一次。打开门，走出来。"

斯坦利还是没动。

"看在上帝的分上，在他变成殉道者之前让这一切结束吧。"萨拉嘟囔着，朝正将一切收录在摄影机里的克利欧点了点头。

几名警察朝着图书馆走去。

"大家退后。"其中一个人吼道。茱恩发现自己正被布太太拽着后退。

"别破坏我的图书馆。"她们身后的某个地方传来了玛乔丽的喊叫声。

警察们在门边摆好了阵势。"好了，我来开门，大家一起推。"其中一人吩咐。

茱恩透过窗户望向了斯坦利。他昂首挺胸地屹立在那里，回望着她，朝她微微点了点头。她也点了点头。

"好，三、二、一……推！"

随着警察们向前推进，大门猛烈抖动起来。茱恩等待着门被突然打开时发出的巨响，却惊讶地发现陈旧的手推车竟然纹丝不动，仍旧屹立在门前。

"加油，再用力点推。"一名警察大喊。几个人哼哼着加大了力度。手推车摇晃起来。茱恩真希望它能屹立不倒，但力度实在是太大了。终于，在一阵猛烈的摇摆中，它轰然侧翻在地。房门被猛地推开了。几秒钟之内，警察就冲进了图书馆，包围了斯坦利。其中一人走过去，看似十分用力地将斯坦利的双臂折到了背后。茱恩看着他的身影消失在人群中，尖叫了一声。有那么一会儿，她能看到的只有警察的背影。过了一阵，已经被戴上手铐的斯坦利出现了，两边各有一名警察将他夹在中间。

"拯救查尔科特图书馆！"他对着手举摄像机、冲到他面前的克利欧大喊，"这座图书馆是数百人的生命线。"

"把他押进车里。"其中一名警察说。

"不要让政府摧毁我们的图书馆。"在被他们夹着匆匆穿过人群的过程中，斯坦利的喊声更加嘹亮了。

"加油，斯坦利！"布太太也喊了起来，还在空中挥舞起了拳头，"反对图书馆削减计划！"

两名警察一左一右地夹住斯坦利，半抬半推地将他押上了车。后门"砰"的一声重重关上，车子开走了。茱恩注视着它沿商业街加速驶去。一切归于平静。

"我们把图书馆锁好吧。"理查德吩咐道。两个身穿工装裤的男人拎着工具箱走上前来。

"现在图书馆该怎么办？"茱恩问，但理查德并没有理会她。

"见鬼。"布太太望着警车消失在街角，感叹道，"斯坦利·菲尔普斯又给了我们所有人一个惊喜。"

25

　　最近的警察局位于新考利。半小时的公交车车程中，茱恩一直在想象斯坦利被困在狭小的牢房里，身边围绕着一群麻木不仁的罪犯。他会被拽进审讯室，在某个长相英俊却脾气暴躁的警察面前接受拷问。对方重重一拳砸在桌子上，打翻了一杯水。斯坦利拒绝供出其他抗议者的名字或详细信息，激怒了警察，于是对方站起来吼道——

　　"下一站，新考利镇中心。"

　　茱恩跳下公交车，快步走向马路对面的警察局。等候室里一个人也没有，只摆了几张蓝色的塑料椅。一名中年警察坐在墙上的巨型窗口后，读着丹·布朗的小说。

　　茱恩走到窗口旁。"打扰一下？"

　　警察头都没抬。"什么事？"

　　"我是来探视斯坦利·菲尔普斯的。"

216

"你的姓名？"

"茱恩·琼斯。能否请你让我见见他？"

他抬头看了她一眼。"你是他的律师吗？"

"不是。我是他的朋友。"

"只有律师才能和被拘留的人见面。"

"他请律师了吗？"

"我恐怕无权与您讨论这个问题。"

茱恩看了看他的胸牌，朝他露出了最迷人的微笑。"拜托了，莱利警察。他已经上了年纪，在这里也没有家人。我只是想确定他没事。"

莱利警察也盯着她看了看，脸上却没有一丝笑容。"我说过了，只有律师才能和被拘留的人见面。"他的目光又落回了那本已经被折了角的书上。

茱恩在原地又站了片刻。莱利显然已经与她无话可说，但她找了张椅子，坐了下来。斯坦利会有律师吗？即便有，他们就足以阻止他被起诉吗？

一个念头闪过茱恩的脑海。她把手伸进口袋摸索着手机，这才意识到自己忘了带上它。被驱逐时，她肯定在混乱中将它落在了图书馆里。她又走回了窗口。

"打扰一下？"

莱利警察不情愿地从书页上抬起目光。"什么事？"

"我能不能借你的电话一用？"

"我恐怕不能借给你。"

"但在这种情况下，不是谁都有权打上一个电话的吗？"

"那是被逮捕的人，不是公众。"

茱恩看得出，他是不打算让步了。可就在这时，他身后的房门打开了。另一名警察走了进来，透过窗口瞥了茱恩一眼。"你不就是查尔科特图书馆的那个馆员吗？"

"我是图书馆助理。"她回答。

"我有时会带着我的孩子们过去。我女儿喜欢苏斯博士的书。驱逐行动时我也去了。"

"这正是我过来的原因，警察贵姓？"

"帕克斯巡警。"

"我的一位参加抗议的朋友被逮捕了。"

"菲尔普斯先生吗？我刚才一直在审问他呢。"

"他还好吗？我正在想办法帮他，不知道你这位好心的同事能否帮我找个电话号码，借我打个电话。"

"当然可以。莱利，帮帮这位年轻的女士。"

当着她的面被人颐指气使令那名警察一脸不悦。"你想找什么电话号码？"

"查尔科特的金龙餐厅，拜托了。"

两名警察都吃惊地望着茱恩。

"你想找中餐外卖的电话号码？"帕克斯问。

"没错。"

"你要点餐吗？现在？"

两人交换了一个眼神。帕克斯把手伸向手机，搜出号码，然后把它写在纸上，递给了茱恩。她拿起桌上的电话，拨通号码，双手颤抖个不停。那两个人还在紧盯着她。茱恩屏住呼吸聆听着通话的铃声，祈祷有人能来接听。

"嘿，我有点儿饿了。"莱利警察搭话道，"如果你要订餐，我不介意来份春卷。"

"嘘。"茱恩说了一句。

"你好，金龙餐厅。"

"乔治，是我，茱恩。"

乔治咕哝了一声。"还是老样子吗？"

"不了，谢谢。艾力克斯在吗？"

"当然，你要送餐吗？老样子？"

"乔治，能不能让我和艾力克斯说句话？"

他又咕哝了一句，放声喊道："小艾！"

"鸭肉煎饼。"莱利警察透过玻璃比着口型。

电话传出一阵沉闷的声响。艾力克斯的声音在茱恩的耳边响了起来。"你好？"

茱恩从未想过，自己此生能在听到一个声音时感觉这般如释重负。"艾力克斯，我需要你的帮助。"

"茱恩，你没事吧？"

"斯坦利被逮捕了。"

"发生了什么？"

"我没有时间解释了。能不能请你来一趟新考利警察局？"

"当然可以。我这就来。"

茱恩挂上了电话。

"你订餐了吗？"莱利问。

"你认真的吗？"

"嗯，要是他大老远地过来一趟……"

茱恩拿起电话，再次拨通了那个号码。

半小时之后，艾力克斯跑进警察局，身上还戴着围裙，手里拎着一只塑料袋。一看到他，茱恩的心头涌起了一股强烈的冲动，恨不得冲过去给他一个拥抱，却还是犹豫了。

"啊，真不错。"莱利在艾力克斯递来手提袋时惊呼。自从茱恩为他下单定好了外卖，莱利待她的态度就稍微好了那么一些。"多少钱？"

"九英镑二十便士。"艾力克斯回答，"好了，我能见见斯坦利·菲尔普斯吗？"

"是这么回事，小伙子。我告诉过你的朋友了，除了律师，谁也不能见他。别以为几块鸭肉煎饼就能拉拢我。"

"我就是律师。"艾力克斯回答。

茱恩看到莱利上下打量着他。"开什么玩笑？"

艾力克斯把手伸进口袋，掏出一张名片递了过去。警察看了看，站起身来。

"好的，这边走。"他边说边绕过去打开了连接门。

"要是有什么我能帮忙的，尽管告诉我。"茱恩说。艾力克斯点了点头，走进了大门。

等候室再次变得空空荡荡，莱利警察回到座位上吃起了东西。茱恩坐在一张硬塑料椅上，尽量不去理会那讨厌的呲嘴声和咀嚼声。墙上没有时钟，没了手机，她又不知道现在几点。唯一能够为她带来指示的，就是春卷和北京烤鸭的香气飘来时她咕咕直叫的肚子。不时有人在等候室里进进出出，接受着莱利警察同样无趣的接待，可她的朋友们却毫无消息。

"所以，议会到底为什么要关掉这座图书馆？"吃完饭的莱利开口问道。

"资金削减。"

"是查尔科特的那座图书馆吗？我上次开车经过时感觉那里看上去挺破败的。"

茱恩心想，自己可能还是更喜欢他不友善的沉默。"它已经很多年没有在修缮上花过钱了。议会一直都在削减我们的预算。"

"我们也一样。"他挑了挑眉毛，"九年前，我们的预算遭到了大幅度削减。这地方就快分崩离析了。"

"你觉得我的朋友还会在这里待上很久吗？"

"视情况而定吧。"

"什么情况？"

"嗯，让我们来看看。首先是在法院命令你离开某处房产时表示拒绝。然后是拒捕。"

"他没有拒捕啊。"

"警车里显然发生了争斗。"

茱恩把脑袋埋进双手之间。"哦，上帝啊。"

"希望你的律师朋友能和他做的春卷一样优秀吧。说曹操……"

门猛地打开了。艾力克斯进来了。

"出什么事……？"茱恩正要开口说话，房门却再次打开了。斯坦利从里面走了出来，看上去面如死灰，眉头紧锁。这一次，茱恩忍不住了，奔跑着穿过房间，紧紧抱住了他。"哦，斯坦利，你还好吗？"

"我当然没事了。"斯坦利面露尴尬。

"我们出去吧，好吗？"艾力克斯提议。

茱恩转过头和莱利告别，他却已经重新埋头读起了书。她注意到，莱利的衬衫上沾了一块梅子酱的污渍。

"发生了什么？"三人出门后来到了停车场。

"什么事也没有。"斯坦利回答。

"真的吗？那些指控怎么办？"

"原来帕克斯巡警是图书馆的支持者。"艾力克斯答道，"他同意给斯坦利一次警告，然后就放了他。不过他要你考虑一下，撤销对她妻子逾期归还迈克尔·麦金泰尔 DVD 的指控。"

茱恩如释重负，大笑起来。"这太神奇了。"

"多亏了年轻的艾力克斯。"斯坦利附和道，"他在里面的表现令人印象深刻。"

"帕克斯恰好很喜欢我爸爸做的菜，还是外卖餐厅的常客呢。"艾力克斯回答。

"这段时间你一直都在这里等着吗？"斯坦利询问茱恩，"你不必这么做的。"

艾力克斯朝着车子走去。"我恐怕得赶回金龙餐厅了。那里只有爸爸一个人，他还是应该停工休息的。你们有谁要搭车回查尔科特的？"

"我去坐公交车就好了。"斯坦利靠在一根路桩上。茱恩这才第一次注意到他看上去有多疲惫。

"我们为什么不搭艾力克斯的车呢？"她问。

"公交车就行了。"

茱恩耸了耸肩。"那我陪斯坦利坐公交车回去吧。多谢你的帮忙，艾力克斯。"

"不必客气。"艾力克斯朝她挥了挥手，坐上车离开了。

"你应该跟他走的。"斯坦利说。

"别傻了，我会陪你回去的。"

"没有必要——我完全能自己回家。"斯坦利转过身，开始迈步朝车站走去。

茱恩匆匆追了上去。"我简直不敢相信你在图书馆的作为。

你成了布兰斯沃斯太太的英雄。"她说道，可斯坦利并没有回应，"斯坦利，你还好吗？"

"我没事，亲爱的。就是有点儿累。"

公交车靠站后，两人一前一后上了车。斯坦利瘫坐在靠窗的一个座位上，闭上了眼睛。占领行动的过程中，他似乎一直都很放松，但茱恩现在才明白他为此付出的代价。返回查尔科特的路上，两人谁也没有说话。就在车子下山向村子驶去时，茱恩还在猜想斯坦利是不是已经睡着了。她不知道斯坦利住在哪里，不想让他坐过站，同时却又不愿去打扰他。就在茱恩打算碰碰斯坦利的胳膊叫醒他时，斯坦利突然睁开双眼，站了起来。

"我到站了。"他俯身向前，去按车铃。

"你住在这吗？"他们距离村子还有一英里多的距离，四周围绕着开阔的田野。

公交车慢了下来。斯坦利起身准备下车。

"你想让我送你回去吗？"茱恩问。

"我没事，谢谢。"

"可你看上去脸色不太好。为什么不让我送你回家呢？"

"我说了，我没事。"茱恩从未听过斯坦利的语气如此唐突无礼，"谢谢你的关心，但我真的没事。赶紧回家吧，我们下周再在图书馆里重新部署。"

他下了车。茱恩在座位上扭过身子，在公交车渐渐驶离时注视着他。他向前迈了几步，停下来靠在一片篱笆桩上，然后顺着通往某片田野的小径离开了。茱恩转过头，面向前方。她从不知道斯坦利竟会如此粗鲁地对待她，但这也许只是因为占领行动和被捕的经历已经令他身心俱疲。也许，斯坦利是不欢迎她像个跟踪狂一样跟着他回家，何况斯坦利住在什么地方其实与她没有任何关系——

"停车！"

司机猛地踩了一脚刹车。"怎么了？"

"对不起，但我得去看看我的朋友是不是没事。能否让我下车？"

"我只能在指定的车站让你下车。"

"拜托了，这是紧急情况。"

司机摇摇头，车门却打开了。茱恩赶紧跳下去，沿路快步朝车站走去。来到车站，她看到斯坦利正大步穿过田野，向着远处的树林迈进。茱恩赶紧追了上去，可他走得太快。等茱恩赶到树林时，已经累得气喘吁吁了。小径还在顺着田野的边缘延续，茱恩却看到斯坦利进了树林。他大老远地跑到这里来做什么？茱恩以为这个地方除了四周的农田什么也没有，完全不知道哪儿还有房子。

走进树林，身边的树木愈发茂密，遮住了傍晚的余晖。脚下已经没有路了。茱恩发现周遭遍布着会绊住她步子的树根和低矮的树枝。鸟儿在她头顶的树冠上尖叫。她不止一次抓住树枝才没让自己摔倒。

"斯坦利！"

几只鸟惊慌地飞起，发出刺耳的尖叫。她的叫喊声回荡在树林之中。远处，茱恩隐约看到几缕阳光穿透黑暗，于是朝着那里走了过去。在某片潮湿的土地上，她的一只脚滑了一跤，整个人侧摔在扎人的荨麻中，咒骂了几句，只好一瘸一拐地走到树林尽头，找到一片空地，掸了掸身上的泥土。

茱恩首先意识到的是，自己眼前竟有如此美景。她站在一小片草坪的边缘。纤长的草地和野花沐浴在八月的艳阳之中。她能听到左手边传来的水声，转身看到一条小溪正沿着树林的边缘流淌，溪水中还有银色的小鱼在畅游。茱恩的目光顺着溪流移去，这才看到大约三十米开外的地方，就在一棵巨大的橡树树荫下，停着一辆破旧的小型野营拖车。拖车的一侧爬满了错综复杂的藤蔓，车身和大树间拴着一根晾衣绳。绳子上挂着的一件衬衫和一双袜子正在微风中摇曳。

"哦，我的天哪。"茱恩轻声感叹。

拖车的房门打开了。斯坦利迈步走了出来，在门前的台阶上停下，伸了一个长长的懒腰。茱恩本能地卧倒在地，但就在那一瞬间，斯坦利转身望向了她。他的表情依旧是一片茫然，很快钻回了车里。

茱恩的心沉了下去。她在想些什么啊，竟然像个二流的神探南茜①似的跟踪斯坦利。斯坦利说得非常清楚，不想让她到自己

———————————

① 美剧《神探南茜》的主角。

的家里来。她现在明白是为什么了。多么可怜的斯坦利啊。她羞愧地迈开步子，朝树林走去，却听到身后传来了斯坦利呼唤她的声音。

"我想你最好还是进来吧。"

茱恩掉转过头，向着拖车走去。走到门边，她在外面徘徊不决，过了好一阵子才推开门进去。拖车内灯光昏暗，她的视线过了很久才适应眼前的黑暗。她的左手边摆着一张狭窄的单人床，上面整整齐齐地铺着床单和毯子。远处的墙壁上貌似靠着一件炊具和一个洗碗池，池旁摆着一只盘子和一个马克杯。右手边的小桌子上铺满了纸张。斯坦利正坐在桌旁，看着她打量拖车里的一切。

"斯坦利，我——"

"有些话你不必说出口。"斯坦利打断了她，"你脸上的表情就是我从来不邀请别人到这里来的原因。"

茱恩竭力让自己的表情平静下来。"这里挺温馨的。非常……舒适。"

"它完全符合我的需求。"

"你在这里住了多长时间？"

"十二年。在此之前，我一直住在镇子另一边的某个地方，从那里搬过来的。"

"我什么都不知道，斯坦利。还有别人知道你住在这里吗？"

"一两个吧，但我不太愿意公开。"

茱恩想起两人聊过他曾经无家可归，但她从未想过斯坦利现在依旧如此。她再一次环顾四周。除了空间狭小之外，拖车里几乎空无一物：没有照片或纪念品，没有一个生命活过的纪念。

　　"要是你能早点儿告诉我就好了。"

　　"告诉你什么？"

　　"嗯，你懂得……告诉我你无家可归。"

　　"我没有无家可归啊。"他的声音有些刺耳，"就因为我选择住在这里，不意味着我需要你的怜悯。"

　　"我不是在怜悯你。"茱恩回答，但她已经知道自己说服不了他俩中的任何一个人了，"只不过，在这里生活一定非常艰难。"

　　"这里也不是太偏僻——沿着河走，不到两英里就能进镇了。该死，很快我就会有新邻居了呢。他回头指了指拖车背后的树林。"那片杂树林的另一边还有新的住宅开发区呢。那里要建造八十座的公寓和楼房。开发商把我的生活搅得一团糟。"

　　"可水电的问题怎么办？"

　　"我可以从小溪里接水煮开。炊具和暖气用的是储气罐。灯用的是这个。"他指了指桌上的两盏小型露营灯，"此外，图书馆里也有干净整洁的设施能让我随意使用。"说到这里，斯坦利对茱恩眨了眨眼。茱恩也回敬了一个微笑。

　　"这就是你总是第一个到图书馆的原因。"

　　"亲爱的，这也是我们必须保护图书馆的另外一个原因。"

　　"议会难道没有责任为你提供一个住所吗？"

"什么，把我安置在高楼大厦二十层的公寓里吗？"斯坦利打了个哆嗦，"不用了，谢谢，我宁愿住在这里。"

"要是你出了什么事可怎么办？"

"这么多年了，我一直把自己照顾得很好。虽然这里可能不是萨沃伊饭店①，但至少没有人会来窥探我。"

斯坦利的话说得并不刻薄，却令茉恩感到一阵羞愧。"真的很抱歉，斯坦利。我不该跟踪你。我很担心你，仅此而已。"

"我知道。谢谢你这么贴心的朋友。如果你不介意的话，我很累了，现在要歇息了。"

"当然。"茉恩朝着门口退去，停顿了一下，"你确定自己没事吗？"

"我不会有事的。不过，和你们这群暴民在图书馆里待了几天，这里可是相当安静啊。"

茉恩犹豫了。"你知道的，你随时都可以来我家小住几日。我那里还有个空房间。"

"谢谢你，茉恩，不过这里就是我的家。"

---

① 英国伦敦的一座豪华旅馆。

26

那一晚，茱恩终于还是抵不过前几日的疲惫，睡得很沉。醒来时，她闭着双眼躺在那里，留心聆听其他抗议者的声音，这才想起占领行动结束了，自己已经回到了家里。坐起身，她的眼前还是儿时卧室里熟悉的场景：书架上摆着她最喜欢的书，床上铺着妈妈为她缝的被子，陈旧的泰迪熊坐在窗沿上眺望。茱恩站起身，套上晨袍，下了楼。艾伦·班尼特正坐在前门旁边，看到她便百无聊赖地叫了一声。

"早上好啊，你想我了吗？"

它转过身，趾高气昂地迈进了厨房。茱恩跟了上去。除了时钟有节奏的嘀嗒声，房间里一片静谧。这里一直都是这么安静吗？茱恩打开了厨房角落里的老收音机。一首流行歌曲响亮地唱了起来，于是她又把它关掉了。她看了看时钟：上午十点。今天是银行假日，所以图书馆直到星期二早上都不开门。这意味着她有七十二个小时都见不到别人，七十二个小时安静平和、可以用来看书的独处时光。

　　然而，曾经令茉恩满心欢喜的长周末居家时光此刻却令她一反常态地陷入了不安。她回到楼上冲了个澡，穿好衣服，然后吃了个早饭，刷了盘子，扫了客厅。她抱起《狼厅》[①]读了半个小时，却怎么也无法集中注意力，同一页纸反复读了三遍。斯坦利现在在做些什么？他会不会独自一人待在拖车里，直到星期二图书馆重新开门？

　　茉恩走进厨房，打开冰箱。微波炉千层意面还在架子上等待着她。她又看了看钟，距离图书馆开门还有七十个小时，还有七十个小时她才能和别人说上话。

　　茉恩一把抓起钥匙，走向了前门。按响隔壁的门铃时，她才意识到自己脚上还穿着拖鞋。

　　"茉恩，真是个惊喜啊！"前来应门的琳达戴着吊灯耳环，涂着紫红色的口红，身上的围裙上印着比基尼女郎的图案。

　　"嗨，不知道你想不想……"茉恩听到屋里传出了什么声音，"哦，琳达，抱歉打扰你了。我不知道你家来客人了。"

　　"只不过是家里人来吃午饭。进来一起吃吧。"

　　"没什么紧急的事，我明天再来好了。"她退了回去。琳达经常邀请她来聚餐，但总是被她拒绝，因为她不想打扰别人的家庭

---

① 英国作家希拉里·曼特尔（Hilary Mantel）创作的历史小说，荣获英国布克奖、全美书评人协会奖。

时光。

她转身朝着空荡荡的家和一人份的微波炉餐走去，身后是琳达家传出的欢声笑语。茱恩想起过去几天在图书馆里吃过的几餐——和大家坐在一张桌子上分享美食，有说有笑。既然占领活动已经结束了，她又将回到每顿饭都一个人吃的状态中了。

茱恩转过身。"琳达，老实说，如果可以的话，我想和你们一起吃可以吗？"

"当然可以了，亲爱的。"琳达面露喜色，"我正在切牛肉呢。到客厅去跟大家打个招呼吧。"

尽管琳达家的房子和茱恩家的布局一模一样，客厅里却是截然不同的一番景象。茱恩家的书架背靠的那面墙在这里被一台巨大的平板电视占据，桌面上也没有杂乱的装饰品，只摆了几张全家福和一些味道古怪的蜡烛。琳达的女儿克莱尔正和丈夫坐在崭新的奶油色沙发上。他们的三个孩子趴在地板上，和琳达的儿子马丁玩着桌游。二女儿伊莱恩陪着杰克逊。看到茱恩走进了房间，杰克逊一下子蹦了起来。

"茱恩，你来了！"

"抱歉打扰各位了。"

"别说傻话了，很高兴见到你。"克莱尔站起身，把茱恩搂进了怀里。她 T 恤下的肚子高高隆起。茱恩猜她肯定已经怀上了第四个孩子。"希望你能留下来吃午饭。妈妈还是老样子，做了一大堆菜。要是从她准备的菜量判断，你会以为我们有五十个人呢。"

话音刚落，琳达就大跨步地走进来，宣布午餐已经上桌。茱恩被夹在一家人中匆忙走向了餐桌，发现自己被引到了琳达和杰克逊之间的座位上。

"来点红酒吗？"还没等她回应，琳达就为她倒了一杯。

餐桌的正中间摆着茱恩见过的最大的烤牛肉，周围摆满了各式佐餐的菜肴。大家纷纷动手往盘子里堆放食物，同时还不忘和彼此聊天。茱恩的盘子很快就满了。她边吃边沉浸在众人谈天说地的喧闹声中。桌子的对面，马丁和家里的长孙互相讲着粗俗的笑话。茱恩被某些包袱的片段逗得大笑。她的右手边，琳达正和克莱尔针对几个男孩的小学话题聊得火热。

"太气人了。"克莱尔说，"学校竟然资金不足，连所有孩子的文具都买不起。你能相信吗？上学期我们还收到了一封信，要求家长们捐赠钢笔和笔记本。"

"简直让人无法接受。"琳达回答。

"那些议员各个拿着不菲的工资，接受着私立学校的教育，公立学校却没有足够的资金好好教育孩子。老实说，我已经气到想要写信给我那里的议员了。"

"你应该像茱恩一样进行抗议。"杰克逊说，"她现在已经是个专家了。"

"真的吗？"克莱尔惊讶地转向茱恩。

"呃，其实我还算不上是什么专家。"茱恩回答。

"哦，是的，她为我们的图书馆组织了一场抗议活动，因为议会想让它关门。"琳达说，"他们还上了报纸和电视。查尔科特图书馆已经出名了。"

"哇，那太了不起了。"马丁不再讲笑话，竖起耳朵聆听着，"占领活动是怎样的，你们就睡在那里了吗？"

"是的，睡了三个晚上，昨天才被议会驱逐出来。"

"好样的，姑娘。"克莱尔称赞道，"这可是需要足够的勇气的。"

听了这样的赞美之词，茱恩的脸上露出了笑容。

"那现在怎么办？"马丁问，"你还要继续抗议吗？"

"当然——我们必须这么做。议会正在进行磋商，四个星期后结束。我们需要确保图书馆尽可能忙碌起来，这样访客的数量才会高。我们还得继续发起各项运动，让议会无法摆脱压力。"

茱恩意识到，所有人都停下了手头的事情，聆听着她讲话。她为自己激烈的言辞和这一家人给予她的钦佩眼神感到惊奇。

"听听你说的，我都差点认不出你来了。"琳达笑容满面地望着她。

"敬茱恩一杯！"克莱尔招呼道。桌边响起了热闹的敬酒声。

星期二早上，茱恩怀着七上八下的心情离开了家。尽管星期六那天逞了强，但她对自己今天出现在图书馆时会发现什么还是满心恐惧。玛乔丽肯定会对她火冒三丈，议会也无疑会来找她麻烦，但她又能见到斯坦利和查友的其他成员了。他们会为抗议行动的最后阶段制定计划。整个周末，她都在思考这件事情，对于如何保持这种势头想了好几个主意。

就在茱恩走到路口，准备拐上商业街时，看到薇拉正站在邮局门口。

"早安，薇拉，你好吗？"

"没什么好抱怨的。不过我的屁股——"

"抱歉，我很愿意和你聊天，但我得去上班了。"

"图书馆今天会有什么活动吗？"薇拉问。

"玛乔丽今天早上要办一场科技迷茶话会。你想来参加吗？"

"不，我是说现在——门外站了一批人，议会的那个男人也来了。"

"你是说理查德·唐纳利？"

"就是那个油嘴滑舌的男人——"

"我得走了。抱歉，薇拉。"

茱恩转身快步朝图书馆走去。走近时，她看到理查德正在门外与一男一女说着话。

"出什么事了？"她赶到三人身边问道。

"早上好，琼斯小姐。"理查德答道，"我正在想你会不会出现呢。你收到我们的电子邮件了吗？"

"没有，我把电话落在这里了。有什么事吗？"

"我觉得要说的就这么多了。"理查德对另外两人说。他们点了点头，走开了。他转向了茱恩："议会决定对上周发生的事情展开全面调查，包括一名议会雇员参加占领活动的事和图书馆后来遭受的损失。在调查结束之前，你已经被免除在查尔科特图书馆的一切职责。"

"什么？"

"你被停职了。当然，在议会厘清你在这一事件中的角色、判定是否需要采取进一步的行动之前，你还能领到全额薪水。"

"等一下——你说损失是什么意思？"

理查德低头看了看手中的夹板。"首先，主厅内的漆面遭到了破坏……"

"我们只不过挂了几天海报。"

"还有桌子上的缺口……"

"那些桌子至少已经用了二十年了。"

"以及地毯上的污渍……"

糟糕，咖啡。"可我已经亲自擦洗过了。"

"我们的调查员来过了，说需要更换整块地毯。"

"胡说八道，那只是很小的一块污渍。"

"琼斯小姐，我不会站在这里与你争辩的。议会已经做出决定了，如果你能费心看一眼邮件就能知道。调查结束之前，你不能以工作或个人理由进入图书馆。"

"真是疯了。图书馆没有遭到任何的破坏——我们让这里看上去更好了。再说了，我不在的时候谁来顶替我？"

"我们会从中央图书馆调配人手协助玛乔丽。不幸的是，议会没有人力能够全职顶替你，所以图书馆的营业时间将被缩短。"

"不行！你不能这么做，求你了。如果图书馆的营业时间缩短，访客数量就会下降，从而影响磋商结果。"

理查德耸了耸肩。"琼斯小姐，决定是不受我控制的。"

他提及茱恩名字的方式令她直起鸡皮疙瘩。"这是故意的，对吗？你想让图书馆看起来已经衰败，因为你想关掉它。你也参与了库巴咖啡的交易吗？"

"我完全不知道你在说些什么。"理查德回答，"我建议你停止提出如此无理的指控。你不负责任的行为已经对图书馆造成了足够多的破坏。"他转身迈开步子，朝着图书馆走去。

"我的手机还在里面。"茱恩在他身后大喊，"能不能至少让我把它拿回来？"

理查德叹了口气。"好吧。但我去找手机时，你要在入口等着。"

图书馆里的一切和茱恩周五离开时看到的一模一样，但有些地方不一样了。这倒不是因为百叶窗上不再蒙着褐色的灰尘，也不是因为熟悉的木头、纸张的味道中融合了新油漆散发的微弱气味，当然也不是因为地毯上那比平装书还小的咖啡渍。不，这和图书馆里的声音有关。不知怎么回事，这样的沉默让人感觉不太一样。也许是茱恩想错了，但那些故事好像已经不再对彼此低声耳语了。

"给你。"理查德走出办公室，把茱恩的手机递给了她。

茱恩紧盯着手机，不确定接下来该做些什么。"你一定要这么做吗？拜托了，你就不能在磋商结束前维持图书馆的正常营业时间吗？"

理查德盯着她看了片刻。"你觉得会发生什么？你可以在新闻上羞辱议会，而我们就得让你逃过一劫？"

"如果你在生我的气，那就干脆解雇我好了，但请不要因为我的所作所为惩罚整个社区。"

他干笑了一声。"也许你在耍这些小把戏之前就该想到这一点？图书馆营业时间缩短的事，你只能怪你自己。"

"拜托，理查德。我求你了。"

"我劝你赶紧离开这里。你这是在违反停职规定，我要叫警察了。"

茱恩最后看了一眼图书馆，感觉泪水已经涌上了眼眶，于是转身跑出了门。

27

这个星期剩下的时间里，茉恩都躲在家辗转难眠，也没什么胃口。她试着去读《理智与情感》，可就连埃莉诺·达什伍德与爱德华·菲拉斯也无法让她打起精神。理查德的话在她的脑海中痛苦地循环着。*你可以在新闻上羞辱议会，而我们就得让你逃过一劫？图书馆营业时间缩短的事，你只能怪你自己。*

茉恩像只困兽般在屋子里来回踱步。要是她听从玛乔丽的建议，置身事外，让其他人去为图书馆而战，自己不卷入其中就好了。她怎么会以为自己帮得上忙，事实上却只能害事情变得更糟呢？还有查友的成员——要是他们发现图书馆的营业时间因为她被停职被缩短，会不会责怪她？

但她想到最多的还是独自栖身在漆黑狭小的拖车内的斯坦利。她现在明白斯坦利为什么整天都待在图书馆里了，尤其是在气温比较寒冷的月份里。没有了图书馆，他要怎么熬过下一个冬天？茱恩清醒的每一分钟里，这些想法都在扰乱她的思绪，直导她喝了很多酒，昏昏沉沉地睡着了。

星期五早上，茱恩已经喝光了家里的酒，冰箱里最后的食物也消耗殆尽。于是她套上一双运动鞋，离开了家。来到镇上的公共绿地时，她看到斯坦利正坐在池塘边的长凳上，全神贯注地读着一本书。茱恩不想打扰他，可就在她经过时，斯坦利抬起目光，挥了挥手招呼她过来。

"茱恩！过来陪陪我吧。"他指了指身旁的长凳。茱恩坐了下来。"你读过这本书吗？"他向茱恩展示了书的封面。那是图书馆收藏的一本《小熊维尼和老灰驴的家》。"这是马克小时候最喜欢的书。我肯定给他读过不下几十遍了。"

"这也是我最喜欢的书之一。"茱恩回答。

他又继续读了起来。随着两人之间愈发沉默，茱恩再也忍不住了。"斯坦利，我很抱歉。"

"抱歉什么？"他问道，目光仍旧停留在书页上。

"一切。"

"我不懂你的意思。"

茱恩长长地吸了一口气。也许斯坦利还没明白，但茱恩必须诚实地向他坦白。"图书馆的营业时间缩短是我的错。议会这么做是为了惩罚我加入了占领行动。如今访客数量和借书量都会下降。他们就有完美的借口可以关停图书馆了。"

说罢，她望向斯坦利，发现他正用奇怪的表情注视着她。"你整个星期都躲在地底下吗？"

"我一直待在家里啊。"

"所以说，你真的不知道发生了什么？"

茱恩一脸茫然地看着他。"你在说什么？"

"哦，亲爱的，你引发了一场革命。"斯坦利满脸笑容地回答。

"什么？"

"我简直不敢相信，你竟然不知道。你被停职的消息刚一传出，镇上的人就揭竿而起了。大家为此愤怒地赶到图书馆，要求知道自己能帮上什么忙。"

茱恩感觉双颊逐渐恢复了血色。

"后来我想起玛蒂尔达——我的意思是，你曾经说过，要让大家尽可能多从图书馆里借书。"斯坦利接着说，"我们就开始要求大家这样去做。真希望你能亲眼看到。每个人都借满了卡上能借的最大数量。"他挥舞着手中的那本书，作为自己借书的证据。"就连许多年没用过图书馆的人也来借了书。玛乔丽那里简直招架不住，书架也空了一半。"

茱恩还是惊得说不出话。

"这全都是因为你，我亲爱的。在你为图书馆和这个社区付出了这么多之后，议会居然还让你停职，大家都很愤怒。"

"我简直不敢相信。"

"现在议会没法声称我们的图书馆已经败落了。嗨，查尔科特这周肯定是全郡表现最好的图书馆了！"

"斯坦利,这太不可思议了。"

"我们大家都会去参加二十四号的议会决策会议。这将是我们对抗大人物的决战!"斯坦利欢欣鼓舞,"茱恩,亲爱的,你也一定要来。我们需要你在场。"

"我当然会去了。"这么多天以来,这是茱恩第一次露出了微笑,"我们能做到,斯坦利。我知道我们能做到。"

茱恩拎着买来的东西回了家,脸上依旧挂着听到消息后灿烂的笑容。她从卧室的书架上翻出陈旧的《小熊维尼和老灰驴的家》,拿着它走到杂草丛生的花园。读到最后一章时,她听到前门传来了门铃的响声。茱恩以为肯定又是琳达来了。过去的一整个星期,琳达总是会找些虚无缥缈的理由来看她。可当她打开门时,却发现站在台阶上的人竟是艾力克斯。

"你没回我短信。"他开口问道,"你还好吗?"

"对不起,我一直宅在家里呢。"

"我给你带了点吃的。"他边说边提起手中的袋子,"是你常点的菜,还加了些别的。"

"谢谢。进来吧。"茱恩把他领进厨房,这才强烈地意识到屋内装潢破旧,每一处平面上都摆放着妈妈的旧装饰品。"抱歉,我家需要重新粉刷了。"

"你好呀,小家伙。"

茱恩转过身,看到艾力克斯正弯腰爱抚着躺进它篮子里的艾伦·班尼特。

"哦，我不会那么做的……"她开口说道，但为时已晚——艾伦龇牙咧嘴地伸出爪子，抓了艾力克斯的手。

"嗷。"艾力克斯哀号着躲开了，"该死，你的猫好凶啊。"

"抱歉，艾伦有点儿孤僻。它很喜欢妈妈，却总是讨厌我。"

"我以前从未听说过一只猫会讨厌谁。"

"我一直以为妈妈去世之后，只剩我们两个相依为命，它会对我友好起来。可如今已经八年了，它还是个讨人厌的坏蛋。"

艾力克斯笑着将纸盒一只只摆在桌上。"我觉得是时候让你拓展一下自己能够接受的菜品了。我爸爸的家族来自中国四川省，所以这些是他的拿手菜。"他打开一只盒子，"这叫鱼香茄子。"

"鱼香？"

"这是四季豆辣炒猪肉，我最喜欢的菜之一。"

茱恩取来一只盘子，坐下来，让艾力克斯给她舀了几勺茄子。她吃了一大口。"哇，真是太好吃了。"

"你看，我说什么来着？"艾力克斯一脸满足，"如果你能吃辣的话，来尝尝麻辣牛肉。我爸爸总是说，辣椒是天然的抗抑郁剂……"他停顿了一下，面露尴尬。"我不是说你会抑郁啊，但我听说你被停职了。你为什么不打电话给我呢？"

"抱歉，我整个星期都宅在家里，以为大家肯定都会责怪我。"

"天哪，怎么会，正好相反。"

"斯坦利告诉我，大家都在借书。"

"我从未见过图书馆里这么忙碌。我用自己的卡借了十二本。不过没有你在那里为我提议，我慌慌张张随便选了几本，竟然还带了一本《布里杰顿家族》回家。"

茱恩咯咯笑出了声。"大家这么做让我好高兴。如果我们的访客多、借书量高，议会就很难让我们关门歇业。"

"真希望事情有那么简单就好了。"艾力克斯回答。

"这是什么意思？"

"哦，不是还有库巴咖啡的问题吗？"

"可要是图书馆显然已经得到了充分的利用，议会又怎么能辩称关停图书馆属于正当行为呢？"

"他们会找到方法的。"艾力克斯表示，"毕竟磋商的目的就是帮助议会尽量节省资金，而不是让图书馆大受欢迎。"

茱恩感觉整个下午的所有积极情绪全都渐渐烟消云散了。"我只想知道布莱恩和玛乔丽打算拿库巴咖啡的事情打什么算盘。"

"你觉得现在是时候去和玛乔丽直接对质了吗？"

茱恩摇了摇头。"她是绝不可能告诉我任何事情的。占领行动之后，她肯定已经对我恨之入骨。再说我已经被禁止进入图书馆了，又不能直接跑去她家门口。"

"我很愿意帮忙，但我也不确定自己能做些什么。"艾力克斯说。

茱恩又咽了一大口豆子。"哦，天哪，盖尔的婚礼！"她差点儿被食物呛到。

"你不是想去参加吧？"

"这可能是我与布莱恩和玛乔丽唯一一次说上话的机会了。"

艾力克斯一脸怀疑。"他们不太可能在女儿的婚礼上承认什么吧。"

"不会的，但玛乔丽不止一次告诉过我，他们请了唐宁郡的显要人物。要是我那天晚上能去，一旦大家多喝了两杯，也许就会有人漏嘴说出库巴咖啡的事？"茱恩嘴上虽然是这么说的，但也知道自己这话听上去有多荒谬。

艾力克斯一脸痛苦地看着她。"在告别单身派对上发生了那种事之后，你确定还想去参加婚礼吗？"

她确定吗？继续躲在家里、不抛头露面、不冒任何风险不是容易得多？"是的，我确定。我觉得这是我尽力采取行动、挽救图书馆的最后一次机会了。"

"婚礼是什么时候？"

"下个星期六。"

"那好，如果你需要精神上的支持，我很乐意做你的男伴。"

这个提议让茱恩吃了一惊。她赶紧往嘴里塞了一块牛肉。不出几秒钟的工夫，一股热辣的感觉像火球一样在她的舌尖炸开，辣得她倒抽了一口气，也吓了艾力克斯一跳。

"我是说，如果你愿意的话。"他解释道，"你懂的，以朋友的身份……"他的脸红了，但茱恩净忙着抱起水杯狂饮了。

"太好了，谢谢。"她努力阻止自己痛苦地吐出舌头。

"我得走了。"艾力克斯起身朝着门口走去，"小心牛肉那道菜，有些部分挺辣的。水是没用的，倒是可以咽几口米饭。"

"谢谢。"

"我下周六来找你。"

"没问题，拜拜。"

茱恩重重关上房门，跑回厨房，开始大口大口地往嘴里塞起了米饭。

28

　　茱恩站在镜前，凝视着镜中的自己。在昨天那趟惊慌失措的购物中，她买下了被店员小姐形容为"焦红色"的连衣裙。裙子的正面印着红色和金色的花纹，在更衣室里看上去符合茱恩期待的优雅与精致。如今，站在卧室无情的灯光下，她这才意识到自己看上去就像一根罗洛牌巧克力糖。茱恩把头发梳成一根法式发辫，走下了楼。艾伦·班尼特正坐在门厅里幸灾乐祸地笑。

　　"我看上去有那么糟糕吗？我知道这双鞋不太完美……"她低头看了看脚上的黑色高跟鞋。她上一次穿上它们还是去参加妈妈的葬礼。

　　艾伦舔了舔屁股，作为回应。

　　茱恩来到厨房，又倒了一杯红酒，吃惊地发现酒瓶已经被她喝空了一半。她为什么要说自己愿意参加这场愚蠢的婚礼？一想到要看见告别单身派对上的那些女人，她就整宿睡不着觉。此外，她们现在肯定已经知道是茱恩引开了脱衣舞男，正怒不可遏呢。这真是个糟糕的主意。

听到车子停靠的声音，茱恩赶紧喝下最后一点红酒，迈步出了门。艾力克斯正站在车旁，撑着副驾驶的车门。他平日里爱穿的 T 恤衫和牛仔裤被利索的灰色套装和浅蓝色领带替代，乱糟糟的头发向后梳着。茱恩从未见过他打扮得如此时髦，在他注视的目光下迈上小路时感觉十分害羞。

"你看上去很美。"艾力克斯看着走到车边的她，称赞道。

茱恩感觉脸红了，嘟囔着说了句谢谢，钻进了副驾驶的座位。

两人沉默不语地开着车，一路上都在凝视挡风玻璃。茱恩感觉头晕脑涨。她为何要这样折磨自己？何况，她还没有想好要对玛乔丽和布莱恩说些什么。她想问问艾力克斯的意见，可每一次望向他，就会一反常态地说不出话来。

车子来到了玛乔丽与布莱恩的家。艾力克斯把车停进了被标为停车场的一片空地。受邀参加全天活动的宾客早已在这里停好了车。草地都被搅成了厚厚的泥潭。茱恩刚一下车，后跟就陷进了地里。

"啊，救命！"

"你还好吗？"艾力克斯绕过车子，冲到她的身旁。

"我陷下去了。"茱恩感觉脚下的鞋子正在泥巴中打滑。

"我来帮你。"艾力克斯轻轻拉起她的手臂，可茱恩还是被卡得结结实实。

"你得拽得用力一些。"她尴尬得手足无措。

于是艾力克斯抓住她的手腕，把她拽了起来。茱恩的身子顷刻间左摇右晃。伴随响亮的"嘎吱"一声，她的双脚挣脱了，整个人倒在了他的身上。艾力克斯扶住她，牵起她的一只手，扶着她穿过泥潭，走到了马路上。她尽量不让自己摔倒，同时强烈地意识到了艾力克斯的手掌触碰她时带来的火辣辣的感觉。来到路边时，她本以为艾力克斯会马上松手，可他并没有。这样的触碰让茱恩的脸上泛起了兴奋的红晕，可她很快想起了埃莉诺，赶紧把手抽了回去。

"看看我这副样子。"她低头望着沾满泥巴的鞋和脚踝。

"别担心，我可是当过童子军的，时刻准备着。"艾力克斯从口袋里掏出一块白色的手绢，在茱恩惊恐的目光下俯身开始擦拭她脚上的泥巴。

"别傻了，我来就好。"她叫起来，可艾力克斯还在擦。让他为自己擦脚是种亲密得出奇的做法。茱恩的皮肤热得发烫。

"好了，不算完美，但我已经尽力了。"艾力克斯站起来。两人一起仔细端详着她棕色的双脚和鞋子。

"谢谢你。"茱恩的声音听上去很奇怪，"我们走吧？"

两人朝着仿乔治王朝风格的房子走去的途中，远方飘来了音乐的声响。砾石车道左右排列着对称的灌木篱笆，前门处还立了两根柱子。

"客人不能入内。"一个穿着反光夹克的男人冲到两人面前，"抱歉，只有 VIP 才能进。请绕去侧门。"

两人步行绕到了后花园。只见草地中央支着一块牛奶冻般的巨型天幕。一名服务生端着一盘饮料走了过来。茱恩拿了一杯看上去会致命的鸡尾酒，艾力克斯则拿了杯水。客人们正在他们身边的草坪上闲逛，陪着那些已经喝了一整天酒、兴奋之情溢于言表的人有说有笑。

"上帝，快看啊。"艾力克斯仔细审视着眼前这副场景，"这简直就像是《了不起的盖茨比》中的画面。这可不是在表扬他们。"

听了这句话，茱恩忍俊不禁。能和艾力克斯一起身着盛装，喝着鸡尾酒，她感觉十分惬意，紧接着才想起他们到这里来的原因。"我们要不要去天幕那儿看看布莱恩或玛乔丽在不在？"

帐篷里至少摆了二十张桌子，每张桌子都被插着粉色百合花的巨型花瓶压得咯吱作响。一些年长的宾客仍旧坐在桌旁，伴着震耳欲聋的音乐大声交谈。远处的舞池上悬着一颗巨大的迪斯科闪光灯球，舞池里挤满了已经酩酊大醉、正伴着《来吧，艾琳》胡乱扭动身子的人。

茱恩在房间里仔细扫视了一圈。"他们俩我谁也没有看到。"

"你能认出议会的人吗？"艾力克斯问。

茱恩正要开口说"不"，却在天幕的另一边瞥到一名男子正和某个老妇人专注地聊着天。"哦，我的天哪，是他。"

"谁？"

茱恩又看了一眼，以免自己认错。可那绝对就是他：身材高挑、方方正正的下巴，金到发白的头发。

"德雷克·马尔福。"

艾力克斯没有回答。茱恩转过身才看到，艾力克斯正用一种奇怪的表情紧盯着她。"好吧。我觉得你可能喝多了。"

"什么？"

"说真的，如果你看到了童书里的坏人，那你今晚可能就只能喝水了。"

"不是的！德雷克是我给咱们在棋子酒吧里看到的那个人取的名字，当晚和布莱恩在一起的那个人。就是他提到了议会和贿赂的事情。"

"哦，我懂了。但他们为什么要邀请他来参加婚礼呢？"

"我猜他们肯定是想尽量给他留下一个深刻的印象。"

"我想我们应该还没见过面吧。"曾在盖尔的告别单身派对上打扮成神奇女侠的女子走到茱恩和艾力克斯中间，朝他伸出了一只手。"我叫伊莎贝尔。"

"你好，我叫艾力克斯。"

"很高兴认识你，艾力克斯。你是怎么认识这对幸福的夫妇的？"

"我是陪茱恩一起过来的。"

伊莎贝尔这才第一次注意到了茱恩的存在。"很高兴给认识你。"

"其实我们以前见过。"茱恩的话连她自己都吃了一惊。

"真的吗？我怎么不记得你？"

"我们在盖尔的告别单身派对上曾经坐在一起。"

伊莎贝尔停顿了一下，显然是在努力辨认茱恩，突然咧嘴一笑。"哦。我的天哪，你就是那个处女！"

她放声大笑起来，令茱恩十分难堪。她瞥了一眼艾力克斯，看到一丝惊讶的神情从他的脸上一闪而过，但很快就被他掩饰了过去。

"上帝啊，在那之后你竟然还敢来，真让我吃惊。"伊莎贝尔还在笑个不停。

茱恩也勉强笑了笑。"我们正在猜那个人是谁呢。"她指了指另一边。只见此时的德雷克正站在一群高谈阔论的男人中间。

"哪个？"伊莎贝尔问。

"中间那个，就在那里。头发金得发白的那个。"

"你是在告诉我，你不知道他是谁吗？"她一脸震惊地看着两人，"他就是鲁伯特啊。"

"谁？"

"鲁伯特。你知道的，新郎！盖尔的新婚丈夫？"

茱恩过了好一阵子才明白伊莎贝尔在说些什么。"他就是盖尔的丈夫？"

伊莎贝尔没有理会她，倒是冲着艾力克斯忽闪着眼睫毛。"你想不想跳支舞？"

"等等。你知道盖尔的丈夫是做什么的吗？"茱恩追问。

伊莎贝尔恼火地瞥了一眼茱恩。"真是个奇怪的问题。我记得盖尔说，他做的是和产权收购有关的事。"她再次转向了艾力克斯，"你的杯子空了。乔恩，能不能帮个忙，给我们拿杯饮料来？要香槟。"

茱恩看到艾力克斯表示了拒绝，可处于震惊之中的她还是转身朝着酒水桌走了过去，脑袋里嗡嗡直响。如果"德雷克·马尔福"就是盖尔的丈夫，是不是意味着他和布莱恩在酒吧里的谈话只不过是岳父与女婿间一段毫无恶意的闲聊？那他们为何会提起议员和贿赂的事呢？茱恩又拿起一杯鸡尾酒，喝了一大口，试图将这些线索拼凑起来。

"你的鞋子上是什么东西啊？"玛乔丽走到茱恩的身旁，吓了她一跳。

"抱歉，是泥巴。"茱恩试着小心翼翼地在长桌布上蹭了蹭脚。

"我简直不敢相信，你给图书馆惹了这么大麻烦，竟然还有胆子出现在这里。"玛乔丽皱起鼻头，"你知自己让我有多头疼吗？除了这一切之外……"她伸手指了指她身边的天幕。

"玛丽，这真是一场美丽的婚礼。"

"装潢师把一切都搞砸了。我们本打算在椅套上绑浅粉色的缎带，他们却用了火烈鸟粉。盖尔难过得差点取消了整场婚礼。"

茱恩看了看玛乔丽指着的小蝴蝶结。"我觉得挺好看的呀。"

玛乔丽的眼神在帐篷里四处扫视。茱恩注意到，她的双手紧紧攥在一起。

茱恩又喝了点酒。就是现在，她的机会来了。"玛乔丽，有件事我得问你。"

"哦，不。这几个餐饮公司的人在做什么呀？"玛乔丽惊呼。只见两名身着白色制服的服务生正将一个巨大的分层干酪拼盘放在他们身旁的桌子上。"这东西九点之前是不该拿出来的。现在才八点半啊。"

"你的女婿是做什么的？"茱恩问。

"我不知道，是什么美国食品饮料公司的吧。他们为什么要把干酪放在这里？它应该摆在后面的桌子上。为什么每个人都要——"

"他和库巴咖啡有什么关系吗？"

"葡萄应该是绿色的，不是红色的。老天哪，这简直就是一场灾难。我得去找餐饮经理谈谈。"玛乔丽正要迈开脚步，却被茱恩一把抓住了手臂。她的上司吃惊地看着她："你要干什么？"

"玛乔丽……"茱恩支支吾吾地开口问道，"你和布莱恩有没有参与关停图书馆的阴谋？"

"你到底在说些什么啊？"

"我在酒吧里看到布莱恩和鲁伯特了。我觉得他们在商量贿赂议员、找人买下图书馆建筑的事。他们还提到了你。"

"简直是胡说八道。茱恩，你别异想天开了。"

"我还看到你带着一个女人参观图书馆。她手里的写字夹板上印着库巴咖啡的标识。"茱恩发现玛乔丽已经脸色发白,"你怎么能这么做呢,玛乔丽?我以为你是热爱这座图书馆的啊。"

"我当然热爱图书馆了。"玛乔丽咬牙切齿地回答,"你一直生活在幻想的世界里,但这是我听过最荒谬的事情了。我带着参观的那个女人是管理顾问。"

"那她的写字夹板上为什么会有库巴咖啡的标识?"

"我哪知道——说不定那是免费的赠品?"

"那她又为什么某天早上趁着图书馆还没开门,偷偷来找你?你在试图隐瞒什么事情吗,玛乔丽?"

"你看,布莱恩之所以让我对管理顾问来访的事情保密,就是因为这个——为了防止大家被疯狂的阴谋论冲昏头脑。好了,请原谅,这是我女儿的婚礼。"她转身再次走开了。

茱恩深吸了一口气。"你和布莱恩是不是收了鲁伯特公司的钱,要帮他们买下图书馆建筑,改建成一间库巴咖啡厅?"

玛乔丽飞快地转过身,一脸不可置信的表情。"这太过分了!"她提高了嗓门,引得好几个人转过头来张望。

"出什么事了?"布莱恩朝两人走来,"玛乔丽,大家都在盯着你看呢。"

"是茱恩在这里大放厥词,无端地指控别人。她说你和鲁伯特参与了什么出售图书馆建筑的可疑骗局。我很想赶她出去,但又不想当众……"看到布莱恩的脸色沉了下来,玛乔丽闭上了嘴巴。

"你刚才说什么？"他问茱恩。

"七月份的时候，我在酒吧里看见过你和鲁伯特。"茱恩回答，"还听见了你们的谈话。"

布莱恩勉强轻声笑了笑。"那又怎么样。一个男人和未来的女婿喝杯酒不算什么违法的事情吧？"

"在场的还有另外一个男人。你告诉他们，你有能力说服议会的人。他们还商量要给你钱呢。"

"布莱恩，她在说什么啊？"玛乔丽也追问起来。

"这跟图书馆有关，不是吗？"茱恩说。

"这简直是胡说八道。"布莱恩回答。

茱恩意识到，身边的人纷纷停止了交谈，全都在竖着耳朵偷听，可这一次，她一点儿也不在乎。

"还有你让玛乔丽带着参观图书馆的那个女人呢？她是库巴咖啡的人，对吗？"

"你告诉我她是管理顾问。"玛乔丽一把抓住布莱恩的手臂。茱恩可以从她脸上的表情判断，她不是在装腔作势。"布莱恩，到底是怎么回事？"

"哦，亲爱的，小点儿声。"布莱恩把玛乔丽甩到一旁，"我不会站在这里听她这些谎言了。茱恩没有任何证据。"

"哦，我的上帝啊，办婚礼的钱！"玛乔丽挣大了双眼。

"好了，亲爱的——"布莱恩开口正要伸手去拉她，却被玛乔丽躲开了。

"我问过你用来支付这一切的外快是哪里来的，你不告诉我。布莱恩，你做了什么？"

"看在上帝的分上，女人啊。"他说，"你圣诞节就要退休了——这又有什么区别呢？"

"你一直叫我放轻松，说你会在幕后努力拯救图书馆。可你就是那个试图关停它的人！"

此时此刻，已经有一大群人聚过来围观。布莱恩怒气冲冲地低声说："听着。我无法影响议会对图书馆做出的决定，但如果它关停了，鲁伯特的公司又真的买下了这座建筑，对你也没有什么坏处，我还能从中获利，不是吗？"他伸出一只手臂，揽住玛乔丽的肩头，可她踉跄着后退了几步。

"离我远点儿！"她根本没打算压低嗓门。

"你还我指望怎么为这一切买单？"布莱恩反问，"你说你想让这场婚礼成为查尔科特史上最盛大的婚礼。你知道这要花多少钱吗？"

玛乔丽似乎正强忍着眼泪。"这么多年来，我一直故意视而不见。可这是……我的图书馆……"

"妈妈，爸爸，出什么事了？"众人转过身，看到盖尔穿着镶满水晶的拖尾婚纱走了过来。鲁伯特跟在她的身后，眯着眼睛。"我们在露台那边都能听到你们的声音。"

"没什么，小宝贝，只不过是稍微争论了几句。"布莱恩回答。

"妈妈？"

"你知道吗？"玛乔丽问她。

"知道什么？"

"爸爸和鲁伯特之间的交易。跟图书馆有关。"

"你在说什么啊？"盖尔不解的神情显然表明她并不知情。

"我们稍后再聊这件事情吧。"鲁伯特挽住盖尔的手臂，试图把她牵走，"现在我想和我的新婚妻子跳支舞。"

"他们一直在密谋关停图书馆，这样鲁伯特的公司就能在那开间咖啡厅。这一切——"玛乔丽指了指四周，"——都是用你父亲从库巴咖啡那里收来的黑钱买来的。"

"什么？爸爸，这是真的吗？"盖尔问。

"好了，我们明天再聊这个好吗？"布莱恩回答，"我觉得你母亲有点越说越激动了。毕竟今天对她来说是个兴奋的日子。"

盖尔点了点头，却还紧皱着眉头。

"说真的，玛乔丽，别小题大做了。"布莱恩摇了摇头准备走开，"不过就是一座小小的图书馆，你不必……"

"小小的图书馆！"玛乔丽放声大喊，震耳欲聋的声音让所有人都定在了原地，"我在这座图书馆里工作了三十年，把毕生的心血都献给了它。你却把它看作无关紧要。你这个谎话连篇、徇私舞弊的……"

茉恩想要转身走开，眼前的这一幕却像是在慢镜头下观看一场车祸。玛乔丽开始发疯似地四处寻找什么。茉恩不知道她在找些什么，直到看见玛乔丽的目光落在她身后那张桌子摆着的巨型干酪拼盘上。玛乔丽伸出了手。一瞬间，茱恩以为她要去够那把奶酪刀，她却拎起茱恩有生以来见过最大的一块布里奶酪，抡圆了胳膊，用尽全身力气朝着布莱恩的脑袋甩了过去。

"住手！"茱恩大吼一声，但一切为时已晚。白色的轮盘状奶酪已在空中飞过，转了两三圈后砸中了布莱恩的脸。他踉跄着向后退几步，撞在了盖尔身上，害得她也摔倒在地。鲁伯特伸手想要拽住她，三人却重重地跌倒在大帐篷的地板上。现场瞬间陷入了令人痛苦的沉默之中。

"我们得走了。"艾力克斯在茱恩的耳边低声说。她又盯着眼前的情景看了一会儿：陷在一大堆象牙白绸缎和蕾丝中的盖尔，满脸布里奶酪的布莱恩，还有气得浑身发抖的玛乔丽。

茱恩正要张嘴说些什么，却感觉艾力克斯拉着她的手，拽着她从人群中退去。盖尔的喊叫声在她的耳边回响："你们怎么能这样对待我！在我结婚这天！"

29

　　两人尽快驶离了婚礼。艾力克斯的车在乡间小道上颠簸行进，车头灯如同黑暗中两只受惊的兔子。茱恩已经醉了，晕头转向，感觉一阵阵恶心。她从未想过要这样当众吵闹。可怜的玛乔丽——为了这一天，她计划了那么多年，却被茱恩彻底搞砸了。

　　"那个女人就是你的上司吗？"车子开到查尔科特郊区时，艾力克斯问。

　　茱恩点了点头。

　　"天哪，我不知道那就是她。"

　　"什么意思？"茱恩闭上眼睛，把头靠在窗户上，试图止住晕眩的感觉。她真的不该喝那么多酒。

　　"你还记得占领图书馆时，我给你们带了外卖，却没有人知道是谁付的钱吗？嗯，就是她。"

　　"什么？"茱恩睁开双眼，望着艾力克斯，"外卖是玛乔丽订的？"

"她是那天下午来的外卖餐厅，用现金结了账。我不认得她，以为她是抗议者之一。"

"哦，不会吧！"茱恩用手捂住了脸颊，"我一直以为她在密谋关停图书馆，其实她一直都在悄悄支持我们。"

车子在茱恩家门外停了下来。艾力克斯熄灭了发动机。

"你还好吗？脸色怎么那么苍白。"他说。

"整场婚礼都被我给毁掉了。"

"这不是你的错——要怪就怪布莱恩。"

"我感觉有点儿想吐。"

艾力克斯的脸上闪过一丝惊慌的神情。"让我扶你下车吧。"

他快步绕过来，打开了茱恩这边的车门。她试图自己站起来，却感觉一阵头重脚轻，在艾力克斯的搀扶下才挪到了前门。她在手提包里翻找着前门的钥匙，却怎么也找不到。

"好了，让我来吧。"艾力克斯从她的手中接过包，掏出钥匙开了门，"你想让我进来给你倒杯水吗？"

"没事，我没事。"茱恩靠在门框上，免得自己摔倒，"抱歉。忘了吃东西了。"

"你确定没事吗？"

在他温情脉脉的注视下，茱恩觉得自己就要喘不上气了。要是今晚没有艾力克斯，她该怎么办？老实说，在过去的两个月中，要是没有艾力克斯，她该怎么办？茱恩想起了斯坦利在占领活动期间说过，遇到机会就要紧紧抓住它。

"我该回家了。"艾力克斯说。他靠过来，给了茱恩一个告别的拥抱。就在这一刻，她也靠了过来，两人的双唇碰了一下，撞到了彼此的门牙。茱恩抓住他的肩膀，稳住身子，闭上眼睛，等待一个吻落下。

然而什么事也没有发生。

她再次睁开双眼时，艾力克斯正惊恐万分地盯着她看。

"我……我得走了。"他后退了几步。

"艾力克斯——"

"再见。"

他奔向车边，猛地拉开车门，跳了进去。伴着发动机飞速运转的声音，车子开走了。茱恩被丢在门口的台阶上，望着他离开。

等他消失在街角时，茱恩弯下腰，吐在了花坛里。

茱恩的眼睛睁了睁，又再度闭上。她躺在自我封闭的黑暗中，估算着自己造成的损失。她感觉脑袋里怦怦直跳，嘴里一股酸味。她伸手向下摸了摸，摸到了连衣裙的布料。这意味着她肯定是和衣昏睡过去的。昨夜的片段在她的脑海中一一重演：玛乔丽的吼叫，盖尔的表情，像铁饼般在空中飞过的喷香的布里奶酪。茱恩呻吟了一声，把脑袋埋进枕头，就这样一直躺到憋不住想上厕所才起身。

进了浴室，她凝视着镜中的自己：睫毛膏在眼睛周围糊作一团，皮肤惨白。她吞了两片扑热息痛，走回卧室，经过了坐在平台上的艾伦·班尼特。

"我都做了些什么啊？"她问艾伦。可艾伦闭着眼睛，假装睡着了。茱恩爬回床上，把羽绒被蒙在了脑袋上。

再次醒来时，她的脑袋已经没那么痛了。她把手伸向手机，想要看看时间，这才发现艾力克斯的四通未接来电。一看到他的名字，茱恩的脑海里突然闪回了一个画面：她醉醺醺地试图亲吻他，还有他后退时大惊失色的表情。一股羞愧的感觉燃遍了她的全身。她怎么能如此愚蠢？斯坦利错了，艾力克斯对她绝对没有任何好感。看在上帝的分上，他已经有女朋友了！茱恩厌恶地将手机丢到地上，闭上了眼睛，但他震惊的表情还是灼伤了她的视网膜。

那一天剩下的时间里，茱恩又断断续续地打了几次盹。直到在幸福的无知中醒来，她才回忆起这一切，瞬间再次陷入了痛苦之中。她离开之后，婚礼上发生了什么？盖尔和鲁伯特是不是在新婚的幸福中度过了剩下的夜晚？还是夫妇俩在尖叫与泪水中大吵一架、不欢而散？客人们会不会纷纷提早离场，背地里却说三道四，称自己就没参加过这么糟糕的婚礼？可怜的玛乔丽怎么办？茱恩一直以为自己的上司在想方设法地破坏图书馆，然而这个女人却一直被丈夫蒙在鼓里。茱恩把头埋进枕头下面，强迫自己重新睡了过去。

一阵门铃声叫醒了她。外面一片漆黑。唯一的光线来自卧室窗外的街灯。这么晚了，还会有谁呢？茱恩翻了个身，闭上眼睛。但门铃又响了起来，没完没了。她把手伸向床下，摸索着今天早上被她丢弃的手机。上面显示艾力克斯打了六通未接来电，还发了一条短信。"请尽快回电。"怀着沮丧的心情，茱恩站起身，套上晨袍，快步走下楼，拉开了前门。站在前门台阶上的人竟是艾力克斯。

　　"对不起。"在他还没来得及开口之前，茱恩便脱口而出，"我不该试图吻你。"

　　"茱恩——"

　　"我很难堪。都是酒精惹的祸。我不知道自己在做些什么，也知道你对我没有那种想法。"

　　"茱恩——"

　　"拜托，我们能不能忘了这件事情？"

　　"茱恩，是斯坦利。"

　　"他怎么了？"

　　"很遗憾，斯坦利……他去世了。"

第四部

葬礼

30

　　茱恩和艾力克斯坐在厨房的餐桌旁，喝着加了糖的茶，听他讲述着所发生的一切。"一个遛狗的人在他的拖车里发现了他。警方认为他已经去世好几天了。"茱恩在脑海中想象着斯坦利孤零零地躺在狭窄的单人床上，等待着被人发现，她不得不用一只手捂住嘴巴，才没让自己哭出声来。

　　"是帕克斯巡警到外卖餐厅来告诉我的。"艾力克斯说，"他们打算做一次尸检，不过他们觉得不会有什么可疑之处。"

　　茱恩打了个寒颤，拽了拽肩头的晨袍。"我应该看出他身体不舒服才对，我应该做个更称职的朋友。"

　　"你也无能为力啊。"

　　"不是的。"她看着艾力克斯，"我知道他一个人住在拖车里，艾力克斯。我是在占领图书馆的事情发生后才知道的。可我把所有的心思都扑在自己的问题上，没有采取任何行动。说不定，要是我能联系社会服务机构，或者——"

"茱恩，别说了。"艾力克斯打断了她的话，"你不用过分自责。我也知道他的居住情况。"

"你也知道？"

在茱恩注视的目光中，他显得有些羞愧。"我知道这件事已经有一段时间了，可斯坦利让我保证，不能告诉任何人。"

"我不明白。你是怎么知道的？"茱恩追问，可艾力克斯已经陷入了沉思，没有回答。

两人就这样沉默了几分钟。

"我们让他失望了。"茱恩说，"他本不该过那样的生活。"

"我觉得他在那里过得非常开心。图书馆就像他的第二个家。"

泪水顺着茱恩的双颊淌了下来。"我必须拯救图书馆。斯坦利为了替它抗争付出了一切。我不能再让他失望了。"

艾力克斯从桌子对面伸过一只手，放在了她的手上。茱恩感到一股暖意，任那种安全而舒适的触感停留了片刻。紧接着，想起他昨晚慌慌张张逃跑的事情，她赶紧把手抽了回来。

"时间不早了，你该休息了。"艾力克斯起身时，椅子在地板上发出了刺耳的刮擦声。茱恩微微蹙了蹙眉头。

"谢谢你亲自赶来告诉我。我很感激。"她知道自己应该送他出去，却实在是没有力气。

艾力克斯走到厨房门边时停了下来。"我差点儿忘了。"他把手伸进包里，掏出一本书，走回来把它放在了桌上。茱恩看到，那是一本《小熊维尼和老灰驴的家》。"这是帕克斯给我的，说这本书是他们在斯坦利的床上发现的。它是图书馆里的书。"

第二天一早，茱恩十点钟就离开了家。她今天只有一个地方想去，纵然那里正是她被禁止涉足的地方。

沿着商业街前往图书馆的途中，高耸的老钟楼逐渐出现在茱恩眼前。一股情绪涌上她的心头。她想起了小时候牵着妈妈的手走向这座建筑，满心期待自己又能在那里找到什么美妙的故事与冒险。她还想起了自己顺着这条路去上班的日子。那时的图书馆是一种安慰，一种安全感。可她今天感受到的却是无法抵抗的悲伤。她再也不会在打开前门时发现斯坦利正在那里等她，微笑着和她谈论天气。她再也无法一边将归还的书籍摆上书架，一边和他聊天，或是帮他做纵横字谜游戏。

她走进图书馆时，香黛儿是第一个发现她的人。"你听说了吗？"她红着眼睛问，"斯坦利星期四的时候还来过，说到了查友和运动的事情。他就坐在那里……"

茱恩顺着香黛儿的目光望向了斯坦利平日爱坐的地方。今天早上，尽管有人将一份《每日电讯报》整整齐齐地叠好放在了座位上，那里却空空荡荡。

"我听说他们是在村边的拖车里发现他的。车里既没有暖气，也没有通电。你能相信吗？"

"他是个注重隐私的人。"茱恩小心翼翼地答了一句。

"他就像我的爷爷一样。"香黛儿的眼里泛起了泪光。

茱恩听到左手边传来了熟悉的声响，转身看到玛乔丽从办公室里走了出来。她已经做好了被劈头盖脸臭骂一顿的准备，可玛乔丽抬起头时却勉强笑了笑。

"我听说斯坦利——"茱恩开了口。

"当然。你过来是对的。"玛乔丽回答。

"你女儿的婚礼办得怎么样？"香黛儿问。

玛乔丽咬紧牙关。"很好，谢谢你。"

"我已经把这本书读完了。简直太不像话了，真不知道为什么会有人愿意读这种垃圾。"

三人转过身，看到布太太昂首阔步地进了门，手里挥舞着一本《哈姆雷特》。看到她们全都聚拢在一起，她停下了脚步。"出什么事了？议会有消息了吗？"

谁也没有说话，于是茱恩站了出来。"布兰斯沃斯太太，我恐怕有个坏消息。斯坦利去世了。"

茱恩看到她猛地吸了一口气。

"他是在这里走的吗？"

"不是。"

"那他是一个人走的？"

茱恩点了点头，布太太闭上了眼睛。当她重新睁开眼睛时，眼神里却多了一份坚决。"你们都明白我们现在需要做些什么。"

270

"磋商程序还剩好几个星期。"茱恩回答,"我觉得我们应该去郡议会大楼举行抗议活动,看看这次能不能多找些年轻人参与进来。说不定他们还能展开一场学校罢工。"

"我这就给我所有的学院同学发信息。"香黛儿说。

"我不确定这有什么意义。"玛乔丽望着茱恩说,所有人的目光都看向了她,"茱恩,你是对的。布莱恩昨天终于向我坦白了一切,不过他是在我威胁要离开他之后才说的。"

布太太走起了眉头。"你在说什么啊?"

"恐怕并非所有的事情都被摆在了明面上。"玛乔丽回答,"一家连锁咖啡店已经盯上了这栋楼,一直在付钱请我丈夫帮忙。他们给这个地方开了个高得离谱的价钱,议会是不可能拒绝的。"

"你们这群混蛋!"布太太放声怒吼,"你和你那个该死的丈夫——"

"玛乔丽和这件事情没有任何关系。"茱恩打断了她的话,"她和我们一样,对此非常吃惊。"

"如果这就是一场骗人的勾当,那我们能不能报警?"香黛儿问。

"我不确定这能证明什么。"玛乔丽表示,"他们一直十分谨慎,没有邮件可以追踪,也没有任何对话的证据。显然我的丈夫比他看上去聪明多了。"

"可他对你坦白了呀。"茱恩指出。

"他会矢口否认的。"玛乔丽说,"这我倒是不在乎。就让他被抓起来，丢进监狱好了。我已经受够这个混蛋和他的谎言了。"

"玛乔丽——"茱恩很想为婚礼上发生的事道歉，可玛乔丽已经把脸扭了过去。

"我们必须把这件事情告诉警察。"香黛儿坚称，"不能让他们逍遥法外。"

"你说得对，香黛儿，但这救不了图书馆。"布太太摇了摇头，"调查这种事情要花好几个月的工夫。到了那时候，该如何处理这个地方，议会早就盖棺论定了。即便咖啡公司没有拿到这栋楼，也会有别人买下它。"

"那怎么办，我们就这么束手就擒了吗？"香黛儿问，"做了那么的多事，我们真的就一走了之了吗？"

"我们必须参加议会针对图书馆问题的投票会。"茱恩说，"这是斯坦利提议的，所以我们必须参加，让他们听到我们的声音。这是我们最后的希望。"

早上剩余的时间里，茱恩都待在图书馆。虽然她的网络使用权限被封锁了，但她一直忙于访客查询和书架整理。她帮一名女士上网处理了通用福利金的问题，还帮患有阅读障碍的小男孩选了几本书。能够回到书架和人群之中、重新找回目标的感觉真好。不过，每当听到有人拖着脚走进前门或是吹起口哨，她还是会抬起头，以为能够看到斯坦利的笑脸，紧接着才想起什么，一遍遍重温着怅然若失的感觉。

下午一点，图书馆关门了。茱恩发现楼里就只剩下她和玛乔丽。趁着上司在办公室里处理文书，茱恩找到斯坦利用过无数个小时的那台公用电脑，坐了下来。她打开浏览器，输入了一个网址。被问到密码时，她的手停住了。登录别人的电子邮箱账户是不是违法的？斯坦利把自己的密码告诉过她许多次，所以这算不上是非法侵入。茱恩的手指悬在键盘上，按了下去。

收件箱里空空如也，一封信也没有。她又点开了发件箱。也一样。紧接着，茱恩点开了草稿箱，屏幕上突然出现了一大堆信件，没有几百封也有几十封。所有信件都拥有同样的电子邮件地址，主题类似《来自多雨的英格兰的问候》和《图书馆之役的最新进展》。茱恩过了好一阵子才明白是怎么回事，心痛不已。

斯坦利给儿子写了这么多的邮件，却一直没有勇气寄出。

最近的一封邮件写于星期四，也就是四天前，那肯定是斯坦利在图书馆里度过的最后一天。茱恩把光标移了过去，她想再次读到这位老朋友的文字，听到他的声音。他那时候感觉如何？是不是身体不适？他快乐吗？

她又盯着邮箱看了一会儿，然后草草记了点什么，关掉了电脑。这些不是她该读的邮件。

那天晚上，茱恩考虑做点青酱意大利面当晚饭，却还是在最后一刻去了金龙餐厅。她走进餐厅时，乔治正站在柜台背后。

"还是老样子吗？"

"嗨，乔治。我能不能来份鱼香茄子、蒸米饭和你的四季豆辣炒猪肉？"

乔治一脸震惊地看着她，挑起半边眉毛，进了厨房。过了一会儿，艾力克斯出现了。

"我看到订单就在猜是不是你。你好吗？"

"还行。我今天早上去了趟图书馆。"

"情况怎么样？"

"很糟糕……但也不错。你觉得我们该不该为斯坦利举办一场葬礼？我不确定还能有谁来办。"

"我想斯坦利的律师会去处理的。"

"斯坦利还有律师？"茱恩无法掩饰心中的惊讶。

"我和斯坦利的律师聊过了。显然斯坦利指定的直系亲属是他的妹妹，所以他们想去找她，然后再做安排。"

茱恩不愿去想斯坦利的尸体正孤零零地躺在某个地方的殡仪馆里。"他需要一场体面的告别仪式。"

两人沉默不语地站着。

"茱恩，我有件事情得告诉你。"艾力克斯说。

她的目光紧盯着塑料硬贴面的柜台。是不是要说她在婚礼后丢人地试图献吻了？还是他终于愿意承认自己已经有女朋友了？不管怎样，这都是她现在最不想谈论的事情。

"我早就想说了，可发生了这么多事，我一直没有找到机会。"艾力克斯说。

"拜托，你什么都不必说的。"

"可我不想让你从别人那里知道。我——"

"乔治，你的气色看上去不错。"看到艾力克斯的爸爸提着她的袋子从厨房里走出来，茱恩赶紧开口招呼，"你的髋骨怎么样了？"

"很好，所以我不知道小艾为什么还待在这里。"乔治说，"我一直在跟他说，他可以回伦敦去了。"

"爸爸……"

"医生说我的髋骨已经痊愈了。你为什么还赖在这儿，碍我的事儿啊？"他抡起胳膊打了儿子一下，举手投足间却充满了疼爱。

"我该给你多少钱？"茱恩在包里翻找着钱包。

"九英镑五十便士。"

茱恩递去一张十英镑的纸币。趁艾力克斯还没来得及再多说一句，她抓起食物就跑出了外卖餐厅。

接下来的那个星期，茱恩一直躲着外卖餐厅和艾力克斯，也远离了图书馆。星期五那天，她收到议会发来的电子邮件，打开后却发现只是人力部门的人发来提醒她停职条款的简讯。邮件中提到，针对占领行动的调查正在进行中，他们会适时通知她调查的结果。

当天晚上，在她散着步去村里的商店买晚饭时，听到对面有人在呼唤她的名字。原来是布兰斯沃斯太太正把两只手臂举到头顶上来回挥舞。

"我一整个星期都在找你呢。"她穿过马路，朝着茱恩走来，丝毫没有理会身后呼啸着停下的汽车，"你到底跑到哪里去了？"

"哦，你知道的，四处闲逛呗。"事实上，茱恩并没有离开家。眼下她正在阅读《渺小一生》①，但发现它对缓解自身情绪没有任何的帮助。

"斯坦利的葬礼已经订好日子了。外卖中餐厅的艾力克斯告诉我，葬礼会在二十四号星期五的两点举行，地点在温顿火葬场。"

"可那天也是议会开会的日子啊。"

"我知道。"

"我们怎么办？"

"我问过艾力克斯葬礼的日子能不能挪一挪，可他觉得不行。显然斯坦利的妹妹只有一天时间能来。"

"我不能错过他的葬礼。"

"斯坦利已经在棺材里翘辫子了，他不会在乎的。"

茱恩皱起了眉头。

"不过，你觉得怎么做对就怎么做吧。"布太太说罢，大步流星地转身穿过了马路，任由司机们对她疯狂地打着手势。

---

① 美籍日裔女作家柳原汉雅（Hanya Yanagihara）创作的小说，荣获科克斯评论文学奖。

31

茱恩站在一座雄伟壮观的石头建筑前，注视着天空。乌云滚滚而来，眼看就要下雨，她却忘了带伞。她环顾四周，看看是否还有别人到场，却谁也没有看到。那么，就是如此了——她必须一个人前往。她看了看时间：一点五十分。她尽量不去理会胃里翻江倒海的声音，迈开步子走了进去。

八年前，茱恩来过这座建筑一次。室内的样子和她记忆中的一模一样。四壁的木质镶板，蜂蜡抛光机的味道，还有死气沉沉的寂静。上一次还人满为患、座无虚席、就连墙边都站满了人的地方，今天却空无一人。前方，曾经摆放过茱恩母亲的棺木、遍布鲜花的同一座台子上，放着斯坦利朴实无华的棺木，既没有鲜花也没有照片，连里面有人的迹象都看不出来。

茱恩迈上中央的走道，尽量控制着自己的呼吸。就在这时，她看到前排有个娇小的人影一动不动，以至于她起初都没有注意到她。那个女子头发灰白，身板挺得笔直，背对着茱恩。她一定就是斯坦利的妹妹了。

"打扰一下？"茱恩的声音回荡在冷风阵阵的屋子里。

女子转过身看着茱恩。她上了年纪，已经八十多岁了，穿着过时的海军蓝色羊毛套装，衬衫的纽扣一直系到了脖子下面。她满是皱纹的苍白双手紧握着放在大腿上。

"我叫茱恩·琼斯，是斯坦利的朋友。节哀顺变。"

女子紧盯着茱恩，灰色的双眼水汪汪的，然后一声不吭地把头转回了前方。茱恩不确定该做些什么，于是在走道的另一边找了一排坐下。两人就这样沉默不语地坐着，耳边唯一的声响就是屋后的时钟嘀嗒作响的声音，如同一个节拍器，数着令人心痛的每一秒。为了忍住想要转身跑出房间的渴望，茱恩尽量让自己的呼吸与时钟同步。

"嗨。"

她吓了一跳。艾力克斯站在她身旁的走道上，西装革履，系着黑色的领带。

"你来了。"

"当然。"艾力克斯在她的身边坐了下来。

接下来的几分钟时间里，又有几个人缓缓走进了房间。茱恩认出了针织联谊会的一个女子，儿童阅览室里的一对夫妇，一起参加过图书馆占领行动的另外一两个人。终于，一个男人从侧门走了进来，来到了斯坦利的妹妹身旁，手里还拿着一张纸。

"人到齐了吗？"男人问她。老太太点了点头，于是他走到棺木旁的讲台上。"女士们，先生们，我叫盖伊·威尔森，今天担任斯坦利·菲尔普斯葬礼仪式的司仪。在我开始之前，还有几件事情要做。首先，请所有人将手机调成静音模式。第二——"

屋后传来一声巨响。

"抱歉，我们来晚了。这个交通状况，真是见鬼了。"

茱恩猛转过头，看到布兰斯沃斯太太顺着走道大步流星地走了进来，身后跟着香黛儿、薇拉和杰克逊。

"我以为你们不会来了。"茱恩在布太太坐下时低声说道。

"我决定，即便那个老家伙不知道我在这儿，我也想来道个别。"

"是琳达奶奶让我们搭便车来的。"杰克逊坐在了茱恩的另一边，"茱恩，她说你得照顾好我。"

"不知道仪式后会不会有自助餐？"薇拉问。

司仪咳嗽了一声。"好了，如果人都到齐了，我们就开始吧。"

他说了几句关于葬礼的事，并表示斯坦利的妹妹要求不放音乐，然后发表了一段有关斯坦利的简短讲话。他说的都是些真实的信息，生日、出生地、父母和妹妹。他还说，斯坦利多年来一直从事特许会计师的工作，死于脑溢血。讲话中没有提到凯蒂或马克，或是任何有关图书馆的事。茱恩觉得自己并不认识他描述的这个男人。

"好了，鉴于这场葬礼十分简短，还有没有人想为斯坦利说上几句？”司仪看了看斯坦利的妹妹。整个仪式过程中，她都纹丝不动地坐在那里，被问到时拘谨地摇了摇头。

"其他人呢？"

他望向了那一小群人。茱恩考虑过自己想为斯坦利说的各种辞藻：他是个多么优秀的人，一直以来都是个和蔼可亲的朋友。她想要感谢他所做的一切——不仅仅是为图书馆，也为了她个人。茱恩感觉得到，艾力克斯正凝视着她，等待着。她望向了斯坦利的妹妹。对方正目视前方，僵硬得像根棍子。

"你还好吗？"艾力克斯低声问。

茱恩低头看了看大腿上颤抖不已的双手。事实上，她全身上下都在发抖，连带着牙齿也在打颤。她闭上双眼，想让自己冷静下来。

"哦，看在上帝的分上。"

茱恩睁开眼，看到布兰斯沃斯太太迈着大步走了上去，在讲台处停下脚步，深吸了一口气。

"我不擅长演讲，也讨厌葬礼，所以我就长话短说吧。但这场可悲的葬礼配不上斯坦利。"说到这里，布太太望向了斯坦利的妹妹。茱恩看不到她的脸，却看到老太太的双肩绷紧了。

"我和斯坦利认识已经不止十五年了，不过老实说，我从未过多地注意过他。他看上去太庸俗，爱穿花呢西装，爱读保守党的电讯报上那些乱七八糟的废话。可到头来，其实人是不可貌相的。"

"在过去的几个月中，性格温顺的小个子斯坦利·菲尔普斯证明了自己是一头雄狮，一个坚持自身信仰的男人，愿意为他的信念被逮捕。他还是一名真正的战友，为了保护他认为重要的事情甘愿奋斗至死——他这么做不仅是为了自己，也是为了所有人。"

布太太的声音颤抖起来。她咳嗽两声，清了清嗓子。

"如果我们要从斯坦利的人生中学到什么，那就是：寻找属于自己的声音，站起来大声斥责不公，永远都不晚。因为要是人人都能拥有斯坦利身上的一点点勇气和人性，世界就会变成更加美好的地方。"

听完她的讲话，茉恩想要爆发出一阵掌声，耳边却传来了响亮而悠长的吱吱声。她放眼望去，看到斯坦利的妹妹倚着拐杖站了起来。艾力克斯赶紧跳起来去扶她，却被那个女人一声不吭地甩开了。在众人注视的目光中，她转过身，谁也不看，以蜗牛般的速度迈上了中央的走道，走到屋后，拉开了大门。房门"砰"地在她身后关上，如同一记枪响，在寂静无声的房间里回荡。

32

　　茱恩一直坐在座位上，直到众人纷纷离开，才起身走到棺木旁。她抚了抚它，用指尖触摸着粗糙的木头。

　　"再见了，斯坦利。"她低声说，"抱歉我今天没能站出来讲话，但谢谢你。"

　　她把手伸进包里，掏出斯坦利一直在读的那本从图书馆借来的《小熊维尼和老灰驴的家》。她看着褪了色的旧封面上发黄开裂的塑料书皮，把书放在了棺材顶部本该摆放鲜花的地方。

　　门外，布太太、薇拉、香黛儿、杰克逊和艾力克斯正坐在黑色的出租车里等她。车窗在倾盆大雨中蒙上了雾气。

　　"他妹妹已经拍拍屁股走人了。"茱恩钻进车里时，布太太告诉她，"真是个可悲的疯老太婆。"

　　"我希望自己的葬礼持续的时间能比这长一些。"薇拉搭了一句。

"我们打算去普劳酒吧喝上一杯，纪念他。"车子驶出停车场时，艾力克斯说。

茱恩透过布满雨痕的车窗向外望去。车子来到一处环岛，驶向了返回查尔科特的出口。就是这样了。她已经和斯坦利告了别，现在能做的就是坐等议会会议的决定。她的心再次被一股无能为力的感觉淹没了。

除非……

"停车！"

"怎么了？"艾力克斯问道。所有人都转过头看着茱恩。

"这听上去可能有些疯狂，但如果抓紧时间，你觉得我们还能在投票开始前赶去参加议会会议吗？"

"会议半个小时前就已经开始了，他们是不会放我们进去的。"薇拉回答。

"也许不会。但我们应该试试，不是吗？"

"系好安全带！"艾力克斯大喊。司机在马路中间猛踩油门，打死方向盘，掉转了车头。车里响起一阵欢呼。

"狠狠踩下去，去他的限速。"布太太放声大叫时，车子差点闯了个红灯。

"你们赶紧去，我很快就追上来。"车子在议会的停车场里停下时，薇拉说。

大家争相下了车，你追我赶地冒雨奔向大楼。

"委员会的会议在哪儿？"众人冲进大门时，茱恩大声地询问接待台的女子。

"在主会议厅，不过会议已经开始了。"女子回答，但一行人已经奔上了台阶。

来到主会议厅，茱恩看到一个年轻的保安正守在门口。他抬起头，看到一群人顺着走廊朝自己跑来，眼中充满了警惕。

"抱歉，会议一个小时前就已经开始了。"他告诉赶到门边的众人，"你们来得太晚，已经进不去了。"

"拜托，我们真的得进去。"茱恩央求道。

"很遗憾，规矩就是规矩。"

"求你了，先生。"杰克逊用最天真无邪的声音请求。

保安摇了摇头，他的年纪肯定还不到十八岁。"对不起，我无能为力。"

"那我们塞给你二十英镑怎么样？"香黛儿问。

布太太走上来看了看他的名牌。"听好了，山姆·塔克。我要举报你妨碍了我的民主权利。"

"我只是在尽我的职责。"他后退了几步，"现在请远离门口，以免打扰会议。"

众人纷纷转身沿着通道往回走。

"好吧，我猜至少我们努力过了。"艾力克斯说。

"我简直不敢相信，就差这么一点点了。"布太太摇了摇头。

"等等。"茱恩猛转过身，询问保安，"你说你叫山姆·塔克？"

山姆点了点头。她又朝山姆走了回去。

"虽然可能性不大，但你是吉姆·塔克的亲戚吗？"

"他是我爷爷。"山姆看上去一脸困惑。

"到底谁是吉姆·塔克呀？"布太太问。

"山姆，你爷爷在你小的时候是不是经常带你去查尔科特图书馆？"茉恩问。

他一脸惊恐。"是啊，怎么了？"

"这么问听上去可能很唐突，但你还记得他是什么时候开始给你读故事的吗？"

山姆睁大了眼睛。"他是在我九岁的时候学会阅读的。这是怎么回事啊？"

"我叫茉恩，是查尔科特图书馆的助理。我就是那个教会你爷爷阅读的人。"

这个年轻人一下子面露喜色。"你就是茉恩·琼斯吗？"她点了点头，山姆大笑起来。"你是我家的英雄。爷爷以前经常提起你。他觉得你很棒。"

茉恩笑了笑以示回应。"为了能给你和妹妹读书，你的爷爷一直非常努力。"

"要是我告诉妈妈，我遇见了你，她肯定不会相信！你还在那里工作吗？"

"是啊——但还有件事：查尔科特图书馆正面临关停的威胁。此时此刻，就在这个会议厅里，议会正在投票决定是否要将它和另外五座图书馆关停。"

山姆满脸惊恐。"他们不能那么做!"

"这就是我们需要进去的原因。我们要尽力阻止他们关停图书馆。"

"可要是我把你们放进去,他们肯定会知道是我干的,我的饭碗就保不住了。"

"我们还有没有别的方法可以进去?有其他的入口吗?"

他想了想。"这个会议厅的楼上还有个阳台,眼下正在维修,所以上面没有人。"

茱恩笑容满面地看着他:"山姆,你太优秀了。爷爷会为你骄傲的。"

年轻人的脸红了。"顺着这里走,上楼后进'禁止入内'的那扇门。露台的入口是右手边红色的那扇门。"

大家匆匆顺着走廊爬上楼梯。来到"禁止入内"的门前,艾力克斯停下了脚步。"我们不能全都进去,不然就太引人注目了。"

一群人飞快地讨论后商定,由茱恩和布兰斯沃斯太太进去。两人蹑手蹑脚地顺着通道来到了红色的门旁。

"准备好了吗?"布太太压低嗓门问,茱恩点了点头。

她推开门。两人偷偷溜了进去。茱恩听到脚下正传来说话的声音。

"这件事我们可以讨论一整天,但数字是不言而喻的。"一个带着浓重鼻音的男人大声地说,"尽管近期的数字急剧上升,但图书馆的访问量比五年前下降了百分之十四,同期借书量下降了百分之二十。我认为它完全应该被关停。"

茱恩与布太太的目光交汇在一起,她看到自己内心的恐惧也反映在了布太太的身上。他们是在说查尔科特图书馆吗?

"但全国各地的图书馆访问量与借书量都在下降,规模较大的那些也不例外。"一个女人的声音回答,"就本案而言,与其他图书馆相比,这里每册书籍的借出成本很低。此外,当地社区的反应表明,图书馆获得了公众的大力支持。"

茱恩向前爬到露台边缘,想要看看能否望到楼下那一层,却什么也看不见。

"还有其他因素也要考虑。"第一个说话的男人表示,"正如咨询顾问的报告所强调的那样,如果还要继续运营,这座图书馆需要在未来的两年中花费大笔资金进行整修。"

"这方面的某些工作已经有人为我们做过了。"一个声音回答。房间里有人发出了心照不宣的模糊笑声。

"他们在说我们的事情。"布太太低声说道,嘴里呼出的气热乎乎地打在茱恩的耳朵上。

男子接着说:"我提议,与其为了维持图书馆的营业不得不支付整修费用,不如将它关停,考虑一下还能怎样更好地利用这个经营场地。在当前经费紧张的经济形势下,这里可以成为议会的宝贵资产。"

"该死的库巴咖啡。"布太太骂了一句。茱恩赶紧用手肘推了推她,让她保持安静。

"谢谢你，派克议员。投票前，还有其他人要补充什么吗？"一个颇有权威的女性声音问道，"请说，唐纳利议员？"

茱恩感觉自己的脸色渐渐苍白。理查德·唐纳利。

"谢谢，主席女士。我想谈谈图书馆近期发生的各个事件。如大家所知，这些事件在当地和国内都引起了很大反响。"

茱恩感觉手上有什么东西，低头一看，是布太太攥住了她的手。

"我们都能理解当地社区对这个问题满怀热情，但不容忽视的事实是，查尔科特抗议者在实施占领时展开了非法活动，并对图书馆建筑进行了犯罪破坏。"

"我记得没有人提起刑事指控。"女主席打断了他的话，"是我误会了吗？"

"嗯，没有，你说得对，但图书馆的内部出现了很大变动。"理查德说。

"这个胡说八道的骗子。"布太太骂道，"我要宰了他。"

"我担心的是，如果我们投票让图书馆继续开放，会令议会看上去是被查尔科特抗议之类的行动胁迫甚至是勒索了。我担心这会给当地其他的利益集团传递某种信息。"

"你是说，我们应该关停查尔科特图书馆，以此作为……对他们抗议的惩戒？"之前发过言的那个女性声音问道。茱恩完全不知道她是谁，但很想和她击个掌。

"不，爱丽丝，当然不是了。"理查德回答，"但我确实认为，我们应该在这件事情上意识到这一点。"

"谢谢你，唐纳利议员。"女主席表示，"如果大家都已发言完毕，那我们就针对查尔科特图书馆事宜进行投票吧。"

茱恩听到了耳朵里充血的声音。事情真的就要发生了。议会即将对她妈妈的图书馆的未来进行投票。

那也是斯坦利的图书馆。

她的图书馆。

"等等！"

茱恩站起身，俯视着脚下的大会议厅。几十张脸都转过来抬起头紧盯着她，令她感觉一阵眩晕。"我有话要说。"

"她是怎么跑到那上面去的？"一个红脸的男人指着她，"派保安上去，快！"

"抱歉，不能进行计划外的提问。"女主席说。

"拜托了。我叫茱恩·琼斯，是查尔科特图书馆的助理。"

"琼斯小姐，如果你要说的是停职的问题，我们已经决定为你复职了。"女主席表示。

"不是这件事情。"茱恩感觉头晕目眩，她到底在做些什么呀？这是她的妈妈才能做出来的疯狂之举，茱恩是绝不可能当着这么多人开口讲话的。她的大脑一片空白，抬头紧盯着头顶上镀金的穹顶，闭上眼睛，脑中回想起了布兰斯沃斯太太在占领图书馆时说过的话。*在为我知道是对的事情奋斗时，我从不害怕。*她还想起了妈妈站在学校门口，单枪匹马就是一条纠察线。斯坦利的面容也在她的脑海中浮现。画面中，警察正试图将他驱逐，而他站在图书馆的门后淡定地对她露出了微笑。

她睁开眼，低头注视着脚下的会议厅。

"今天，我去参加了朋友斯坦利·菲尔普斯的葬礼。如果你们有谁去过查尔科特图书馆，就有可能在那里见过他。他曾经每天都穿着西装，坐在自己最喜欢的椅子上看报纸。他这个人沉默寡言，儒雅有礼，不太引人瞩目。"

茱恩看到理查德·唐纳利怒目圆睁地抬头怒视着她，咽了咽口水。

"在你们扬言要关停我们的图书馆时，斯坦利加入了拯救图书馆的行动。他参加了每一场会议，并主动担任组织的财务主管。有一天，他下定决心，要占领图书馆。"

"他是个战士！"布太太在茱恩的脚边喊道。

"我有幸成为斯坦利的朋友，所以逐渐明白了图书馆对他为何如此重要。尽管斯坦利打扮光鲜、举止友善，却拥有一段坎坷的过往。"

茱恩听到远处有人提高了嗓门。肯定是山姆正在赶来的路上。

"斯坦利做过一些令他深感悔恨的事情，让他失去了心爱的人。可他告诉过我，无论事态多么糟糕，无论他犯了什么错误，总有一个地方是他的归宿。一个没有人会对他品头论足的地方，一个他能受到尊重和友好对待的地方。他把图书馆形容为永远能够接住他的安全网。"

"保安到底跑到哪儿去了？"理查德·唐纳利还在问。

"在斯坦利的帮助下，我明白了某些无价的道理。其实图书馆不仅仅与书籍有关。在这里，八岁的男孩可以放眼世界奇迹，八十岁的孤寡老妇可以拥有活跃的人际联系，少女可以找到写作业的安静之处，刚刚搬来的移民可以找到新的归属感。图书馆是所有人安全的归宿，无论贫穷还是富有，无论他们来自世界的何方，这个能让他们获取信息的地方会让他们变得更加强大。"

茉恩听到身后的房门猛地被人推开了，还伴随着脚步的声响。

"流动图书馆也许仍能为大家提供书本，却永远无法成为社区的中心。所以，拜托各位在为这六座图书馆投票时，多为斯坦利这样的人想想吧。也许你们现在还不曾意识到，没有了图书馆，我们每个人都会蒙受损失。"

房间里的人全都目瞪口呆，陷入了沉默。茉恩感觉到一只手搭在了自己的手臂上，转身看到山姆已经站到了她身旁，他身后还跟着两个气喘吁吁的男人。

"抱歉。你们必须离开了。"他说。

茉恩回头看了看脚下。众人仍旧抬头紧盯着她。她的目光落在了一个深色头发的女人身上，因为对方审慎地举起手朝她竖起了大拇指。茉恩感觉山姆拽了拽她的手臂，便转身跟着他离开了。

33

"为斯坦利三呼万岁！"

众人坐在普劳酒吧里，吃着老板为他们准备的自助餐。

"你的演讲真是让我印象深刻。"薇拉告诉茉恩，同时一手端着雪莉酒，一手抓着猪肉馅饼，"真希望我能亲眼看看唐纳利的表情——他肯定已经气得七窍生烟了吧。"

"我不敢说结果会有什么不同，但我很高兴自己说了点什么。"茉恩回答，"我已经很久不敢把心里的话说出口了。"

"你棒极了。"布太太拍了拍茉恩的后背。

"薇拉也很棒。"艾力克斯说。

薇拉眉开眼笑。"我告诉他们，我八十岁了，体重十八英石①。你们不跟我打一架是过不去的。知道吗，那个叫山姆的保

———————

① 一英石约等于 6.35 千克。

安男孩朝我使了个眼色，对那几个议员说他不能对一个退休老人动手。"

"干得漂亮，薇拉。"茱恩称赞道。

"哦，斯坦利肯定很想参与今天的事情。"香黛儿的话令众人陷入了沉默。

"唉，多亏了茱恩的演讲，他的精神肯定与我们同在。"艾力克斯说。

薇拉点了点头。"他们现在肯定没法投票关停图书馆了吧？"

"我们很快就能知道了。"茱恩回答，"眼下还是专心纪念斯坦利的人生吧。你们还记得他以前是怎么用铅笔做报纸上的纵横字谜游戏，然后再把它擦掉，免得被玛乔丽大骂一通吗？"

所有人都笑了。

"他还经常为我推荐可读的书。"杰克森附和道。

"他会帮我复习。"香黛儿表示，"他曾经花了好几个小时给我解释俄国革命。"

"是啊，可他根本不知道电脑该怎么用。"布太太咯咯笑了起来，"可怜的茱恩，我听他问过你不下一百次该怎么登录。"

茱恩笑了，却想起了所有不曾寄出的电子邮件。

"你们还记得他在占领图书馆时接受新闻采访，说他需要电脑来冲浪吗？"艾力克斯边说边掏出手机。大家看着视频片段，全都笑得合不拢嘴。

"你们看，这段视频已经播放过二十多万次了。"香黛儿惊呼，

"原来斯坦利是个网络红人啊，我们甚至都不知道。"

大家继续分享着他们最喜欢的有关斯坦利的故事，喝了更多的酒。过了一会儿，茱恩悄悄溜出去，在外面找了张桌子坐下。雨已经停了。太阳正在九月末的云层中挣扎着冒出头来。经历了今天所发生的一切，她已然筋疲力尽。议会怎么还没有消息？自从她被一路道歉的山姆硬拽出会议厅已经过去了近两个小时，会议不可能还没有结束。

"介意我陪你坐会儿吗？"

茱恩抬起头，看到艾力克斯正站在几英尺^①外的地方。"当然不介意。"

她在潮湿的长凳上挪了个位置，好让他紧挨着自己坐下。

"演讲很精彩。"艾力克斯说。

"站在那儿让所有人都盯着我看，我感觉就自己像个傻瓜。"

"可你做到了。你挺身而出，做了一件最让你害怕的事情。"

两人都沉默了片刻。

"茱恩，我有件事得告诉你。"

她望向艾力克斯，发现他一脸严肃。"怎么了？"

"没什么。嗯，我猜这个时机……时机非常不好。"

"你在说什么呀？"

"这件事我早就想告诉你了，现在必须说出口了。"

---

① 一英尺约等于 0.3 米。

茱恩的心沉了下去。她本以为今天已经不能更糟糕了，却事与愿违。"拜托，你不必解释什么。我都明白。"

"茱恩，我看你不见得什么都明白。"

"可我明白，艾力克斯。我知道埃莉诺的事情。"

他扭过头，看着她。"埃莉诺？你是怎么知道的？"

"我已经知道好几个月了。"

"谁跟你提起她的？是斯坦利吗？"

"不是的。我在你的电话上看到过她发的信息，还知道我那次给你打电话时，你和她一起待在伦敦。你为什么不知道直接告诉我，你有女朋友了？"

"等一下，埃莉诺是我的——"

"她知道我试图吻过你吗？"茱恩难为情地问，"艾力克斯，很抱歉我那么做。事情太混乱了。我喝醉了，才会犯下那么大的错误。"

两人陷入了短暂的沉默。"错误？"

"当然了。我不是那么看待你的。我是说，你是我的朋友，但我并没有喜欢过你之类的。"茱恩勉强笑了一声，紧接着却又希望自己没笑。那种笑声听上去假得不能再假了。

茱恩看向艾力克斯，以为他会为一切终于大白于天下而露出如释重负的表情。可他却望着手中的啤酒，一脸灰心丧气的样子。再度开口时，他都没有看向她。

"茱恩，我要告诉你的是，我准备搬回伦敦去了。"

茱恩感觉像是被人用空手道踢中了胸口，完全喘不上气来。

"爸爸已经好多了，餐厅不需要我帮忙了。我得回去工作了。"

"这是当然。"她尽力不让自己的声音颤抖。

"我的假期结束了，星期一重新开工，所以明天就要离开了。很抱歉这么突然地告诉你，但我之前就试过要告诉你，可你换了话题。"

"艾力克斯，我为你感到高兴。你肯定已经迫不及待想要恢复正常的生活了。"

茱恩不忍望向他，于是将目光投向了马路对面的图书馆。她一直知道艾力克斯会在某个时刻离开，却不曾想这个消息会令她如此伤心。她闭上眼睛，不愿在他的面前掉眼泪。

再次睁开眼睛时，她看到一个人影从图书馆门前跑过，身旁的巨大手提包晃来晃去。

"等等，那不是玛乔丽吗？"茱恩站起来朝她招手，"玛乔丽。玛乔丽！她要去酒吧了。"

茱恩冲进屋，把艾力克斯留在桌旁。她赶到人群中时，玛乔丽正好冲了进来。所有人都停止了交谈。

"有什么消息吗？"茱恩问。

玛乔丽弯着腰，跑得上气不接下气。

"看在上帝的分上，快说啊。"布太太催促道。

玛乔丽直起身子。"会议刚刚结束。他们已经做出了决定。"

"然后呢？"

"六座图书馆都将被关停，包括查尔科特的图书馆在内。"

茱恩瞪大了眼睛。"什么？"

"关停工作将在八个星期内完成。我们会得到一座流动图书馆作为替代，流动图书馆隔周来一次。"

"我们输了。"香黛儿说。

"茱恩被带走之后，现场一片混乱。为了查尔科特图书馆，他们又辩论了半个小时，但最终的投票结果是二十五比二十四——赞成关停图书馆。"

"我的上帝。"薇拉惊呼。

"不仅如此，他们最后表示，议会将就私人买家购买查尔科特图书馆建筑事宜展开讨论，目的是通过出售建筑弥补部分预算赤字。看来库巴咖啡会拿下这栋建筑。"

茱恩感觉内心有什么东西正在逐渐崩塌。"一切都结束了。"

大家目瞪口呆，面面相觑，沉默不语。杰克森双手抱住脑袋坐在那里。香黛儿的脸颊上滚落着泪珠。

"我很高兴斯坦利没有目睹这一切。"布太太轻声地说。

34

两个月后。

茱恩来到图书馆时，外面正停着一辆议会用的厢式货车。两个身穿工装裤的男人靠在车旁，呼出的哈气在十一月的冷风中结成了雾。她走进室内，发现玛乔丽正对着电话大吼大叫。

"可这也太荒唐了吧。我昨天就告诉过你，没有它们，我们无法运作……我不在乎新考利那儿是否有需要。我们这还有图书馆要运行。"玛乔丽重重地摔下了电话。

"今天又怎么了？"茱恩问。

"旋转书架。你能相信这些人有多不要脸吗？我告诉那两个笨蛋，要是他们敢动我图书馆里的任何东西，就别怪我对他们动手。我对天发誓！"

"玛乔丽，他们只不过是在做自己的本职工作而已。"

"可我们还要开放到明天下午五点钟呢。要是半数的装备都没有了，我该怎么让图书馆运营下去？"

茱恩走到屋后，挂好外套。一整个星期了，事情都是如此。星期一，他们拿走了儿童阅览室里的沙发。茱恩躲进厕所，免得任何人看见她掉眼泪。星期二，他们又搬走了几个书架。星期三，他们拿走了还书用的推车。茱恩和玛乔丽隔着窗户看着那几个男人费劲力气将它塞进厢式货车的后面。推车却像是有什么别的想法，一直转向酒吧的方向，气得那几个人懊恼地骂骂咧咧。几个星期了，这是茱恩第一次笑出声来。

她泡了两杯茶，递了一杯给玛乔丽。"你还记得我今天午餐时间要出门吗？"

"当然记得。"玛乔丽仍旧紧盯着窗外的厢式货车。

茱恩走过去打开了电脑。在还有这么多工作要做时把玛乔丽一个人丢下，她心里很不安，却也别无选择。今天下午将是茱恩有生以来第一次参加面试。她要面试的职位是肯特的图书馆助理。为此，她已经准备了整整一个礼拜——每当想到图书馆明天就要关门，她就心痛不已，能够借此分散注意力倒也不错。

"十点钟了。"玛乔丽在房间的另一头招呼她，"去开门吧，好吗？"

茱恩走过去打开了前门。如今，杰克逊代替斯坦利，成为了每天早上最早到达图书馆的人。茱恩开门时发现他已经站在了门前的台阶上，身上裹着粗呢外衣和围巾御寒。

"早安。"他溜溜达达地走向书桌。

"早安，杰克逊。今天很冷吧？"

男孩把书包从肩上卸下来，掷地有声地放在了地上。他打开书包，数出十二本书，一一摊在书桌上。"这些都是我要还的书。"

"当然没问题。你喜欢《麦田里的守望者》吗？你是怎么理解霍尔顿·考尔菲德①的？"

"这本很好看。谢谢。"杰克逊把手伸进大衣口袋，掏出什么东西放在了书本上面，"这个也给你。"

茱恩低下头，看到了杰克逊的借书卡。卡片的边缘已经起皱破损，旧得连上面的印刷字都被磨没了。

"你不必把它还回来的——你还需要用它来使用流动图书馆呢。"

"谢谢，但我不确定自己会去流动图书馆。"

"什么意思？"茱恩竭力不让自己流露出任何的恐慌，"你知道的，你还是可以预订书籍，流动图书馆每两周就会来送一次书。"

"我只是不确定自己真的想去使用大巴士上的图书馆。"他耸了耸肩回答，"它们不是一回事，不是吗？"

"你说的没错，它们不完全一样，但你还是可以——"

"我得走了。我们还要去探望姨婆玻琳呢。她有骨质疏松症。你知道吗，这种病会削弱你的骨骼，也就是说，你会很容易

---

① 《麦田里的守望者》的主人公。

骨折。"

"是吗？"

"我是在这里的百科全书中查到的。"他转身走出了前门。

茱恩注视着他离去的背影，咬了咬嘴唇。她向自己保证过，无论发生什么，这周都不会掉眼泪。

早晨的时光飞逝。鉴于图书馆马上就要关门了，镇上所有的人似乎都想再用一用它。茱恩忙得不可开交，帮助大家解答着各种问题。正午时分，她在重新整理书架时听到房间的另一头有人在高喊她的名字。抬起头，她看到布兰斯沃斯太太和香黛儿正健步如飞地向她走来。

"原来你在这儿啊！"

"嗨，你们好。"茱恩打了声招呼，被她俩坚定的眼神吓到了。

"你什么时候走？"布太太问。

"十二点半，怎么了？"

香黛儿看了看表。"那我们只剩下半个小时，得赶紧动手了。"

"你们在说些什么啊？"

"你打算穿什么去面试？"布太太问。

"嗯，就是这一身啊。"茱恩指了指身上的工装裤和白衬衫。

"我跟你说什么来着？"香黛儿翻了个白眼，对布太太说。

茱恩看了看两人。"怎么了？"

"你不能穿成这样去面试。"香黛儿说，"我稍微给你打扮一下，同时让布太太给你一些紧急关头的面试准备。"

"真的吗？"茱恩甚至没有意识到她俩知道她今天要去面试。

"没错，真的。"布太太回答，"好了，抓紧吧，我们还有好多事情要做呢。"

两人把她架到了厕所。接下来的二十分钟，茱恩任人摆布，被身兼发型师和化妆师的香黛儿用各种各样的工具戳来戳去、左捏右揉。与此同时，她还要回答布兰斯沃斯太太连珠炮一样提出的复杂问题。一切完工时，虽然还没有去面试，但茱恩已然精疲力竭。在两人审视的目光下，她站了起来。

"还不错。"香黛儿评价道。

"要我说，我们干得非常不错。"布太太心满意足地点了点头，"你自己照照镜子吧。"

茱恩转过身，对着厕所的镜子倒吸了一口凉气。她那套朴实无华的普通套装被换成了鲜艳的花朵连衣裙，腰间还系上了一条带子。头上的发髻也放了下来，紧巴巴的小卷不知怎么被香黛儿拉成了慵懒的大卷，披在一侧的肩头上。就连她的肤色也不再惨白，双颊泛着粉色的微晕，双眸炯炯有神。

"哇，我看上去——"

"你看上去美极了。"布太太夸赞道。

茱恩转过身看着她们，热泪盈眶。

"不许哭，睫毛膏会哭花的！"香黛儿说。

"好。"茱恩赶紧笑了笑，"谢谢你们。你们简直把我变成了另外一个人。"

"你才不是另外一个人呢。"布太太回答,"你还是我们其余这些人平日里眼中的那个茱恩,只不过你现在能看清自己了。"

"布兰斯沃斯太太,你怎么感性起来了?"茱恩笑着问她。

"才没有呢,见鬼,我哪儿有感性。我只不过是给你一些……"

香黛儿望着茱恩,挑了挑眉毛。"她又得没完没了地叨叨几个小时了。你赶紧去面试吧,祝你好运!"

35

"感谢你的到来，茱恩。我们保持联系。"

男子握了握茱恩的手。她转身走出前门，这才松了一口气。和布太太之前的盘问相比，这些问题就像是毛毛雨。尽管茱恩的经验可能不足以在这么大的图书馆里工作，但她至少熬过了面试，没怎么让自己丢脸。

她步行前往火车站，赶下一班火车。挤进车厢，她踏上了漫长的回家之路。火车开动时，茱恩从书包里拿出一本书，凝视着封面上的照片。那是一个皮肤白皙、身着摄政风格[①]服饰的女子的肖像：棕色的鬈发在她的脑后盘成了一个发髻，雪白的高腰连衣裙上洒着猩红色的鲜血。她嘴巴和下巴位置的皮肤剥开了，露出了可怕的齿骨。书名是《傲慢与偏见与僵尸》。

---

① 摄政时期（1811—1820）上流社会所穿的衣服而形成的服装风格。

早在夏天的时候，茱恩就预留了费福林图书馆里的这本书，可它一直处在外借的状态，没有归还。直到她昨天早上打开绿色的快递箱，在预留的一摞书本中看到了它，才回想起来。茱恩的第一反应是直接把它放回去，但某种感觉阻止了她。于是她伸手把它取了出来。此时此刻，她翻开封面，读起了第一页。"众所周知，一个拥有许多大脑的僵尸肯定会需要更多的大脑……"

　　茱恩到达温顿车站时，刚看到僵尸在尼日菲庄园的宾利舞会上吃掉了所有的仆人。她下了火车，坐上前往查尔科特的公交车，在商业街下了车。她没有在邮局处左转，而是继续朝着下一条路走去。茱恩绕远回家已经有一阵子了，还把每周一次的中餐外卖换成了自制的蔬菜饭。她告诉自己，这是因为她需要更加健康的生活，其实却是因为每次路过金龙餐厅都会令她感到心痛。艾力克斯走了。斯坦利走了。从明天起，图书馆也没有了。尽管茱恩不愿承认，但她在查尔科特剩下的就只有一座充满回忆的房子。

　　她迈上门前的小路，打开绿色的房门，走了进去。

　　"艾伦，我回来了。"她边喊边踢掉脚上的鞋子，挂好了外套。

　　茱恩走进客厅，打开灯。房间看上去和她今天早上离开时一模一样，和过去这八年中的每一天也没有什么不同。墙上挂着一样的老照片，茱恩和贝弗丽面带微笑地俯视着几十个相框。壁炉架上摆着同样的瓷制装饰品，书架上立着同样的书。茱恩走过去，用手抚摸着成排的书脊，走到母亲那本陈旧的《战争与和平》面前，将它从书架上抽出来翻了翻。书中间夹着一个书签，是初夏时她上一次试着读它时留下的。尽管茱恩不愿承认，但她永远也读不完这本书。

茱恩的脑海中闪过了一个念头。她走回厨房。台面上放着她收集的旧传单和小广告，都是从门缝下塞进来的，内容大多是她从未点过的外卖。她在里面翻了翻，直到翻出一张皱皱巴巴的粉纸。这就是她要找的东西。

你有不需要的旧书吗？樱桃树养老院迫切需要为住户提供二手书。各类图书都可接受。

茱恩十分了解这个地方。她和玛乔丽曾经每周都会过去一趟，为那里的住户调换图书馆藏书。那是一栋精致的爱德华七世时代风格建筑，巨大的窗户俯瞰着精心打理过的花园。她妈妈和琳达过去常开玩笑，说老了以后就一起在这里住下，一边喝着琴酒，一边挑选老头儿。占领图书馆时，樱桃树养老院也来了一些住户：茱恩对那个为大家演唱薇拉·林恩歌曲助兴的九十四岁老人印象尤为深刻。

她从洗碗池下翻出一只旧纸板箱，把它抱进客厅。茱恩再次拿起《战争与和平》，闭上眼睛将它举到鼻子下，闻了闻书页散发出的灰尘和烟熏味道。她就这样待了好一阵子，让书紧紧贴着自己的皮肤，然后看都没看就把它丢进了空纸箱。

一旦动起手来，茱恩就进入了麻利又有条理的图书馆助理工作状态。箱子很快就被装满了。于是她上楼又找来几只，很快也将它们装得满满当当。实在没有别的箱子可以装书时，茱恩开始把书高高地堆在地板上，按照题材分类。

　　接下来，茱恩又将注意力转移到了壁炉架上。她拿起"读书女孩"的装饰品，在手里转了转。她还记得，这是她七八岁那年妈妈从慈善义卖活动上带回家的。*谁都不想要它，可怜的小东西。*贝弗丽说，*宝贝茱恩，我觉得它看上去有点儿像你，就让它在这里开始新的生活吧。*

　　茱恩把"女孩"放在一边，又拿起了一个伦敦巴士的陶瓷模型，动手将它裹在一张旧的《公报》里。艾伦·班尼特坐在沙发上，一脸震惊却又好奇地望着她。

　　"这是为明年的夏日游园会准备的。"她告诉他，"别的人可以给它们一个家。"

　　茱恩暂时放下手中的东西去倒水，这才发现现在已经十点多了。她已经忙活了近四个小时。她仔细审视着乱七八糟的客厅：送给樱桃树养老院的一摞摞图书和为慈善义卖活动准备的报纸包裹堆了一地。这地方从没有这么乱过。茱恩突然感觉筋疲力尽。她还没来得及吃晚饭，于是钻进厨房做了个奶酪三明治，边吃边心不在焉地翻看今天的邮报。报纸里夹了张传单，上面提到费福林新开了一家中餐厅。茱恩感到一阵内疚，顺手将它放在了那堆传单里。传单下压着一份《公报》。茱恩正打算把它放在一旁用作包装纸，报纸上的标题却引起了她的注意：《警方介入，库巴咖啡退出图书馆交易》。标题下是莱恩·米切尔和他满脸丘疹的小照片。

由于唐宁郡议会面临腐败指控，库巴咖啡背后的跨国饮料公司已退出购买查尔科特图书馆的交易。

根据之前的报道，本报通过独家调查发现，查尔科特教区议员布莱恩·斯宾塞的银行账单显示，他的个人账号曾收到来自隆巴特公司的汇款。一名不愿透露姓名的议会内部人士向《公报》透露，斯宾塞议员收到的款项是为了贿赂郡县议员接受这笔交易。《公报》联系斯宾塞议员时，他拒绝置评。

上个月，唐宁郡议会面对证据展开了内部调查。有消息称，议会已要求警察介入，帮助调查。

隆巴特公司发言人表示，公司取消收购查尔科特大楼的决定与警方正在进行的调查无关。

"我们在毛丽地区找到了位置更好的地点，决定在那里开设一家库巴咖啡分店。"发言人告诉《公报》。

唐宁郡议会图书馆服务负责人萨拉·斯威特证实，图书馆仍将关停，而议会正在为查尔科特大楼寻找新的买家。

"我们关停查尔科特图书馆的决定完全基于独立管理咨询公司的分析结果，与将图书馆出售给库巴咖啡的考虑没有任何关系。图书馆仍将按计划于十一月十九日关停。"

茱恩丢下报纸。忙活了一晚上，她一次都不曾想起图书馆，但现在，现实却又轰然而至。尽管这样的报道每周都会出现在报纸上，给足了镇上人八卦的谈资，却不会改变任何事情。不管他们做了什么，图书馆明天还是要关门。

茱恩打了个哈欠，拿起最后一封邮件。那是一只封面写有她姓名和地址的纯白信封。打开信封，她掏出一封打印好的简短信件。

亲爱的琼斯小姐：

我致信是为了通知您，根据已故的斯坦利·威廉·菲尔普斯先生的遗嘱，您被指定为其身后遗产的唯一继承人。随函附上遗嘱有关条款副本一份，供您参考。

遗产程序处理完成时，我将再次联系您进行划拨。

E. 戴维斯

敬上

茱恩把这封信重读了好几遍，担心是疲惫的双眼在欺骗她。"身后遗产"是什么？她见过斯坦利居住的地方——除了那辆拖车，他显然没有任何财产。如果拖车就是他的遗物，那他真是太好心了，可茱恩到底该怎么处理它呢？

36

第二天早上六点半，太阳还没出来，茱恩就穿上外衣，裹好了围巾，还在脚上套了一双长筒靴。她避开外卖中餐厅，绕路右拐，走上了商业街。街上的商铺仍旧门户禁闭，街上几乎没有半点生机，只有几个睡眼惺忪的人正驱车赶着上班。

经过图书馆时，茱恩放慢了速度。还有几个小时，玛乔丽就将最后一次开启这里的前门。很快，读者们也将纷至沓来：薇拉和蕾拉会一起翻阅食谱书，几家人会坐进儿童阅览室，布兰斯沃斯太太也会来抱怨自己刚读完的那本书。茱恩转身背对着图书馆，走向小桥，迈上了河畔的步道。

走了大约一英里的距离，她拿出手机查了查路线，找到台阶，翻过去，开始在田野中穿越。脚下是一条多年来被人反复踩踏出来的狭窄小道。茱恩很想知道，是不是斯坦利的脚把这条路刻进了土壤里。来到田野的远端，她穿过一条狭窄的巷道，面前出现的巨大铁栏杆背后是成片的土地，旁边的牌子上写着"亚历山大地产"。她透过缝隙往里张望。时间尚早，这里还没有开工，四下空无一人，但她还是在昏暗中隐约看到几台挖掘机和一台挖土机正停放在一栋房屋旁。现场已经挖好了为新房子准备的地基。茱恩顺着小巷往前走，循着巨大的围栏走了五百米左右，在围栏的尽头看到了一片树篱。她找了条缝隙挤进去，沿着建筑工地的边缘钻进了远处的杂树林。

从树林里钻出来时，茱恩如释重负地看到拖车仍旧停放在原地，只不过看上去比以前更破旧了。走上前，她发现几条荆棘爬上了车子的一侧，车轮四周也缠上大团的荨麻。车门上挂着一张形状完美的蛛网，在晨光中闪闪发光。

她真的要进去吗？昨晚这似乎还是个绝佳的主意。既然拖车如今已经是她的财产，还不如动手把令人不快的清理工作做了，但茱恩还是在门口犹豫了。这里是斯坦利去世的地方，人们发现他的尸体前，他已经在这里躺了近四十八个小时。天知道这地方空了两个月后会变成什么样子，可她还是强迫自己转动了把手。这辆拖车曾是她的朋友称作家的地方。出于某种原因，斯坦利希望她能够拥有它。于是她鼓起勇气走了进去。

首先朝着茱恩扑面而来的是一股气味，比她想象中的还要糟糕。恶心腐烂的臭气令人作呕。拖车里拉着窗帘，伸手不见五指，于是她从兜里掏出手机，打开了手电。她屏住呼吸，向前迈了一步，看到水槽里摆着的应该是斯坦利最后一顿饭的残渣，如今已经化作了腐烂的半液体。茉恩把手伸进背包，掏出随身带来的橡胶手套和垃圾袋。她带上手套，闭上眼睛，一只手伸进水槽，把那团黏糊糊的东西和装着它的盘子舀起来，丢进了袋子。水槽旁的平底锅上覆盖着厚厚一层霉，也被她拿起来放进袋子，丢到了室外。

紧接着，茉恩拉开窗帘，打开两扇小窗，好让清晨的阳光和新鲜空气进入拖车。现在她看得清楚多了，车里和她记忆中的样子差不多。左手边那张狭窄的单人床仍旧铺得整整齐齐，床边挂着斯坦利的西装，上衣已经整理好，下面的裤子叠得一丝不苟。看到这些微不足道的物品被人如此用心地挂在那里，茉恩的喉咙哽咽了，她转过身背对着床铺。小小的桌子上铺满了成堆的纸，和她上一次到这里时一样。她认出了占领图书馆时大家制作的传单，以及看上去像是某次查尔科特图书馆会议的记录。就在茉恩仔细审视这些笔记、不知道该如何处理时，桌角的一只信封吸引了她的目光。她拿起信封，吃惊得差点儿把它掉在了地上。信封的正面写着这样几个字

查尔科特图书馆转交茉恩·琼斯。

茉恩用颤抖的双手将这封信拿到室外，坐在了拖车门前的台阶上。拆开信封，她从里面掏出一张薄薄的信纸，上面密密麻麻写满了字。开头的日期是九月九日，也就是斯坦利去世的前一天。

我最亲爱的茱恩：

展信佳。我猜这封信可能会令你感到震惊，为此我深表歉意。不过请你迁就一下我这个老人。趁着自己还有力气，我有些重要的事情必须与你分享。

今年初夏，用你们年轻人的话来说，我的"处境不太好"。令我引以为豪的是，我一直没有表现出来。童年在英国寄宿学校的经历很好地教会了我隐藏内心的情感，但事实上，对往昔的愧疚令我背负着沉重的负担，几乎已经彻底将我吞噬。除此之外，那些该死的房地产开发商也给我带来了巨大的压力。总之，我产生了相当绝望的念头。

后来，我们的议会友人宣布要关停图书馆，一切都改变了。我曾经详细地和你说起，我为何对图书馆满怀热情——不仅是查尔科特图书馆，而是每一座图书馆。尽管我不愿承认，但毫不夸张地说，图书馆不止一次拯救了我。我终于感觉自己拯救图书馆、以示回报的机会来了。写下这封信时，我还不知道我们这场战斗会有什么结果。恐怕我永远也不会知道了，但无论发生什么，我都清楚，我们已经尽了最大的努力去反抗。

不过，亲爱的茱恩，改变我人生的不只是图书馆运动，还有你。我知道你听到这里会红着脸否认，因为你习惯这么做，但你给我的友谊，在听到我的过去时不对我品头论足的做法，以及对我的未来保持乐观的态度，都帮我卸下了肩头的一部分罪恶感。我永远不会原谅自己对待妻儿的方式，但你让我感受到了些许的

313

快乐——我敢说其中还有希望。对此，我将永远心怀感恩。

再说回最近发生的事情。昨天，为了签署临终遗嘱，我和律师见了面。我向你保证，这对你我而言都是个惊喜。我之前并没有什么东西可以留下。老实说，我连一个可以遗赠的人都没有。所以你问我，是什么变了？前段时间，我随口和亲爱的乔治·陈提了一句，那些讨厌的房地产开发商想要我拖车停放的这片土地，一直在对我施压。他建议我联系他的儿子艾力克斯。你知道他是个优秀的律师。艾力克斯继而帮我联系了他的一位熟人，埃莉诺·戴维斯。她在逆权侵占方面颇有研究。我就不用法律细节来烦你了，但似乎因为我在这片土地上已经生活了足够长的时间，有权提出所有权要求。戴维斯小姐和我花了一年多的时间处理文件，应付没完没了的繁文缛节。几天前有消息传来，说我现在已经是这块被我称之为家的土地的注册所有人了。

不过，唉，我似乎没有多长时间能够享用它了。几个月前，我摔了一跤，后来又去了越温顿医院的急诊室。医生提醒我，其实我的脑袋里长了个恶性肿块。好心的医保医生为我提供了许多检查与治疗方案，但这意味着我要长时间住院，还拿不到任何长期的解决方案。所以我选择利用剩下的时间去为我们心爱的图书馆据理力争。但最近几天，头痛的情况愈发严重，让我害怕死亡的长眠正在加速靠近。这正是我现在给你写信的原因。在这最后的时刻，能够知道我能为你——我最亲爱的朋友留下些什么，我的心中感受到了莫大的满足与欣慰。

我已经吩咐律师着手将这片土地出售给房地产开发商。我无法想象他们会为这么一小片灌木丛林地支付多少，但我希望能给你留下一点财产。你可以随心所欲地利用这笔钱，我唯一的请求就是你能考虑用它离开查尔科特，去看看这个世界。我曾在照片中看到布拉格的克莱门汀学院拥有一座雄伟壮观、满是壁画的巴洛克风格图书馆大厅。或者，我相信你会喜欢纽约公共图书馆的玫瑰阅览室。无论你选择如何处置这笔钱，亲爱的茱恩，我都祈祷你能够重新开启自己的人生。

　　好了，再见了。再次感谢你给予我的善意。

你的朋友，

斯坦利

　　茱恩从信上抬起头，在晨光中眨了眨眼睛。她想起几个月前，斯坦利来到图书馆时脑袋上贴了一小块膏药。他保证那不过是擦伤，还抱怨过几次头疼。但脑瘤？他肯定是可以通过手术摘除它的吧，或者至少是可以用化疗来延长自己的寿命。他俩一起促膝长谈过那么多次，他为什么从没有提起过此事？想到他明知自己命不久矣，还不愿告诉任何人，茱恩打了个寒战。

　　她望向草地，看着露水在高高的草杆上闪闪发光。没有车水马龙，也没有外界的干扰，这里如此宁静，只有林间的鸟鸣与风声。等开发商的推土机开进来，把这片土地浇筑成他们想要的建筑，这份宁静很快也会烟消云散，随之消失的还有斯坦利曾在这

315

里生活过的一切痕迹。

茱恩感觉口袋里嗡嗡作响，于是掏出手机。一串未知的号码闪现在屏幕上。她按下应答键，把手机贴在脸颊上，双眼仍旧凝视着草地。

"你好，是茱恩·琼斯吗？"一个男人的声音问道。

"请讲。"

"抱歉这么早打电话来，我……见鬼……稍等，我把咖啡洒在书上了。该死，稍等……"

茱恩能够想象，此人正是她昨天面试时认识的戴维，一个身材矮小、愁眉苦脸的男人。两人对话的过程中，他发白的头发上一直粘着一张小孩子的贴纸，茱恩一直在考虑是否应该告诉他。

"好了，抱歉。我只不过想趁手头的事情忙起来前把电话打完。"

好了。谢谢，不过不必了，你不是我们要找的人。

"我昨天和同事们商量了一下，大家一致同意你会是这个团队出色的新成员。所以我很高兴为你提供图书馆助理的全职职位。最好能尽快上岗。"

茱恩眨了眨眼睛。"真的吗？哇，那太棒了，非常感谢。"

"很好。我们会通过电子邮件将合同与各项细节发送给你。期待你的加入。"

茱恩挂断电话。身后，她听到了挖土机开动的声音，机械的磨合声打破了周遭的静谧。两英里外，图书馆最后一天的第一批访客很快就会到达。她家的房子里，母亲的成箱遗物正等待被人取走。真的没有什么能把茱恩留在查尔科特了，这是她人生中第一次没有被这个念头彻底吓倒。

茱恩站起身，关好拖车的大门，沿着树林往回走。步行途中，她又把斯坦利的信拿出来读了一遍，目光在信纸上扫视，停在了之前只瞥了一眼的某一行字上。

艾力克斯继而帮我联系了他的一位熟人，埃莉诺·戴维斯。

茱恩的脑海中闪过了一个念头。她停下脚步，再次掏出手机，翻到她想找的那个号码。电话铃响到第三声时，有人接了起来。

"嗨，我是茱恩。你忙吗？我们可以聊聊吗？"

37

　　茉恩赶到图书馆时，时间已经是下午三点。

　　"你到底跑到哪里去了？"玛乔丽正站在借书台旁，或者更准确地说，是借书台曾经所在的地方，那里现在只剩下了一把椅子。

　　"抱歉。"茉恩回答，"我临时有点儿事。"

　　"你能相信吗，他们竟然把电脑和书桌也搬走了？一群趁火打劫的家伙。趁火打劫！"

　　茉恩环顾四周。所有的桌子都不见了，角落里堆着等待用来装书的板条箱。图书馆的几名读者正站在已经空了一半的书架前，一脸困惑。

　　"我以为他们至少会等到我们五点钟关门。"玛乔丽摇了摇头。

　　"嗨，茉恩。"香黛儿走了过来，"我一直在想，醒来后这一切会不会就是一场噩梦。"

"香黛儿，我懂你的意思。"

"蕾拉和我今天早上去了趟温顿图书馆。"薇拉从烹饪书的区域走过来，加入了她们的对话，"那地方糟透了，又大又缺乏人情味。我们想给穆罕默德的生日找一份蛋糕食谱。"

"哦？"

"他下周就满十五岁了。蕾拉邀请我去参加他们的家庭聚餐，我说会给他做一个彩虹蛋糕。"薇拉说。

"这玩意儿简直是狗屁不通。"茱恩寻声望去，看到布兰斯沃斯太太昂首阔步地走进门，手里挥舞着一本《哈利·波特与魔法石》，"一群养尊处优的孩子和一丁点儿魔法，简直就是垃圾。啊，你好啊，茱恩。面试怎么样？"

"很顺利，谢谢。我被录用了。"

"真是个好消息。"香黛儿咧嘴一笑，"那你什么时候上岗？"

"他们说尽快。"

"嗯，我很高兴图书馆关停这档子破事还是带来了一个好的结果。"布太太回答，"斯坦利会为你高兴的。"

"说到斯坦利，我有个消息。"感觉众人的目光全都集中在她的身上，她咽了咽口水，"我今天早上发现了他写来的一封信。"

"斯坦利写的信？"杰克逊从儿童阅览室里钻了出来，"信里说什么？"

"嗯，原来他立了遗嘱。"

"他能在遗嘱里留下什么？"玛乔丽问，"这个可怜的男人自己都无家可归。"

"斯坦利在信中告诉我，他设法获得了他占用的那块土地的所有权，决定将土地卖给房地产开发商。"

"他到底为什么要那么做呀？"布太太问，"他讨厌那些开发商——他们让他活得好痛苦。"

"所以，还有另外一件事。斯坦利知道自己就要死了。"

"哦，仁慈的上帝啊。"薇拉在身前划了个十字，"我脊梁骨都发凉了。"

"他长了脑瘤，却拒绝一切治疗。我猜正是因为他知道自己快要死了，所以才决定卖掉土地。"

"可怜的老家伙。"布太太摇了摇头，"不过这一切和你有什么关系？"

茱恩感觉双颊越来越热。"呃，出于某种原因，斯坦利决定把钱留给我。"

"哦，那太好了。"玛乔丽望着茱恩笑了笑，"他一直很喜欢你。"

"你打算怎么处置这些钱？"薇拉问。

"如果我是你，就彻底搬出这个镇子。"香黛儿嘟囔起来。

"我可以这么做。但我还有另外一个主意。"

茱恩的手机哔哔响了起来。屏幕上出现了一条短信，内容只有两个字。"好了。"

"怎么了？"布太太问。

"是艾力克斯发来的短信。"

"看在上帝的分上，我们才不在乎你的感情生活呢。你不是在跟我们说斯坦利立遗嘱的事情吗？"

"这就是和斯坦利有关。他在信中提到，艾力克斯帮他联系上了一个名叫埃莉诺的女律师。我今天早上给艾力克斯打了个电话，他告诉我，那是他的室友埃莉诺，她一直在处理斯坦利的遗嘱和出售土地的事情。"

"好的，然后呢？"布太太追问道。

"艾力克斯说，斯坦利本打算以一至两万英镑的价格出售土地。结果开发商真心想要拿下这里，主动给埃莉诺报出了近十万英镑的价格。"

"就为了那么一片荒废的土地？疯了吧？"

"显然他们想要修建一座豪华的综合性休闲中心，斯坦利的那块土地正是其中的关键地段。"

"所以这些钱就都是你的了？"玛乔丽问。

"还有一些款项是必须支付的，但艾力克斯说，我可以拿到其中的大部分。"

香黛儿睁大了眼睛。"想想看，那么多钱，你都可以做些什么。"

"我已经决定了。这笔钱我只想用来做一件事情。"茱恩看了看身边的图书馆，又看了看面前站着的这群人，"我想要买下这栋楼。"

五张脸全都震惊地盯着她。

"什么？"玛乔丽叫出了声。

"库巴咖啡的买卖落空了。议会正在寻找新的交易，所以艾力克斯已经联系了他们安排租约。这就是他刚刚发短信说的。"

"可你要这栋楼做什么？"杰克逊问，"我的意思是，你不会想要住在这里吧？"

"不是的。"茱恩回答，"我想把这里继续当做一座图书馆。"

"你疯了吗？"玛乔丽紧盯着她，"你好像忘了，议会已经让我们关门歇业了。我是说，看看这个地方。"她指了指已经空了一半的房间。

"所以我刚刚去找萨拉·斯威特和议会的领导谈了图书馆的事情。"茱恩回答。

"他们打算把它保留下来吗？"薇拉紧紧抱住茱恩的胳膊，"请告诉我，他们改变主意了。"

"恐怕没有。决定已经无法改变了——他们不会再为这里提供资金了。"

"混蛋。"布太太骂道。

"不过他们同意考虑将它作为社区图书馆重新开放的申请，我们镇必须自行筹集图书馆的所有运营资金。如果我们可以证明自己能做到这一点，议会就能把藏书和所有技术设备都留下。这样我们就能继续成为图书馆服务的一部分了。"

"所以查尔科特还能拥有一座正规的图书馆？"香黛儿惊呼，

"那可太——"

"等等。"布兰斯沃斯太太举起双手，拦住了众人，"社区图书馆不算是正规的图书馆，甚至连馆员都没有，只有志愿者。更重要的是，我们不该自行经营图书馆。这是我们纳税后议会应该提供的。"

"我懂，布太太，我完全同意。"茉恩回答，"可议会已经不打算提供图书馆了，不是吗？他们每两周会给我们提供一次流动图书馆的服务。总之，我知道这和我们以前拥有的正规图书馆不一样，但至少镇上能有一个供人们借书的避风港。"

"我很乐意帮忙管理。"玛乔丽说，"我今天就正式退休了，家里那个哭哭啼啼的丈夫也被我撵出家门了，所以现在我有的是时间。"

"我还以为你想让这个地方关门呢？"布太太说，"你以前从没有对挽救图书馆表现出任何兴趣。"

玛乔丽盯着自己的脚。"我是个傻瓜。我太害怕议会了，不敢介入，还相信了布莱恩说他会在幕后拯救图书馆的话。现在是我弥补的机会了。"

"我也愿意帮忙。"薇拉说，"也许我可以卖些蛋糕来筹款？"

"我可以为我们多写几首诗。"杰克逊说。

"议会允许我们这样做的吗？"玛乔丽问茉恩。

"我们需要提出报价，并说明图书馆将如何运营，如何获得资金。"茉恩说，"但萨拉和议会的领导说，他们愿意给我们六个月的时间。在此期间，他们不会接受其他有关这栋楼的报价。"

"要做的工作可不少呢。"玛乔丽说，"我不会让自己镇上的图书馆低于标准的，要干就得好好干。"

"茱恩，你确定想把这笔钱花在这件事情上吗？"香黛儿问，"想想你能用它做多少事情啊。"

"老实说，这也不是我的钱，对吗？"茱恩回答，"我想，要是斯坦利知道那片土地有多值钱，也会把它用到这里的。斯坦利比谁都想挽救这座图书馆。现在他以某种方式做到了。"

"我还是觉得这是在胡扯。"布太太皱着眉头，"但你是对的，为了斯坦利，我们得努力维持这里的运营。"

"你打算做些什么？"玛乔丽转头问茱恩，"你会留下来帮我们经营它吗？"

茱恩没有马上回答。她想了想在资源丰富的大图书馆工作的机会，想了想装满妈妈遗物的房子。一瞬间，艾力克斯的脸浮现在她的脑海中，茱恩赶紧把那张脸拉出脑海。

"怎么样？"玛乔丽追问，"你要不要加入我们？"

第五部

展翅高飞

38

七个月后。

茱恩缓缓迈上门前的小路。透过窗户，她看到陈旧的红窗帘已经在阳光下褪了色。野草从铺路石间钻了出来。她弯腰想要拔上一根。妈妈总是把房前花园打理得一尘不染，还会在路旁栽上天竺葵，但这些年来，茱恩一直没有管它。

"需要帮忙吗？"

一个年轻女子站在茱恩身后，两只手各提了一只购物袋。一个鬈发的小男孩正在她的腿后张望。

"我是来找琳达的。"

"她住在隔壁，十号。"

"谢谢。"茱恩犹豫了一下。该不该告诉她，自己是谁呢？两人的沟通都是通过律师进行的，所以茱恩以前从未见过这个女人。

"这里是我家。"男孩从妈妈的身后钻出来，紧盯着茉恩。他肯定有四岁了，和她第一次搬来这里时的年纪相仿。

"真是座漂亮的房子。"茉恩称赞道。

"那里是我的卧室。"他抬手指了指二楼的前窗。那里正是茉恩以前的房间。"屋里的墙是粉色的，我最喜欢的颜色。"

"走吧，丹尼，我们得进屋吃午饭了。"他妈妈朝着茉恩微微了点点头，沿着小径朝前门走去，男孩却一动不动。

"我们还有花园。"他说，"我有一个秋千。"

"听上去真不错。我能问你一个问题吗，丹尼？"

男孩严肃地点了点头。

"你喜欢读故事吗？"

"喜欢。我还没开始上大学校呢，就已经可以自己读书了。"

"哦，那我能不能告诉你一个秘密？"茉恩蹲到与他视线齐平的位置，"在你家的阁楼里，就在水箱的后面，藏着一箱的书。它们属于曾经在这里住过的一个小姑娘。"

丹尼的双眼看上去就像茶碟一样。"你在开玩笑吗？"

"没有。那个小姑娘也喜欢阅读，那些书是她留给下一个居住在这里的小男孩或小女孩的。所以，它们现在是你的了。"

"来吧，丹尼，快点儿。"他妈妈在屋里呼唤他。

"都是些什么书啊？"他问。

"那你就得拭目以待了。"茉恩回答，男孩朝她咧嘴一笑。"再见，丹尼，很高兴认识你。"

"再见！"丹尼从茱恩身边绕过，冲进了屋子。茱恩听到他放声大喊："妈妈，有给我的书放在——"房门重重地关上了，一切又归于平静。

茱恩微笑着穿过车道，按响了十号的门铃。她听到一阵熟悉的铃声。没过多久，房门打开了。琳达穿着一身翠绿色的运动服，抹着同色系的眼影出现在门口，光彩照人。

"茱恩！"琳达一把将她揽入怀中，"看看你的头发，亲爱的，怎么这么漂亮啊？"

茱恩摸了摸自己的头发，还是不太习惯这种感觉。一个月前，她鼓起勇气把头发剪掉了，现在留的是卷曲的波波头，短得再也盘不成发髻了。

"好了，别客气，进来吧。"琳达招呼茱恩跟她走进厨房，"你的生日过得怎么样？"

"很有意思，谢谢。我和卡佳还有几个工作中认识的朋友一起吃了晚饭。"

"你那个漂亮的室友怎么样？"三月份时，琳达曾去茱恩那里小住过一阵，认识了卡佳。两人一见如故，熬夜喝酒喝到凌晨两点。琳达讲了不少茱恩小时候的囧事，逗得卡佳十分开心。

"她很好。"

"工作方面呢？"

"一切顺利。图书馆很忙，每周都有几十种不同的活动。我参加了很多扫盲活动，还成立了纵横字谜解密俱乐部。"

"哦，真棒啊。"琳达称赞道，"看看谁来打招呼了。"

她冲着门口点了点头。茱恩转过身，看到艾伦·班尼特迈着悠闲的步子走进了厨房。

"艾伦！"她赶紧坐到地板上，试探性地朝着猫咪伸出了双手。艾伦犹豫了。一瞬间，茱恩以为它会躲开，可他低下头，轻轻蹭了蹭她的手。"嘿，老朋友。"茱恩低声说道，感觉喉咙哽咽了，"我也想你了。"

"小公爵一点儿也不客气。我给它买了个漂亮的小床放在客厅里，可它就是喜欢睡在烘干柜的毛巾上。它很喜欢杰克逊陪它玩，还会让杰克逊摸，可乖了。"

"它在这里过得很好。"茱恩搔了搔艾伦的耳后，"我从没见它这么满足过。"

"趁我还没有忘，这个是给你的。"琳达从窗台上取下一只信封，递给茱恩，"这一百二十八镑是上一次卖旧货时马丁卖掉你那些旧桌椅板凳的钱。"

"谢谢，琳达。"

"你确定要把你妈妈所有的装饰品都拿去慈善义卖吗？游园会下个周末才举行，所以你还可以改变主意。"

"我确定，而且我也知道这会是妈妈希望的。"

"好样的，亲爱的。"

茱恩在搬家之前和琳达花了三天时间清空房屋。家具被拿去卖了旧货，樱桃树养老院十分欣喜地接收了所有书籍。茱恩只给自己留了几箱子书。《玛蒂尔达》与《小熊维尼和老灰驴的家》现在正摆在她新卧室的书架上，旁边还立着那个陶瓷女孩。

琳达做了两只三明治。两人抱着食物来到了花园。

"这里看上去美极了。"茱恩一边说，一边欣赏着五彩缤纷的花朵。

"你真该看看隔壁是怎么改造你家原来那座花园的。"琳达说，"他们清除了所有杂草，还给家里的小孩装了个秋千。我隔着围栏听到过小家伙咯咯的笑声，让我想起了你小的时候。"

"我刚才和他们母子匆匆打了个照面。"茱恩回答，"看起来人不错。"

"他们是个很温馨的家庭。"

茱恩咬了口三明治，向后靠着坐下来，任由阳光温暖着自己的皮肤。她一直都很害怕看到另外一家人住在她和妈妈的老宅里，所以迟迟不肯回查尔科特。但现在她来了，感觉也没那么糟糕。

"那你要去趟图书馆吗？"琳达问。

"是啊，我是这么想的。不过再去那里让我有点紧张，不知道会发生什么。"

一开始，茱恩还经常和布太太、玛乔丽互通电子邮件，但房屋租赁协议敲定之后，她们之间的通信就逐渐减少了。茱恩并不想打扰她们，她已经几个月没有听到图书馆的任何消息了，上周才收到一封邀请函，赶来参加今天下午的盛大开幕仪式。

"对了，有没有什么别的八卦？"琳达问，"你提起过的那个男同事怎么样？"

"我们约会过几次，但我感觉他没有什么吸引我的地方。"其实不感兴趣的人是茱恩，因为她已经心有所属，就是不愿对琳达承认。

"但你已经在新的地方安顿下来了，对吗？"琳达问，"我一直在为你担心。"

茱恩笑了，"我过了好一阵子才适应，不过现在已经感觉非常自在了。"

"亲爱的，你妈妈会很高兴的。她一直希望你能展翅高飞，离开查尔科特。"

"我知道。"

"你也知道，你在这里永远都有一个家。"琳达伸出手，牵住了茱恩，"我和艾伦·班尼特就是你的家人，你可永远都别忘了。"

走进图书馆的前门，茱恩看到的第一个人是站在桌子后面为读者服务的布兰斯沃斯太太。

"玛丽安·凯斯，你确定要借这本吗？"布太太一脸怀疑地审视着手中的书，"我读过她的一本书，写得可烂了。"

"其实我很喜欢。"那个女人一把将书夺了回去。

"随便你。"布太太挑了挑眉毛，紧接着看到了茱恩，"哎呦，哎呦，看看风把谁吹来了？"

"你好，布太太。"茱恩打了声招呼，"真不敢相信，他们竟然会派你和公众打交道。"

布太太大笑着捶了茱恩一拳。"我的朋友，很高兴再次见到你。你觉得老地方怎么样？"

茱恩转身仔细打量着图书馆，做好了因为怀旧而痛彻心扉的准备，但这个房间和她上次来的时候几乎完全不一样了，后墙上的书架已经被摆着咖啡机的柜台取代，一半的室内面积都被小圆桌占据，桌旁坐满了聊天的人。薇拉正站在柜台后操作收银机，身旁的蕾拉将蛋糕盛放在盘子里。电脑被挪到了前面的位置，玛乔丽的办公室重新被用做了储藏间，门口还摆着一辆闪亮的新推车。儿童阅览室看上去也进行了重新装修，她能看到里面的杰克逊身上戴着"儿童志愿者馆员"的标志。但最吸引茱恩目光的还是大门上方的墙面上悬挂的巨大镶框照片，那是占领图书馆期间拍摄的。画面中，斯坦利、茱恩和布兰斯沃斯站在图书馆门外，头上悬挂着"拯救查尔科特图书馆"的巨型横幅。大家用胳膊搂着彼此的肩膀，对着镜头咧嘴微笑。看到斯坦利，茱恩的喉咙哽咽了。

"看起来简直是大变样。"茱恩说。

"那真是一场血战啊。我们差点儿筹不到足够的钱，但玛乔丽及时为我们找到了一位富有的赞助人。"

"她在吗？"

"当然。就算我想摆脱这个老悍妇，也不可能啊。"布太太朝着储藏间点了点头。茱恩走过去，听到昔日的上司正在痛斥一个老先生。

"唐纳德，我知道按照颜色排列书本看起来更漂亮，但杜威的十进制分类法经过了几十年的改进，是种十分高效的分类系统。下次请试着用一下好吗？"

"嗨，玛乔丽。"茱恩打了声招呼。

"我真想把他们中的一个人干掉。"玛乔丽看着离去的志愿者嘟囔道，"他们各个都觉得自己什么都懂，简直快把我逼疯了。老天哪，我好想你啊。"

茱恩十分确定这是玛乔丽第一次夸奖她。"图书馆看上去很不错。"

玛乔丽皱了皱鼻子。"这里已经不一样了——过去举办过的活动现在半数都举办不了——但我对眼下的成就非常骄傲，尤其是考虑到筹款有多困难。"

"你还在这里做志愿服务吗？"

"其实我现在是带薪在这里兼职的，多亏了我们的赞助人。"

"什么赞助人？"

"你还没见过他吗？他就在那里。"玛乔丽指着房间对面正和香黛儿聊天的那个男人。他个子很高，穿着一身看似十分昂贵的西装，深色的发丝间已经有些花白。他抬起头，看到茱恩正紧盯着自己，迈开大步穿过了繁忙的图书馆。

"你就是茱恩吗？"

茱恩点了点头。眼前这个男人有些似曾相识的感觉，她却想不起以前在什么地方见过他。

"很高兴见到你。"他露出了温暖的微笑，说话时略微带点口音，可茱恩听不出是什么口音，"他们告诉我，你已经不在这座图书馆里工作了，所以我以为我们再也没有机会见面了呢。"

他的眼睛是蓝色的，炯炯有神。在他注视的目光下，茱恩感觉自己脸红了。真是个英俊的男子。"抱歉，但你是谁——"

"能不能请大家注意一下？"布兰斯沃斯太太的声音响彻了图书馆。她停顿片刻，等待着房间安静下来，茱恩和那个男子也都转过身来聆听。

"那些不认识我的人，我是查尔科特图书馆之友的主席。过去的七个月中，我们查友拼尽全力建立了这座图书馆。在此过程中，唐宁郡议会的那帮混蛋曾经害我们举步维艰，我们也有好几次差点儿放弃。所以今天能在这里欢迎大家前来参加社区图书馆的盛大开幕仪式，真是太好了。"

房间里响起了一阵短暂的欢呼声。

"长话短说吧。我有几个人要感谢。首先，感谢查友的各位同仁。感谢香黛儿与杰克逊给这个地方带来了我们急需的青春气息。感谢薇拉与蕾拉经营这里的咖啡厅。特别要感谢玛乔丽，这些年来，你我可能有过分歧，但多亏了你的专业知识和勤恳工作，我们才有了今天。"

茱恩朝对面望去，看到那五个人正站在一起，咧着嘴微笑。

"我还要感谢律师埃莉诺·戴维斯无偿为我们提供了法律方面的援助。我一般对律师没有什么好感。不过埃莉诺是个好律师。"布太太朝着一个漂亮的金发女子点了点头，茱恩感觉自己的心沉了下去。原来她就是艾力克斯的室友，她们针对斯坦利的遗嘱和租约问题互通过几封电子邮件，但茱恩以前从未见过她。她看起来很可爱。

"茱恩在哪儿？"布太太问。

茱恩畏畏缩缩地举起了手，直到布兰斯沃斯太太看到她。

"好了，曾经来过旧图书馆的人应该都记得茱恩吧。她是个胆小到大气都不敢喘一声的女孩。但你们许多人都不知道的是，茱恩从一开始起就是这个地方最忠诚的保卫者之一。很长一段时间内，我曾对她冷嘲热讽，但要不是她，我们现在所站的地方就会变成一间该死的库巴咖啡厅了。所以，茱恩，我知道你已经有了新的家、新的生活，但你永远都是查尔科特图书馆真正的朋友。谢谢你。"

茱恩笑了，感动得说不出话来。

"最后还有一个人我得表示感谢。那就是我们的赞助人，承诺赞助图书馆下一步运营资金的人。在我们筹来的资金显然不够时，是他挽救了我们。"

茱恩向旁边望去。看到这个英俊男子的微笑，她突然感觉心跳停了一拍。明亮的蓝色双眼，微微缺口的牙齿。

布太太清了清喉咙。"女士们，先生们，请和我一起对我们最有力的支持者表示感谢。他就是令大家满怀思念的斯坦利的儿子——马克·菲尔普斯。"

人群爆发出了热烈的掌声，茱恩却震惊得动弹不得。斯坦利的儿子来了，在查尔科特，还为图书馆提供了帮助。这怎么可能？

掌声逐渐平息，马克走上前去。"谢谢布兰斯沃斯太太的赞美之词。如果可以的话，我想简短地说上两句。"

房间里一片寂静，众人都在等待他再次开口。马克花了一点时间使自己镇定下来。

"你们之中可能有人知道，我和父亲疏远了许多年。这件事一直令我十分后悔。"马克的声音非常平静，茱恩紧张地竖起耳朵聆听。"去年，写信通知我斯坦利已经去世的人还附上了他电子邮件账户的登录信息。我觉得这有些奇怪，但登录进去才发现，里面的二百一十八封信全都是写给我的，却一封也不曾寄出。"

"我的天哪，斯坦利在电脑前花了那么长时间……"某人惊呼道，却被玛乔丽的嘘声制止了。

"他的邮件内容十分特别：风趣、诚实却令人心碎。他曾在许多邮件中提起过自己对查尔科特图书馆的热爱，以及为了争取不让它被关停而展开的斗争。他充满激情地描绘着这个地方，还提到过这里为何对他意义非凡，又曾带给他多少对美好往事的回忆。你们知道吗，即便爸爸曾经的处境糟糕至极，却还是会带我去当地的图书馆。他喜欢给我读书：小熊维尼、罗尔德·达尔，他还会模仿所有人物的声音。我觉得那是我们在一起最快乐的时光。"

马克犹豫了一下，茱恩看出了他内心的挣扎。

"在他的邮件中，有一件事让我印象深刻，那就是他字里行间对某个人的深深喜爱。这个人总是和蔼可亲地对待他，早在图书馆受到关停威胁前很久就和他成为了朋友。"

马克盯着自己的手看了一会儿，脸上写满了痛苦的神情。再次抬起头时，他的目光落在了茱恩的身上。

"茱恩，我永远都无法原谅自己没能在爸爸活着的时候联系他，尤其是在知道他的生活境况之后。但令我备感安慰的是，我知道在他人生的最后几年中，你一直在照顾他，毫无保留地给予了他友情。他爱你就像爱自己的女儿。"

茱恩感觉泪水已经夺眶而出，却并不想试图将它们抹去。

"斯坦利写到的每一件关于你的事情都提醒我，图书馆不仅仅是由书籍堆砌而成的，还是由图书馆员造就的。虽然我的父亲无法亲眼得见，但我希望他的遗产能让查尔科特永远拥有一名带薪的图书馆员，一个能像茱恩帮助他一样帮助别人的人。"

他的话讲完了。全场爆发出雷鸣般的掌声。茱恩也鼓起掌来，微笑地注视着马克。过了好一阵子，她才意识到那些欢呼和掌声是为她响起的。

下午剩下的时光一晃就过去了。茱恩和马克聊起了天，还在美酒和欢笑的陪伴下和老读者们叙了叙旧，她已经很长时间尽量不去回想查尔科特图书馆和斯坦利的事情了。能够找人分享快乐的故事与回忆，却感受不到熟悉的痛楚，真是妙不可言。

"薇拉和我在这里开了一间咖啡厅。"蕾拉递给茱恩一块果仁蜜饼。

"我们筹集的所有款项都会用于支付图书馆的成本。"薇拉附和道，"我还从没有这么忙碌过呢。"她转身去为读者服务了，脸上还挂着笑容。

"我九月份就要去上大学了。"香黛儿告诉她，"玛乔丽帮我填写了大学申请表。我攻读的是社会工作学位。"

"哦，香黛儿，我太高兴了。"茱恩给了她一个拥抱。

"快来呀，《日报》的摄影师想给我们拍张集体照呢。"布太太向门口走去，途中一把抓住了茱恩。

楼外，查尔科特图书馆之友的成员聚集在图书馆门前，周围还有一大群人围观。

"人都到齐了吗？"摄影师将相机举到了面前。

"我还是觉得我们应该把洛基请来。"薇拉说。

"好了，大家说'茄子'！"摄影师招呼道。

"打到保守党政府！"布太太却放声大喊。

"看在上帝的分上，布兰斯沃斯太太，你就不能消停点儿吗？"玛乔丽抱怨起来。

"不可能。我和玛丽明天就要北上去参加抗议活动了，又有一个地区的议会要关停他们的图书馆。"

"玛丽？"茱恩问。

"布太太老和那个多恩利妇女协会的女人待在一起。"薇拉低声告诉茱恩，"我觉得她有可能是同性——"

可茱恩并没有听到薇拉接下来说了些什么，因为就在那一刻，她的目光在围观的人群后发现了一个身影。自从九个月前斯坦利的葬礼那一天，茱恩就再也没有见过艾力克斯。艾力克斯的身影让茱恩的胃翻江倒海，他也发现了茱恩的目光，一抹微笑浮上了脸庞。茱恩走到他身边。

"嘿，陌生人。"看到茱恩走过来，他打了声招呼，"你好吗？我喜欢你的发型。"

"我得跟你好好算算账了。"茱恩回答。

艾力克斯一脸惊恐地看着她。"我做什么了？"

"不久前，我终于读完了《傲慢与偏见与僵尸》，对书中的情节持很大的保留意见。"

艾力克斯咧嘴一笑。"你在说什么啊？多好的一本书呀，比简·奥斯丁那本无聊的原著好多了。"

两人都大笑起来，茱恩感觉自己的心情没有那么沉重了。

"这地方是不是看起来很棒？"艾力克斯问，"埃莉诺告诉我，斯坦利的儿子来了，这对你来说肯定非常离奇。"

"简直太离奇了。"

"我听说你已经不在这里工作了？"

"是的。我已经离开查尔科特了，现在在肯特上班。"

"哇，真不错。"艾力克斯皱起了眉头，"你为什么从没有回过我的短信？"

"对不起。我想回来着，可是……"茱恩的声音弱了下去，不确定该说些什么。我羞愧极了，因为我以为埃莉诺是你的女朋友，显得我像是个彻头彻尾的傻瓜？我以为你已经回到过去的生活，不想和我再有任何的瓜葛？她深吸了一口气。"我有件事情要告诉你。"

"什么？"

"占领图书馆期间，斯坦利告诉我，我应该学会抓住机遇，不然此生就会抱着悔恨孤独终老。"

艾力克斯挑了挑眉毛。"哇，这话说得也太狠了吧。"

"我觉得他知道我心里有所渴求，虽然就连我都没有意识到自己想要什么。"

"可话说回来，你不觉得说某人会孤独终老有点太狠了吗？我的意思是，说到——"

茱恩叹了口气。事情和她想象的不一样。"艾力克斯，你没有抓住重点。"她打断了艾力克斯的话，"斯坦利说的是你的事情。"

茱恩注视着他的表情从愤愤不平慢慢变成了大吃一惊，而且脸都红了。仅此一次，他似乎不知道该说些什么。

"我以前试过一次'抓住机遇'，就在婚礼之后。"茱恩的话填补了沉默，"可那……你知道后来发生了什么。简直就是一场灾难。"

艾力克斯面露尴尬。"抱歉，我只是没有想到你会吻我，而且你喝醉了。我不想占你的便宜。"

"你不必道歉，那时候我一团糟。我之所以感觉十分内疚，是因为我以为你有女朋友。"

"我试着告诉过你，埃莉诺只是我的室友。"

"我现在知道了。对不起。"

"不，我才是应该道歉的那个。"艾力克斯回答，"我是真心希望自己当时能够告诉你，埃莉诺正在帮助斯坦利拿下土地，可他让我们保证不会告诉任何人。向你隐瞒这个秘密让我心里很不好受。"

"没关系，我理解。埃莉诺为斯坦利所做的一切都很棒。"

"我能不能问你个问题？"艾力克斯停顿了一下。茉恩看得出他的心里正在权衡什么事情。"斯坦利的葬礼过后，你告诉我，你很后悔想要吻我，还说那是个错误。你是认真的吗？"

现在轮到茉恩怯退了。"我以为你对我不感兴趣。我只是无法再面对拒绝了。"

"哦。我真的以为你是认真的呢。"

"不，正好相反。我……"茉恩支支吾吾地回答。能够抓住机遇固然很好，但如果她还是错了怎么办？这不是在艾力克斯面前让自己蒙羞吗……茉恩打断思绪，望向了他的眼睛。"艾力克斯，自从你回到查尔科特之后，我就被你吸引了，但是出于很多原因，我什么也不敢说出口。所以我在想，你有空愿意和我出去约会吗？"

艾力克斯没有马上回答。茱恩感觉一股热浪涌遍了全身，她想要闭上眼睛，找个地缝钻进去，却还是强迫自己注视着他。她读不懂艾力克斯的表情，看到他的肩膀动了一下，茱恩瞬间害怕地以为他就要转身离开，可他却迈步靠了过来。茱恩感觉到他向自己伸出了双手，脸越靠越近，他的唇吻住了她。这一刻，茱恩真的闭上了眼睛，身子向前陷去，倒在了他的怀里。转瞬间，两人紧紧锁在了一起。除了艾力克斯和他的双唇，还有他的心脏贴着她怦怦直跳的感觉，茱恩什么也感受不到了。

"看在老天爷的分上，你们俩干脆去开间房吧。"

布太太的声音将她拉回了现实。茱恩和艾力克斯赶紧推开彼此，发现所有人都在朝着他们咧嘴微笑。

"是时候了。"香黛儿说，"我们都在打赌你俩最终会不会走到一起呢。"

茱恩感觉脸涨得通红，看了看一脸茫然的艾力克斯。

"为什么所有人都在外面无所事事的啊？"玛乔丽迈着大步走过来，"看在上帝的分上，我们还有一座忙碌的图书馆要运营呢。"她转头看了看茱恩。"你懂我什么意思了吧？全都是些没用的家伙。"

"你确定我们怂恿不了你回到查尔科特吗？"布太太问。

茱恩看了看四周。图书馆外挂着一只只花篮，篮子里的黄色鲜花在红砖墙的映衬下显得格外艳丽。隔壁就是镇上的商店，那么多年来，她在那里买过上百份微波炉饭菜。马路对面是她小时候和妈妈在星期六的早上一起坐着吃果酱甜甜圈的长椅。

"我爱查尔科特，可我不会回来了。我已经有了新的生活，过得非常快乐。"茱恩看了看正在对她微笑的艾力克斯。

"我简直不敢相信，你竟然为了一座豪华的大图书馆抛弃了我们。"玛乔丽摇了摇头。

"其实，我有个消息要宣布。"茱恩说。

"真的吗？是什么？"

所有人都把目光投向了茱恩。她稍稍挺直了身子。"我一直梦想着能上大学，有朝一日成为一名作家。妈妈去世后，我就让这个梦想破灭了，但我意识到，是时候摆脱恐惧的人生去冒险了。所以我报名参加了成人教育的在职学位课程，并且重新开始写作了。"

"哦，茱恩，这太了不起了。"艾力克斯惊呼，"斯坦利会为你感到骄傲的，还有你妈妈！"

"嗯，你的书写好之后一定要给我们寄上一本。"布太太说，"我只希望它能比这里其他的垃圾好上一点儿，那些书都是废话连篇。我真想把自己的借书卡还回来，以示抗议。"

茱恩看着艾力克斯，翻了个白眼，笑了起来。

"你今晚忙吗？或者说，想不想一起出去好好吃顿晚饭？"两人转身沿着商业街离开查尔科特图书馆时，艾力克斯问道。

"好主意。"茉恩牵起了他的手,"我听说有个不错的地方,那里的麻辣牛肉做得很棒。"

"听起来不错啊。对了,茉恩·琼斯,我得问问你的意见,给我推荐本书……"

（全文完）